Methland
The Death and Life of An American Small Town

Nick Reding

[美]尼克·雷丁 著　　　　徐晓丽 译

美国小城镇的死与生

上海译文出版社

谨以此书献给我的妻子和儿子

曾经的伟大，今日大多变得渺小；昔日的渺小，已然在我这个时代变得伟大……人类的繁荣从不会在同一个地方经久不衰。

——希罗多德《历史》

目 录

序

家

当飞机离开奥黑尔国际机场,向西飞往加州旧金山时,你透过舷窗往下看,只消几分钟,脚下纵横交错的芝加哥郊区的街道就会被绵延起伏的草原所取代。当机身投下的影子从隐藏在红杉和常青植物围起的隔离带中的房屋上掠过,这样的变化可谓刻骨铭心。玉米田和柳枝稷在地上交织出的几何图形,绵延而去,一展无遗。远远望去,谷仓像小碎片似的闪着亮光;一旁如静脉般交织的棕色小溪,静静地蜿蜒,向草原空旷的远处流去。当飞机越过密西西比河上的第十号闸坝时,若你看得仔细,就会看到位于艾奥瓦州那一侧的河岸边一座小城镇,它叫奥尔温(Oelwein),人口是六千一百二十六。在飞机继续攀升的极短的时间里,你就像欣赏一件刻画精细的易碎浮雕作品那样,看到那里的每一条街道、每一栋房屋以及每一辆皮卡。在这个瞬间,你看着定格在眼前的这座小镇的景象,带着一丝偷窥的欣喜,想象着当地人的生活。随即,奥尔温(或许连同你的好奇心一起)稍纵即逝。

这就是成千上万个散落在美国二十八个内陆州的低空飞行区的小社区的现实。被世界最繁忙的航空路线所覆盖的这些小地方,虽是这个国家的一部分,但跟其它地方似乎又显得格格不入。从很多方面来看,无论从纽约到洛杉矶,还是从达拉斯到西雅图,都要比从美国的任何一处前往艾奥瓦州的奥尔温容易得多。然而，若想要对新千禧年的美国有所了解，只要去这里的晨益咖啡馆跟人拉拉家常，坐在 Re/Max 房产中介办公室接听电话，或者在豪贝格家庭诊所的那栋矮砖楼里接待病人，基本上就能找到答案。如今，像奥尔温那样的小城镇也许跟以往相比更显得寂寂无名，然而却能在很大程度上告诉我们，我们是谁，以及我们如何融入这个世界。而我们是谁的答案也许会让你大吃一惊。

然后，你再看一眼，这次是在五月的一个清晨，坐在从芝加哥出发飞往艾奥瓦州锡达拉皮兹市的航班上，当飞机在锡达拉皮兹降落的时候，从航班的舷窗再次向外看。让你的目光顺着三八〇号州际公路北端柔和的弧度，越过锡达河，并经过那间让方圆数英里的地方都沉浸在早餐谷物的甜味中的桂格燕麦厂。从这里到那条双向二车道、不带立体式出口和立交桥这类复杂设计的一五〇号高速公路的交界处，从飞机舷窗往下看起来不过几英寸而已，实际上却相距一小时的车程。差不多每隔二十英里，公路的限速就会有所下降，当一五〇号高速公路穿过夹在红色砖墙教堂和闪闪发光的金属水塔之间的三四层楼高的建筑群时，限速已经从一开始的每小时五十五英里降至每小时二十五英里。一路往下，沿途城镇的名字随着原始的城镇风貌变得亲切且耳熟能详起来：布莱恩斯堡、独立镇和黑泽尔顿，最后到达坐落在那间名为"运动员之家"的酒吧斜对面的阿米什人①聚居区。跨过费耶特县的地界就是奥尔温，英文发音为 OL-*wine*。

与艾奥瓦州的大多数小城镇一样，占地四平方英里的奥尔温纵横方向分割出四个区域。在 X 轴和 Y 轴交叉处是奥尔温的建筑和经济核心坐标：密西西比州西部最大的、拥有百年历史的芝加哥大西部铁路公司

---

① 阿米什人是基督新教再洗礼派门诺会中的一个信徒分支，以拒绝汽车及电力等现代设施，过着简朴的生活而闻名。阿米什派源于一六九三年由雅各·阿曼所领导的瑞士与阿尔萨斯之再洗礼派的分裂运动；追随阿曼的教徒便被称为阿米什人。——译者

的发动机制造厂。尽管这里气候时常恶劣，但整排整排的火车车厢在车间里加工制造，丝毫不受影响。这些制造厂为钢筋和砖结构，有三个橄榄球场那么大，它们以及长久以来支持着它们的小镇，是这方圆几英里内最大的建筑景观了。在这与世隔绝的地方，奥尔温的存在便是对不知身在何处所做的注解。

表面上，奥尔温无论从哪个方面来看都相当典型。从南边开车进入小镇，你首先注意到的是不远处的枫树和橡树林，在原本平坦的景观上勾勒出柔和的轮廓。一旦进入城区，奥尔温的天际线就在五层楼高的白色尖顶圣心天主教堂和往北六个街区的恩典卫理公会教堂四层楼高的红色钟楼之间被分割开来。在这两处地标之间开着一家珠宝店、一家体育用品商店、两家银行、一家花店、一座电影院以及四家餐厅，全都是十九世纪末二十世纪初的石砖结构建筑。从"拉斯-弗洛雷斯的墨西哥餐厅"那里穿过马路，有一家服装店、一间摄影工作室和一家手工艺品商店。奥尔温小镇上的酒吧（十一间）几乎跟教堂（十三座）一样多。这里最大的两支教派是路德教和天主教，它们是在两股移民潮进入这个国家后形成的：十九世纪末的斯堪的纳维亚人和巴伐利亚人，以及二十世纪初的爱尔兰和意大利人。到"冯·塔克的比耶豪斯酒店"的客人都比较高端，一般都是先在"利奥的意大利餐厅"吃好意大利千层面晚餐后再去那里的。一九二二年，弗兰克·利奥从意大利来到美国后不久就开了一间杂货铺，现在的这家意大利餐厅就是在杂货铺的基础上发展起来的新业务。而另一边的必来客栈，则是奥尔温镇上最邋遢、最毫无个性可言的客栈。其装修风格，用客栈主人米尔德里德·宾斯托克的话来说，就是"高级阿米什风格的媚俗风"，再说直白点，就是一整个大杂烩：桌上铺着饰有蕾丝的桌布，配的木椅子跟桌子的风格完全不搭，而各种老古董的农场器具则一律被刷上了圣诞节装饰灯上才有的那种亮红色和嫩绿色。

从主街往南朝黑泽尔顿方向走，你会看到一家达乐超市、一家凯马特超市和一家 Kum & Go 加油站。但除此之外，奥尔温小镇上的商业基本上都是家族私营的，一向都是如此。这里没有星巴克，也没有要开一家星巴克的打算。这个小镇称不上朝气蓬勃。在奥尔温镇上的 VG's 和山姆家这两间小服装店里，无论是男士的西装还是女士的裙装，主打面料一律都是毛料，"奢侈"这个词似乎从来没在这些店的字典里出现过。这里几乎处处讲究实用性。就连那间摄影工作室，除了布置一个摆满高中写真老照片的大橱窗外，还会安装宽阔的铝合金遮阳篷，对这个通常一年到头有三英尺降雨和五英尺降雪的中西部小镇而言，突出实用性这一点还是显而易见的。

毫无疑问，在奥尔温这里最能跟富裕挂上钩的要数晨益咖啡馆了。每天早晨，奥尔温镇上的那些专业人士阶层的人都会在店里的一张古董橡木餐柜边围成一圈，柜子上放着分别装有普通咖啡和调味咖啡的拉丝铝制玻璃咖啡壶。咖啡壶旁边放着一个柳条筐，里头装满了榛子、杏仁和肉桂口味的小包装液体奶精，在这个州（以及这片地区），小包装的粉状非乳制奶精还是新奇的时髦货。奥尔温镇上那些有头有脸的男人（市长、高中校长、警长以及卫理公会牧师）出去上班了，他们中一些人的太太则继续留在咖啡馆，窝在大沙发里或坐在靠背僵硬的椅子上，一边聊着家长里短，一边制作着拼贴画。

在奥尔温，你选择喝咖啡的方式和地点很能说明你的身份及职业。与格调优雅的晨益咖啡馆仅隔三扇门的是"枢纽城市面包房"，相比之下，这里的风格更简朴、硬朗。墙上刷着脏脏旧旧的白漆，屋里摆了一张家居风格的长折叠桌，上面铺着纸质的桌布，"枢纽城市面包房"看着并不像一间咖啡馆，反而更像外墙装有楔形板的农舍。这里没有法式面包或三豆汤。事实上，甚至连个菜单都没有。相反，这里有一个装着甜甜圈的塑料篮子和一个两灶眼的瓦斯炉，厨师和店主在炉上煎好蛋，就放到盛在纸盘里的冷冰冰的白吐司上。那些围着桌子、身穿各种工作服的上了年纪的男人对此并不介意：他们正讨论着玉米的价格以及各种除草剂的优缺点，停都停不下来。讲究的口味有助于咖啡馆获得大量好评，一座难求，但这并非是这家被常客们称为"面包房"的咖啡馆吸引顾客的先决条件。对这里的厨师吹毛求疵，比如要在你的咖啡里加奶油，在这里会显得格格不入。

通过奥尔温镇上的这两家咖啡馆各自的顾客群，便可大致了解构成这座小镇的社会基础。中西部小镇的生活无非就是在酒吧里打发打发时间，每周去教堂做个礼拜。但这里的生活最终还是扎根在沿着主街两侧的商店，以及与人行道的尽头几英尺之隔的由黄色和绿色的田地交织而成的一望无际的农场。这两者之间相互依存，尽管这种契合并不总是天衣无缝。位于小镇以北十二英里、占地四百八十英亩的莱恩农场，主要圈养绵羊和种植玉米，如果没有这家农场，那么诸如"重复寄售商店"和"梵·丹欧佛珠宝"这样的商店恐怕也会难以为继。只有当生活在田间和街头继续下去的时候，小镇的生活——包括医院、学校以及奥尔温小镇至少举办了两百年的圣诞盛会，才会跟着生生不息。

可是，并不是所有的事情都如表面所见的那样。在五月的一个闷热的傍晚，从锡达拉皮兹市出发的航班早已返回芝加哥，气温接近九十华氏度，从晨益咖啡馆和枢纽城市面包房经过，便可一路走进奥尔温小小的第三行政区。沿着坍塌的人行道，或者穿过房子烧毁后留下的空地望去，在圣心天主教堂往南几个街口的康菲石油公司加油站，一个身穿风衣的年轻人在翻垃圾箱，尽管天气相当炎热，他的身子仍然颤抖个不停。在第三行政区的这些流动屋之间，在这些成群结队骑着赫菲牌自行车的十几岁男孩当中，与奥尔温的经济和文化联系更紧密的是毒品，而非长久以来维持这个小镇的两大行业：农业和小企业。这是奥尔温的一部分，美国小镇的一部分，也是当飞机掠过一览无余的乡间时，从舷窗往外看无法捕捉到的那个部分。太阳在第三行政区落下，傍晚出发的横穿美国的直飞航班在头顶上飞过，原本洒在这片土地上的温暖而怀旧的光线，也已消失殆尽。

在闷热潮湿中，夜晚的气息逐渐形成。露点时割下的草带有的湿润的草香味中，夹杂着"厨子"在"厨房"里制作甲基苯丙胺①时散发出的醚臭味。主街，离此地不过三个街口，却远得像芝加哥一样。事实上，奥尔温的生活并不是明信片上勾勒的农场、教堂和皮卡车相融的风景，也不是美国独立日那天燃放的烟花和耶稣诞生场景的摆件，更不是面包打折销售和星期五晚上的橄榄球比赛。这里的生活并不比洛杉矶、纽约、坦帕或休斯敦来得更简单、更美好或更真实。在过去三十年里，美国小镇的生活场景发生了相当显著的变化。直到二〇〇五年全国媒体竞相报道有关冰毒泛滥的新闻，人们才开始注意到这些。一夜之间，美国小镇和冰毒成了同义词。从此，主街不再以利奥餐厅和必来客栈，或者晨益咖啡馆和枢纽城市面包房来分隔；而是以农民和瘾君子来进行划分。这种情况是如何形成的——以及这对我们是谁这个问题所要说的——正是本书要讲述的。是的，本书讲的正是有关艾奥瓦州小镇奥尔温的故事。

在二〇〇五年五月前往艾奥瓦州之前，我已经花了六年时间来考察冰毒和美国乡村是如何走到一起的。我第一次偶然发现毒品在美国中部地区具有象征性地位的地方并不在艾奥瓦州，而是在爱达荷州，在一个叫古丁的小镇。一九九九年秋，我因为要给杂志撰写一篇反映当地支柱产业畜牧业的文章而前往古丁镇。当时我对冰毒一无所知；尽管冰毒的效果立竿见影、显而易见，我完全是在一个偶然的机会意识到自己到了

---

① 因其原料外观为纯白结晶体，晶莹剔透，故被吸毒、贩毒者称为"冰"，俗称冰毒。——译者

一个毒品横流的地方。到古丁镇的第一晚，我去林肯旅店的餐厅吃晚饭。每到星期五的晚上，那些整个星期都在忙着铺设和平整该县境内屈指可数的几条小路的筑路工人，都纷纷前往林肯旅店喝啤酒。我注意到他们中很多人在吸食冰毒后就会显得相当亢奋。半夜时分，当地治安官和他的副手驾车穿过巷子，他们停下车来从后门看了一眼，随后回到巡逻车上，疾驰而去。就他们两个人，面对这一屋子吸食冰毒的人，又能做些什么呢？两天后的晚上，当时我在牧场附近的一个工棚，三个墨西哥人开着一台白色福特 F－150 车过来了。他们是冰毒毒贩，其中年纪最大的那位年仅十九岁，自称可可，在过去四年里已经三次被遣送出境，他是这么跟我解释毒品这个行当的："起初我们免费赠送。之后，瘾君子们为了得到更多毒品什么都愿意干。"看来，冰毒就这样成了爱达荷州这个人口仅有一千二百八十六的古丁镇生活的一部分。

　　早在一九九九年，除了西海岸的一些报纸和几家像爱达荷的《高山快讯》（*Mountain Express*）这样的不知名小报，鲜有毒品方面的内容见诸报端。那时，我住在纽约。看的是《纽约时报》《华盛顿邮报》乃至《芝加哥论坛报》这些报纸，以至于对冰毒在美国各地扩散的消息浑然不知。当我跟朋友们说起自己在古丁镇的所见所闻，他们谁也不相信我的话。就算信了，他们也会认为冰毒是中部地区生活中另一个未被发现、难以捉摸的方面：像玉米一样普遍，像农业法案一样难以理解，像福音派神学一样俗气。即便冰毒问题在某种程度上躲过了全国一致的审查，但无论我在蒙大拿州的恩尼斯、加州的默塞德，抑或佐治亚州的坎顿，当地人对这种毒品的意识一贯是相当敏锐的。四年来，我所到之处都会有冰毒的身影，不仅很容易找到，而且还可以轻松拿到折扣；一旦回到美国任何一个大城市——比如纽约或芝加哥——我之前的一切所见所闻就都失去了语境，成了奇闻逸事。我甚至开始觉得毒品不知怎么地在跟着我走，我到哪里它就在哪里出现。我曾经无数次试着说服我的经纪人和一些图书杂志的编辑，美国小城镇的冰毒问题已经相当严重了，但我的努力无疾而终。最终，我试着把这一切抛到脑后，不再多想。但到了二〇〇四年十一月，也就是我回到爱达荷州五年后，眼见着冰毒已然成为我家乡的一道主要风景时，我再也无法忽视眼前的这一切了。

我在密苏里州的圣路易斯一带长大。五十五英里之外，靠近伊利诺伊州的格林维尔镇有一大片湿地，在每年世界上水禽迁徙最集中的季节，那里是它们在北美最重要的中途停留点之一。我在那里打过很多次野鸭，而且我在很大程度上认为，格林维尔就是我家乡那一带的一部分。和圣路易斯一样，格林维尔也坐落在广袤的草原和丛林密布的山谷之中，后者曾从密苏里州中东部的密西西比河谷一直绵延到肯塔基州。这片区域位于美国中西部地区的南方，在地理、口音、经济以及文化情感（这是促成我人格形成的一个基本成分）上有所统一，自成一体。每年秋天在卡莱尔湖猎鸭，一直是我们家族有史以来每年都会举办的活动，在艾奥瓦州西北部和南北达科他州的草原孵出来的野鸭向南迁徙，就像我父亲在六十年前所做的那样，沿着密苏里河一路往南，奔赴圣路易斯开始新生活。在圣路易斯，他们遇到了成千上万沿着密西西比河向北迁移的人，包括我的外祖母在内：她离开位于密苏里州埃博河畔的奥扎克山上那间自给自足的农场，来到圣路易斯洪泛区那一带的肥沃土地上寻找更好的生活。被我视为自己家乡的卡莱尔湖和格林维尔小镇，距离我家这两个分支走到一起的地方不远。尽管我在整片山区和中西部的小城镇上都发现当地存在冰毒问题，但不知何故，我始终坚持认为我从小长大的这个地方对此具有一定的免疫力。然而，在格林维尔的某天夜晚，彻底改变了我的认知。

我去了"伊森的地盘"，那是家酒吧，在我不去猎鸭之后已经有好几年没光顾过了。我在酒吧里遇到了两个男人，姑且称他们为肖恩和詹姆斯吧。肖恩一副光头党的模样，他因为盗窃汽车、制作并试图贩卖冰毒被判刑六年，几天前刚从伊利诺伊州监狱获释。他二十六岁，身形消瘦，身高六英尺一英寸，体重一百七十磅，剃着光头，身上文着各种纳粹纹身。詹姆斯是个黑人，二十八岁，身高六英尺三英寸，肌肉发达。但他看着并不像他的身体那么结实，反而像一个饱受慢性疼痛折磨的人，行动中带着一种听天由命的疲惫。在过去六年里，詹姆斯一直在陆军空降部队服役，先是去阿富汗，并参加了对阿富汗的入侵；之后是去伊拉克，是进攻伊拉克的先遣部队成员；最后又重回阿富汗当了警察，并发现自己的工作居然是去保护那些几年前对他开枪的人。跟肖恩一样，詹姆斯也经历过牢狱生活，但最终总算回家了。

跟在监狱或军队里不得已而建立起来的关系相比，共同的经历让人与人之间的联系变得更加强大，很快，詹姆斯和肖恩，一个黑人，一个新纳粹分子，便相见恨晚地聊起了所有他俩都认识的人。他们喝着当地特有的叫做"他妈的来一桶"（Bucket of Fuckit）的酒，这种酒是把生啤、冰块以及酒保认为适合加进来的酒一起装进塑料桶混合而成。他们打台球时，詹姆斯绕着桌子踱步，先打一球，然后评估球桌上的局势，每次都要比上一次打得更狠些。他脸部的轮廓，在头上戴的圣路易斯红雀队的帽子的阴影下形成了一种绝望的困惑。他似乎在想，这球为什么就进不去呢？

肖恩压抑着自己的好胜心，也围着球桌转。因为输球，詹姆斯壮实的肩膀在他那件长及膝盖的肖恩·约翰牌①英式橄榄球衬衫下耷拉着，而一身卡哈特牌工作装的肖恩却是动作流畅而果断。他自信满满。肖恩那双蓝眼睛的瞳孔睁得大大的，显得相当清醒，在台球桌上轻而易举地打败了詹姆斯。肖恩正吸着冰毒，且欢着呢。

随着我接连几晚跟詹姆斯和肖恩一起打台球、聊天，我突然强烈地

---

① 美国著名嘻哈偶像"吹牛老爹"创立的品牌。——译者

意识到，原来冰毒并非一路跟着我到处走。冰毒也并非碰巧就是过去五年里我所去过的一些地方的当地生活中的一种偶然，无论我去的是古丁镇、洛杉矶还是海伦娜①。冰毒确实无处不在，包括那个最重要的地方：我的家乡。而在我眼前的这两个人，冰毒正威胁着他们的生命，只要环境稍有不同，我就很有可能跟他们一起长大。

与肖恩和詹姆斯的相遇，消除了我自一九九九年以来对冰毒的抽象认识。在看到了格林维尔的事情之后，我突然意识到自己应该责无旁贷地去写一本有关冰毒泛滥的书。差不多也是那个时期，在纽约居住了十年之久的我开始渴望重新回到中西部去生活。一方面，我想要了解清楚冰毒到底是怎么回事，另一方面，一种本能也促使我想看看自己十八岁时离开的那个地方是否安好，这两个想法不谋而合。而我也日益迫切地想要解开心中的这两个谜团。到二〇〇五年中期，正如《新闻周刊》在当年八月八日那期的封面报道上所写的那样，人们已经普遍意识到冰毒是"美国最危险的毒品"。

最终，在二〇〇五年和二〇〇六年期间，冰毒成为舆论关注的焦点，而这一切在某些方面可以追溯到二〇〇四年下半年的名为《不必要的流行病》的系列文章，是史蒂夫·索为波特兰当地一份有影响力的报纸《俄勒冈人报》撰写的。《俄勒冈人报》总共发表了二百五十多篇文章，史无前例地深入报道了冰毒的肆虐。在《新闻周刊》的封面报道、PBS频道的《前线追踪》（Frontline）特别报道以及有线电视台的几部纪录片相继推出之后，二〇〇五年下半年，联合国毒品控制和犯罪预防办公室宣布甲基苯丙胺为"世界上滥用最严重的毒品"，根据PBS频道的报道，全世界吸食冰毒者达到两千六百万人。即便全球对毒品的意识有

---

① 蒙大拿州首府。——译者

所提高，但冰毒与美国小镇之间的关系依然是最紧密的。不过，毒品会在奥尔温镇扎根的想法被认为是有违直觉的，是在挑战美国认同感的核心。人们对于把毒品和小镇联系起来普遍怀有抵触情绪，这将继续使冰毒在毒品滥用中看似具有一种特殊性。

在经过六年的努力后，二〇〇五年，我得到了一份写这本书的合同，前提是把冰毒作为一个牵涉较广的真实犯罪故事来写。在那个版本的冰毒故事中，最令人瞠目结舌的一个方面是像肖恩这样的人可以在自己家里制毒。或者说，我在一九九九年遇到的那个墨西哥少年可可，不惜冒着第四次被遣送出境的危险来到爱达荷州的古丁镇贩毒。到二〇〇五年，很多执法人员都在报纸的采访中预言，艾奥瓦州将很快取代我的家乡密苏里州，成为美国所谓夫妻老婆店出品的甲基苯丙胺的最大制造者。正因如此，再加上肖恩和詹姆斯已经明确表示不想被我写进书里，我一直把我的调查重点放在我家族的另一半成员发源的那个州，而那里似乎也正在成为美国最新的冰毒之都。一天，我在查阅《得梅因纪事报》（*Des Moines Register*）的剪报时，偶然看到一篇文章中引用的来自该州东北部的一位医生的话相当有意思。于是，便在某天下午从自己在纽约的公寓打电话给这位医生。之前，我曾考虑把冰毒这个题材作为一个犯罪故事来写，然而在与这位医生的一个半小时聊天中，我的想法发生了改变，开始考虑这是一件有着更广泛和深远的影响的事。对我触动最大的是他将冰毒描述为“社会文化之癌”。当天晚些时候，我找了这位医生的孪生兄弟——县前任公设辩护律师——详细地沟通了一下，然后又找了县助理检察官。那位医生住在奥尔温镇。我打电话的那天是星期六。接下来的星期三，我开车上了一五〇号公路，跟着从纽约途经芝加哥前往锡达拉皮兹的航班一路向北。

这位医生名叫克雷·豪贝格，当地人称他为克雷医生。他是奥尔温镇的全科医生，曾经也是个浪荡子。他的父亲在他之前已经行医四十五载，克雷子承父业，在他二十年的行医生涯里不仅为产妇接生、监督癌症治疗、做手术，还当过临时心理医生、精神科医生，奥尔温镇上的人，无论是富裕的农场主还是贫穷的肉类加工厂工人，无论是墨西哥人、意大利人还是德国人，无论是天主教徒、路德派教徒还是福音派教徒，都对克雷充满信任。奥尔温镇充斥着单调乏味的现实和看不见的光怪陆离，每天都在克雷那间狭小而凌乱的办公室上演，办公室的街对面是慈心医院（Mercy Hospital），离当地一所高中的北面只有一个路口。克雷从小在这个镇上长大，自医学院毕业后，在伊利诺伊州南部居住了一段时间，然后重新搬回这个小镇。他和太太塔米把家安在了他父母和两个兄弟所住的同一条街上，并在那里共同养育了三个子女。说真的，我之所以决定去奥尔温，是因为克雷和他的家乡似乎跟我有一种密不可分的联系，就和乡土美国跟冰毒开始变得不可分割一样。我觉得克雷可以向我解释清楚这一切是怎么发生的。

二〇〇五年五月时，奥尔温处于灾难的边缘。当我站在位于第一街的邮局前，混乱无序的迹象随处可见，几乎与纽约东部的布鲁克林、洛杉矶的康普顿或华兹不相上下。人行道开裂了，主街上的建筑有一半都空关着，路上几乎没什么行人。奥尔温镇上十二岁以下的儿童，十个里面就有七个生活在贫困线以下。位于第八大道东南段的高中，学生总数不超过四百，百分之八十的学生都符合"国家学校午餐项目"的条件。与此同时，校长正在不动声色地安排当地警察携缉毒犬在学校大厅里巡逻——基本上就是把高中校园当作永久的犯罪现场来对待了。那些被烧毁的房屋，之前是冰毒实验室，如今它们就散落在居民区街道和大路上，像一片敞开的伤疤。而另一方面，艾奥瓦州公共服务部的上门治疗师是解决奥尔温镇上的精神疾病、毒瘾以及各种药品滥用问题的仅有的现实选择之一，如今这个机构将分配到该镇的经费砍掉了百分之九十。那间肉类加工厂也濒临倒闭。工业园区里空空荡荡。小镇的失业率是全国失业率的两倍。对于身陷困境的奥尔温镇第二任镇长拉里·墨菲来说，他所面临的问题是：他该怎么做才能不让他的城镇在这片大草原上消失匿迹？

我抵达奥尔温镇的那天下午，克雷·豪贝格的朋友内森·莱恩跟我在"速8"汽车旅馆见了面。过去四十年来，内森的父母在小镇北边的一个占地四百八十英亩的土地上耕种、饲养牲畜。从印第安纳州的法学院毕业后，内森回到自己的家乡，当上了费耶特县助理检察官。在我们前往警察局的途中，内森开车经过他所说的几个正在干活的冰毒实验室，它们就在遍布于奥尔温镇居民区的那些漂亮的、橡树成行的街道上，这个居民区的一些手工垒砌的石头房子有一百二十年的历史。我们的车经过了驾着轻便马车进城的阿米什人身边，路过了 Rent-a-Reel 影碟租赁店及农场合作社。内森用手指着两个街口之外的那间名叫 El-El-O's 的免下车汉堡店，说那是他最喜欢的餐厅，不过最近已经关闭了。在被木板封住的窗户上，店主用红色喷漆潦草地写着："店铺转让。有意者请联系！"

奥尔温镇的警察局，当地人叫它 Cop Shop①，那是一栋建于二十世纪六十年代、说不清是什么风格的砖楼，就坐落在芝加哥大西部铁路公司的发动机制造厂以北一个街区的铁轨边。我们走进警察局，经过亮着蓝灯的调度站后，内森把我引荐给了刚上任的警察局局长杰里米·洛根。墨菲镇长最近刚把洛根从警长提拔为警察局局长，他的任务是对声誉不佳的警察队伍进行整顿，并领导当地警力竭尽全力控制住奥尔温镇上的那些小型冰毒作坊。洛根身穿防弹背心，坐在他那间没有窗户的办公室里，翻阅着奥尔温镇上最臭名昭著的毒贩和吸毒者的照片，其中一个人最近刚从自己家里被带走，还被抄走了十五支突击步枪和数千发弹

---

① 俚语，与 police station 同义。——译者

药——当时，他十五岁的女儿在一旁目睹了这一切。洛根说奥尔温镇上的很多吸毒者和毒贩都在必来客栈那一带晃悠。我想去那里看看，洛根和内森·莱恩也同意我自由活动，想见谁都可以。我还希望可以找到几个吸毒者和贩毒者的故事，如果运气好的话，希望这些人可以允许我在接下来的两年时间里继续跟踪采访他们的生活。

我没怎么太花工夫，就把这些事情安排好了。两天后，我坐在罗兰德·贾维斯家那间阴冷潮湿的客厅里看电视，而屋外五月的阳光正明晃晃地照着。三十七岁的贾维斯过去在肉类加工厂上班，此时他刚在一小片锡箔纸上加热了一些冰毒晶体碎片，用玻璃管吸着冒出的蒸汽。在我们看完了黑帮电影《好家伙》（*Goodfellas*），周遭一切都安静下来之后，贾维斯跟我说起了发生在他身上的事，大部分是关于他在他母亲的屋子里制冰毒时直接把房子炸飞的那个夜晚。那晚的事故造成他的双手和脸部大面积烧伤，他也因此在位于艾奥瓦市的艾奥瓦大学医院烧伤科里躺了三个月。

克雷·豪贝格是罗兰德·贾维斯的医生。内森·莱恩则是把罗兰德·贾维斯关进监狱的人。在二〇〇一年那个寒冷的冬夜，当贾维斯把房子炸掉了之后，他尖叫着跑到街上，恳求当时还是警长的杰里米·洛根——也是贾维斯在二十世纪八十年代一起上奥尔温高中时的同窗——直接开枪打死他算了。身上的烧伤让他痛不欲生。而这只是毒品泛滥对一个乡下小镇造成的困厄的一小部分，这个恐怖之源正以无数种看不见摸不着的方式影响着那里的生活。内森·莱恩和他在公共服务部任办事员的女朋友几乎不再去外面吃晚餐了，生怕遇到那些被内森关进监狱的人，还有那些被他女朋友建议由州政府将其孩子带走的人。在罗兰德·贾维斯的四个孩子中，十三岁的那个早已需要肾脏移植了，贾维斯把孩子的病归咎于当他还在子宫时，自己和妻子在通过静脉注射冰毒。有天早上，我在晨益咖啡馆跟蒂姆·吉尔森见面，他曾在那所差点破了产的高中担任校长，为了完成自己的教育专业博士学位，最近辞掉了这份工作，他把奥尔温所遭受的破坏对我总结了一遍，当回忆起自己之前那份校长工作所背负的苛刻的考核指标时，他差点落泪。"我们根本就没有资金和人手去帮助那些最需要帮助的孩子。"吉尔森说，并向我解释了自己请求警察去学校里巡逻的事。"一方面，我要对那些被自己的学生吓坏了的教职员工负责。可另一方面，还有什么比叫警察来管你的孩子更糟糕的事呢？"接着，他又说道："看在上帝的分上，我们这是在艾奥瓦。我们不做那样的事。"

然而，他还是那么做了。

认为小镇上不会——也不该——发生坏事的想法并不少见。蒂姆·吉尔森也不相信，这恰恰说明了没有比这些小镇更自以为是的地方了。到二〇〇五年时，冰毒不仅挑战着奥尔温小镇的自我认知；还把这个镇给毁了。吉尔森有太多的信息，足以让他据此产生怀疑。就在这一年，Slate.com上的一篇分析显示，从加州到宾夕法尼亚州，有不少于七十多个不同的美国城镇、城市、州和县已经被美国报纸形容为"世界冰毒之都"。有几起与冰毒有关的凶杀案成了全国新闻，其中最引人注目的是在印第安纳州克鲁瑟斯维尔发生的一名九岁女孩被杀的案件，这个女孩无意中发现了邻居的冰毒实验室因而被殴打致死。

从历史上来看，美国对毒品的恐慌可能比世界上任何一个国家都更频繁和过度。若以其习惯性的复发来衡量，吸毒成瘾便是我们所定义的道德伦理剧[①]。这出戏剧的第一幕可以追溯到十八世纪晚期，当时美国刚独立不久，大部分地区还是乡村，懒惰也好，道德上可疑也罢，诸如此类的行为人们会一概归咎于饮酒。而从那之后，大多数的毒品以及毒

① morality play，流行于十五、十六世纪用来诠释道德伦理寓意的戏剧。——译者

品泛滥现象都跟城市生活有关，反映在诸如受禁酒令冲击的芝加哥和纽约的地下酒吧，二十世纪六十年代旧金山的迷幻药，以及八十年代华尔街和南海滩①的可卡因量猛增。但冰毒跟这些有所不同，它不仅可以在浴缸里制成，而且从事这个行当的都是穷人或者生活在郊区的白人打工仔。从这个角度来看，冰毒的蔓延是美国自独立战争以来从无前例的一个情况。

事实上，所有毒品的流行都仅仅是毒品问题当中的一部分而已。冰毒的确特别适合美国中产阶级，尽管这仅仅与它可以在水槽里制造的想法有着千丝万缕的联系。冰毒泛滥的不断升级，在很大程度上是建立在经济政策、政治决策以及最近的美国文化历史发展的基础之上的。冰毒的基本组成部分取决于政府说客们的行动、农业和制药业的长期趋势以及全球化和自由贸易的影响，三者分量相当。在其发展过程中，冰毒像一张晴雨表，反映着人们——无论是个人还是社区——内心的恐惧以及他们所感受的脆弱无力。冰毒真正吸引人的地方在于，自从第二次世界大战期间，它被首次大规模用于士兵身上，人们就把它和繁重的工作联系在了一起。七十年来，这个更常被称为"神力"（crank）的毒品一直是美国工人阶级的一个选择。如此一来，冰毒的故事比其他任何东西都更能说明艾奥瓦州奥尔温镇的故事，还有罗兰德·贾维斯、蒂姆·吉尔森和杰里米·洛根这些人的故事。同时，这个故事还将告诉我们，这些人和社区为了自我修复付出了怎样的非凡甚至是英勇的努力。

早在二〇〇四年，在伊利诺伊州的格林维尔，毒品对美国所造成的某些更深层影响就已经可见一斑了。自二十世纪八十年代的农场危机以来，当地许多农民都失去了所抵押土地的赎回权。大批的人离乡背井。

---

① 指迈阿密的南海滩，迈阿密的毒品市场在八十年代一跃成为美国毒品交易中心。——译者

据肖恩和詹姆斯说，在离他们不远的伊利诺伊州一个叫黑格斯顿的小镇上，最后只剩下一位居民留守。到二〇〇四年时，在格林维尔及其周围地区，很多就业机会都是半工半薪，也没什么福利。七十号州际公路那里，就在离那间叫"伊森的地盘"酒吧仅几百码的地方，有不少于七家大型连锁汽车旅馆，但其中没有哪家对小镇的经济贡献能超出提供那么几个最低工资的岗位。格林维尔，过去曾是一座充满自豪、活力满满的农场小镇，如今沦落到只能依靠那些在圣路易斯和印第安纳波利斯之间往返、不得已选择途经此地的过路人才得以为继的地步。

在肖恩和詹姆斯一起打台球的那个晚上，他们两人很快聊到工作机会的事。无论是圣路易斯附近，还是伊利诺伊州的贝尔维尔，甚至更远些的过了密苏里州州界四十英里、从格林维尔过去单程有六十英里的圣查尔斯，这些地方都只有一些建筑工地的活。在"伊森的地盘"酒吧街对面的速8汽车旅馆里，还有一个值夜班的工作空缺着，之前干这份工作的是一个离了婚带着两个孩子的四十岁单亲妈妈，她现在准备到芝加哥去碰碰运气。沃尔玛那里也有一些工作。詹姆斯入伍时是一名步兵，六年后退役时已经是一名骄傲的军士长，对于这样的工作机会他提不起什么兴趣来。

肖恩只是笑了笑。他知道自己要做什么：制冰毒。钱赚得多，冰毒生意也好，而且还可以借此接触到各种女人，只要吸上一两次，这些女人为了毒品干什么都愿意。显然，肖恩对这么做的后果满不在乎。反正在他看来，在格林维尔的生活跟在监狱里没什么不同。肖恩说，沃尔玛的那份工作一星期只挣二百美元，还没有医疗保险，与其靠着这点钱想方设法不去过那种入不敷出的生活，倒不如过上一阵好日子然后重回监狱去。

我不清楚那天晚上詹姆斯是否被说得动心了。但我不无好奇的是，他是从哪一刻起开始像肖恩一样看待这个问题的。毕竟，他们很快就能忽略两人表面上的巨大差异：一个是黑人，另一个是白人；一个在监狱服刑，另一个在军队服役。在更深层次上，他们有一个更坚实并且最终也更持久的基础：历史让他们联合了起来。他们在格林维尔的生活轨迹发生了根本性的改变。但在这里，他们最终走到一起，重回故乡。如果詹姆斯打算留下来的话，他将在多久之后会觉得冰毒和肖恩似乎是他最好的选择呢？

这不是一个我能直接回答的问题，因为之后我每次到伊利诺伊州的格林维尔，都没有再见过詹姆斯或肖恩一面。但二〇〇四年我跟他们一起聊天的那几个晚上，促使我尝试去了解冰毒在美国小城镇的情况。在此期间，我开始明白过去三十年来那些小镇的生活发生了多大的变化。奥尔温和格林维尔很像，由此可以推断出美国广大乡村地区的情形。从奥尔温出发，人们可以逆着冰毒的流向追溯到成千上万个不同的源头。二〇〇五年五月到二〇〇八年六月间，我多次回到奥尔温；我还去了加州、爱达荷州、亚拉巴马州、佐治亚州和密苏里州，所到之处有大城市，也有小城镇，我试图从某种更广的视角来了解发生在那个艾奥瓦州小镇上的事件。最终，这个我曾经以为的普通犯罪故事，发展成为一个从捷克延伸到中国再到华盛顿特区的故事，其中不仅涉及瘾君子、检察官和公设辩护人，而且还包括了国会议员、州长以及联合国官员，神经系统科学家和宏观经济学家，乡村社会学家和微生物学家，以及为药品游说的说客和制药公司的高管们。

经过三年半的时间（如果算上我到爱达荷州古丁镇的话，那就是九年了），我完全明白了什么才是真正的故事，这是一个关于一种生活方式消亡的故事，同时也是一个关于毒品诞生的故事。如果有什么契机去了解美国小镇在全球经济时代所处的位置的话，那肯定非冰毒泛滥莫属了。换句话说，当越来越多的美国人搬去沿海地区的时候，他们对中部地区的印象始终停留在自己祖先当初来到这片土地时的样子，把它们当作破旧而模糊的老相片一样去怀旧。但在国际经济背景下，这些在画面上看着静止不动的地方却已经发生了天翻地覆的变化，就像在春天和冬天拍的同一片林子的照片，上面的树木面积可谓差异迥然。说真的，二〇〇四年十一月的那个夜晚，詹姆斯和肖恩所要面对的是在一个刚刚变得陌生的世界里，给自己找到一席安身立命之地。

第一部分

二〇〇五年

第一章　康德的哀叹

内森·莱恩二十八岁，是费耶特县的助理检察官。他拥有艾奥瓦州路德学院的哲学学士学位、印第安纳州瓦尔帕莱索大学的法律学位以及佛蒙特州法学院的环境法硕士学位。令人惊讶的是，后两个学位他仅用了三年时间就拿到了，还获得了瓦尔帕莱索大学的全额奖学金，他在那里学习了一年，然后学分转到了佛蒙特州，以便他能仅用三个夏天的学习时间就获得自己的硕士学位。与此同时，这个来自艾奥瓦州农村的白人农场的孩子，还在印第安纳州已经废弃的工业城加里市的一家全是黑人表演脱衣舞的俱乐部当保镖，靠这个给自己筹措到了一部分学费。

内森身高六点九英尺，体重二百八十磅。他在自己那幢位于奥尔温第三行政区的四居室房子里走动时，行动优雅得令人称奇。只有当他习惯性地将手缓缓地伸到脸上，然后很快地擦一下鼻尖，好像要抹去只有他才看得到的污渍似的时候，你才会注意到他的大块头。或许是深知自己无论说什么，他的体格都会加重他所说的话的分量，因此内森的表达相当简练。这种习惯突显了矛盾的严重性，正是这种矛盾定义了他的生活。

尽管体型高大，内森这位在册的共和党人平时开的都是一台白色的大众捷达柴油车，他开着这车已经跑了十七点七万英里，相当于绕地球七圈，其中大部分行程都在艾奥瓦州境内。他穿着灰色西装、白衬衫，系了蓝色领带，两个拇指上各戴了一枚戒指，准备前往西尤宁镇出庭。

内森一头深金色头发，两侧较短，顶部较长，借助于发胶的硬度，头发被打理得相当整齐，像一排排冬小麦硬茬似的。莱恩这个姓来自挪威语；在内森的宽额头下是一双雪橇犬般的蓝眼睛。他一直都喜欢"蔓延的恐慌"（Widespread Panic）这支迷幻嬉皮士乐队的音乐，只要他们在离他四百英里以内的地方举办音乐会，他一定会赶去观看。迄今，内森已经看了十九场他们的音乐会。在他那台捷达车的后备厢里放着一件Mossy Oak的迷彩狩猎背心，口袋里塞满了猎枪子弹和木制的火鸡哨子；一个装满警方报告和证词的纸箱；以及一把十二毫米口径的半自动温彻斯特 X2 霰弹枪。

二○○五年五月中旬的一天，从萨斯喀彻温省①的里贾纳吹来的冷空气一路经过达科他南下，受此影响，奥尔温上空阴沉沉的，乌云翻滚。内森的父亲在城外十二英里的那片内森从小长到大的农场上种玉米，由于天气预报说还有更多降雨，为了赶在土壤变得太湿而无法耕作之前播下当年作物的种子，内森的父亲打算一直在那里忙到天黑再走。除此之外，农场上还有一大堆的事要做，其中大部分都是围绕着内森父母喂养的大约五十头林肯长毛羊和考力代羊转的：打扫畜栏，换水，给公羊和母羊喂干草。内森脱下了西装，换上了破旧的背带裤和十五号工作靴，开着他的白色捷达沿一五○号公路一路往北行驶。在长长的落日余晖里，恩典卫理公会教堂披上了一片深栗红的色彩，他的车经过教堂，然后右转沿着三号公路往西开去。傍晚的空气中弥漫着割过的草皮和潮湿的路面的气味，但还是难掩其中混杂着的骚臭刺鼻的猪屎味。二十英里外的西面天空像淤青块一样暗沉，阿米什人早已拉紧了马车上的塑料遮雨门，催着他们的佩尔什马赶紧跑。

内森出生和成长的家坐落在碎石路尽头小草坪的一个小高地上，是

---

① 简称萨省或沙省，是加拿大一级行政区（省级），首府为里贾纳。——译者

一栋白色的房子，外墙装有楔形板，房子里有三间卧室。它建于一九一〇年，明眼人一看就会发现有些歪，从地基到屋顶，从西北角到东南角，有两度或三度的偏差，这是草原上狂风肆虐的有力证明。屋外的风景，既有朴素的蔚为壮观，又有令人窒息的荒凉，简直让人叹为观止。从车道开始，一英里一英里的刚刚种下的玉米和大豆向四面八方蔓延开去，不时地被一条常青的防护林或树木的一根枯枝打断视线。尽管这里气候恶劣，但在人们的记忆中，这里的枫树和橡树跟农舍一样，始终都矗立在那里。倔强，似乎成了这个地方的一道风景。

节俭则是这里的另一道风景。在农舍里，内森的母亲和父亲站在厨房的水槽边。厨房里有一个小小的四眼灶头，一排白色木柜，一张带两把椅子的阿米什风格的桌子，一个小冰箱。房间里堆满了数十册甚至不下上百册的农业公告、年历、杂志以及这家人为了预测绵羊和农作物的价格反复翻看的折页，包括《华莱士的农民》（Wallace's Farmer）、《今日农民》（Today's Farmer）、《绵羊》（Sheep）杂志、《玉米种植者》（Corn Producer）以及艾奥瓦农业局出版的《发言人》（Spokesman）。这里没有互联网和电脑，也没有传真机或黑莓手机。除了那部固定在墙上的电话，这里唯一跟现代技术沾上边的是放在料理台上的那台小电视机，每到星期五晚上八点，内森的父亲就一边看着 PBS 频道的《市场到市场》（Market to Market）节目，一边有一搭没一搭地回应着两位主持人说的话。

莱恩一家所做的每一个决定——要买多少种子，从谁那里购买；什么时候收割；农作物收割后放多久再卖——都是通过把过时的财经信息和那些细小微妙的季节性变化叠加在一起而得出的。明天该去做什么，取决于这个星期的天气跟去年的收益率比较的结果，或者取决于今天芝加哥期货交易所的期货市场与澳大利亚或加拿大羊毛产量的预期趋势有着怎样的关系。从这个角度来看，莱恩这家人不像农民，反倒更像那些不太清楚自己究竟想要什么的神秘主义者，除了天气和有机化学，他们深信还有一百种别的既看不见又控制不了的力量存在。看着他们倚靠在这间小厨房的料理台边上，就能理解农业这种盲目的信仰与宗教之间的联系。如果你对一年当中所种植的玉米或豆类作物深信不疑，那你似乎也可以对任何事情都抱有信念了。

内森的父亲詹姆斯今年六十九岁了。他有一头黑色的短发，眼镜片已经开裂。他的背不太好，站着的时候身体有些歪，但身穿红蓝相间的工作衬衫、牛仔裤，脚蹬一双运动鞋，看上去不过五十岁的样子。他的母亲唐娜七十岁了，齐肩棕发已经渐渐灰白。她穿着牛仔裤，配一件浅灰色的羊毛衫，尽管她的手弯曲着，关节处像猛禽的爪子，很明显是患了关节炎的缘故，但她看上去还是比实际年龄要年轻。老夫妻俩的个子都不矮（詹姆斯六英尺，唐娜五英尺七英寸），却说不清内森高大的身材到底遗传了谁的。厨房的天花板有些低，地上铺的油毡地板也在剥落，内森弓着身子走进厨房时，仿佛一下子就把整间屋子都塞满了，而他的父母看上去也像缩小了似的。他就站在冰箱边上，但奇怪的是，他的父母几乎没注意到他的出现。内森看着像是刚从羊圈回来，一进屋就喝了一杯水；大家一句话都没说。随后，内森跟他们点了个头，出去查看羊群。眼看着暴风雨就要来临，他父亲也要再出去开拖拉机了，谁也没时间聊天。

农业一直以来都是费耶特县——往大了说，也是艾奥瓦州的命脉，而且现在依然如此。内森每周至少会去他父母那里三次。每逢四月底到五月中的春耕期间，还有夏末收割和打包干草、秋天收割玉米以及冬天母羊生小羊羔时，他每天晚上都会回父母家。莱恩农场经营得相当成功，部分也正归功于此。这当然也跟土地的肥沃分不开。这里种植玉米的土壤，其可持续发展（CSR）的评级达七十五至八十五分，满分是一百分，人们已经在此耕种了一百五十年，而费耶特县的这片土地依然异常肥沃。这里的年平均降雨量为三英尺，因而农民不必像美国其它很多地方的农民那样为灌溉农田而劳神费心，每次播种后都能省下数千美元的费用。由于百分之五十的耕地用于大豆轮作，莱恩农场每年基本上靠间作物就可以实现保底收益，种植干草也只是为了饲养绵羊而已。至于卖羊毛、羊羔，偶尔卖公羊或母羊，多数时候是出于对劳动的热爱——或者说，在习惯了清苦生活的内森父母看来就是一种享受，这也是莱恩家的羊在远至马里兰州和科罗拉多州获奖的原因。总而言之，这就是詹姆斯·莱恩和唐娜·莱恩夫妇俩近四十年来取得巨大成功的秘诀。

不幸的是，对于奥尔温周围的许多农场家庭而言，莱恩家的农场是个特例。自一九八〇年代初以来，费耶特县的四家农场中有三家已经倒闭了，这在美国乡村的每个地方都是大势所趋。取而代之的是，很多家庭农场已经成为诸如嘉吉公司①和美国阿彻丹尼斯米德兰公司②这类私营企业不断增持的附加资产。若非那样，随着土地和玉米价格自由落体式的下降，像莱恩农场这样的小农场就会被迫破产，沦为那些控制着包括费耶特县这样的大部分农村土地的少数家族的目标。土地卖了，工作也没了着落，大量的人口在过去二十五年里离开了农场聚集的区域。奥尔温的情况相当典型：一九六〇年到一九九〇年间，当地的人口从八千减少到六千出头，下降了近百分之二十五。受教育率和就业率也随之下滑。对那些留守在美国农村的人而言，二十五岁以上的男人当中，仅有十分之一接受过至少两年的大学教育。这里的平均失业率是美国城市失业率的一点五倍。也就是说，跟大多数的农业区一样，如今靠费耶特县

---

① Cargill，成立于一八六五年，是一家集食品、农业、金融和工业产品及服务为一体的多元化跨国集团。——译者
② Archer Daniels Midland，简称 ADM，初建于一九〇五年，是世界上最大的油菜籽、玉米和小麦加工企业之一。——译者

的经济命脉——农业为生的人口，已远远少于二十年前的。

出于对父母的尊重，内森在描述他们的生活境况时没有用"贫困"这个词，尽管差不多任何一个定性分析都会给他的父母贴上"贫穷"的标签。虽然艾奥瓦州北部气候恶劣，莱恩家这栋有着百年历史的农舍只在房屋的一侧装了护墙板。内森小时候穿的衣服都是从慈善商店（Goodwill）淘来的。内森说，圣诞节于他们而言是用来祈祷而不是互赠礼物的，倒不是因为宗教上的约束，而是因为经济上的拮据是向来看天吃饭的农民普遍都要面对的。唐娜的父母是来自艾奥瓦州韦弗利的新德国移民，自二十世纪六十年代以来一直住在这里。一九六八年，唐娜的第一任丈夫在车祸中丧生。此后四年，她一个人经营着农场，直到一九七二年嫁给了在汽车修理行打零工的第一代挪威移民詹姆斯。那个时候，农作物的售价还不错，在费耶特县，农场的平均面积仍是二百五十英亩——这样足够维持生计。从那以后，占地四百八十英亩的莱恩农场历经不同的时代，已经成了一个神奇的存在。内森说，周围许多农场的耕地面积是他们家农场的十倍，而且都是用配有 GPS 导航、价值二十五万美元的农耕机械设备来进行耕种。而他父亲所使用的设备基本上早已可以送去博物馆了。

有朝一日是否会接手父母的农场，这是内森的生命中最重要的问题之一，但就目前而言，一切都还是未知数。没有人比内森更了解农场的里里外外，也没有人比内森更理解这片土地蕴含的意义。土地这东西，要么你对它充满渴望，要么你根本无动于衷；如果你天生拥有这样的渴望，就能发自内心地理解莱恩夫妇俩，都已经是六十九岁、七十岁的人了，哪怕每天累得腰酸背痛，也要保住自己的农场。这么做并非出于使命感或审美，皆因流淌在身体里的血液使然。

因为这个农场，内森从法学院毕业后就回到了奥尔温。在离家三年的时间里，内森留长了头发，利用在大学学到的哲学知识，尽量解除宗教训练对他行为举止的严格限制。一旦进入更广阔的世界，为了掩盖他来自小地方且与世隔绝的成长经历所带来的不适，内森尝试了——据他自己估计——包括甲基苯丙胺在内的人类已知的每一种毒品。即使在他为自己围绕法律的约束性要素而建立的生活做好了准备的时候，他仍然一步一步地将那些构建起自己人生的基石捋了一遍，并试图摧毁这一切。但他无法毁掉的是自己想要回家的那份渴望，还有跟自家那片土地的血脉相连。内森自己心知肚明，重回故里意味着他将永远错过离开艾奥瓦州的最佳机会。

当内森在二〇〇一年重返故乡时，他对自己的家乡有了截然不同的理解。离开前，他还是一个不谙世事、极端保守的路德派教徒，归来时，他对环保运动怀着满腔的热忱。当地在用水方面的立法成为他环保运动的主要目标，在他看来，这些不负责任的立法对农民和牧场主给予了偏袒性的支持，与此同时对河流，比如他心爱的伏尔加河①——密西西比河的一条支流——造成了污染。尽管他在社会议题上属于典型的草根自由派，但内森对当地的财政持保守态度。最近十年里，建造监狱成为艾奥瓦的主导经济类型之一，内森则主张对本州的强制戒毒康复中心进行投资，而不是建造更多的监狱。他不再去教堂做礼拜，但加入了由教会赞助的社会变革组织。他阅读阿奎纳②和康德③的著作，买了一辆大众的巴士，并组织了公共区域的垃圾清理活动。有一阵子，他跟当时的女友住在滑铁卢市，从奥尔温往南开过去有一小时车程，她是他在法学院认识的。据内森说，他父母列出了一长串理由来反对他们俩的关系，其中包括她胸部丰满、身材娇小、留着短发；她信犹太教；她来自

---

① Volga，位于美国艾奥瓦州东部，与俄罗斯伏尔加河同名。——译者
② 托马斯·阿奎纳，是欧洲中世纪经院派哲学家和神学家，也是自然神学最早的提倡者之一。——译者
③ 伊曼努尔·康德，是启蒙时代著名的德意志哲学家，德国古典哲学创始人。——译注

大城市（印第安纳波利斯）。在一次大吵之后，内森确信他会和住在旧金山、跟自己关系有些疏远的哥哥一样，放弃接管农场的希望。奥尔温四周那些保守的农民都深信，过不了几年他就会接手家族农场的生意，但他对环境变化的一腔热情彻底打破了这种普遍的看法，他也以此自我安慰。尽管如此，他对自己的生活依然深感迷茫而困惑，家，是那个在智识上和精神上限制着他的地方，也是一个让他心生向往的地方。一切都不再熟悉。内森想要做些什么，但最后什么也没做。

正是在那个时候，拉里·墨菲给他打了个电话。墨菲，小镇一带的人都叫他老墨，出生在艾奥瓦州迪比克的一个信奉天主教的民主党家庭，曾经在肉类加工厂做过工。拉里的父母生了十个子女，最后活下来八个，其中有四个目前或曾经在本州从政。老墨连任过三届州参议员，其中一任上，当时还在上高三的内森曾作为实习生为老墨工作过。二〇〇二年一月，也就是内森搬回艾奥瓦州一年之后，老墨在奥尔温深陷财政困境时出任镇长一职。除了农场的问题之外，芝加哥大西部铁路公司也关闭了发动机制造厂，镇上的泰森肉类加工厂发的工资仅为一九九二年的三分之一。随着学生人数的减少以及税收拨款的下滑，奥尔温高中面临着关闭的危险，万一真走到这一步，就会给全校大约四百名学生带来灾难性的影响，他们得坐公共汽车去五十英里开外的学校上学，开销会很大。

当一切被抽空的时候，甲基苯丙胺的生产和销售有了进展。不仅在奥尔温，甚至在整个艾奥瓦州，冰毒已经成为主要的经济增长领域之一。在一九九八年至二〇〇二年间，没有一个合法行业能像冰毒那样在生产和销售上实现百分之一千的增长，而在这四年里，玉米的价格持平，牛肉的价格实际上还下跌了。

为了避免失去自己抵押的土地的赎回权，农民们绞尽脑汁，将液氨（一种常用化肥）出售给冰毒制造者用于毒品生产。其他一些人则放弃务农，转而加入小规模的毒品制造业。在肉类加工厂上班的工人则不断加量购买毒品，好让自己连班倒的时候能保持足够长的清醒时间。各种小型的合法企业相继破产，冰毒实验室逐步取而代之。用内森的话来说，畜牧业和农业跟毒品之间开始为了力争成为奥尔温的命脉而展开激烈较量。

"说到噩梦，"内森回忆道，"所有建立开化的文化的基础在我们这里已经荡然无存了。这里成了第三世界。人们开始把奥尔温称作'冰毒房'（Methlehem）①。"

二〇〇二年三月，在他的第一个镇长任期之初，拉里·墨菲给内森打了个电话，提出请他来担任县助理检察官，附带条件是必须清除奥尔温的冰毒。和内森一样，新上任的镇长也是个理想主义者，他还邀请内森与他一起打造出一个榜样，让大家看看一座自强不息的小镇是如何在困难时期获得成功的。当然，他也充分利用了内森一心想要离家更近些的愿望。当内森与其父母之间的关系日渐疏远时，他与他女朋友之间的问题也随之多了起来；自打他回到艾奥瓦州后，他第一次想要离开滑铁卢重回奥尔温镇。老墨告诉他，在州政府工作的话，那么他在平时晚上和周末就会有大把时间去父母的农场帮忙，无论他和他们之间有什么隔阂，这些都可以逐渐愈合。无论是个人层面上的问题，还是公民层面上的问题，老墨说，在内森身上最终都会迎刃而解。内森毫不犹豫地抓住了这个机会。

"他是个非常有说服力的人，"内森在二〇〇五年时说，"我从彻底的麻木不仁变成了完全的干劲十足，前后大约也就一个星期的时间。我们打算治理好这个地方。当时我对此深信不疑。从某种角度而言，我至

---

① 美国作家马克·林德奎斯特在其《冰毒房之王》（*The King of Methlehem*）一书中用 Methlehem 来指代在美国西部拥有最高冰毒产量的华盛顿州的皮尔斯县。这个词是 Bethlehem（伯利恒）的变体，在基督教中，Bethlehem 是耶稣的出生地，在阿拉伯语中这个词意为"肉篮子"，希伯来语中意为"面包房"。——译者

今依然这样认为。"

早在二〇〇五年的时候，奥尔温的冰毒很大程度上还停留在小型实验室的阶段，美国的许多地方亦是如此。而在前一年（二〇〇四年的统计数据在我去奥尔温的时候刚刚公布），艾奥瓦州查封了一千三百七十个制毒实验室，伊利诺伊州查封了一千零九十八个，田纳西州此前早已查封了八百八十九个，内布拉斯加州此前早已查封了六十五个，佐治亚州的执法人员查封了一百七十五个，亚利桑那州查封了七十一个，俄勒冈州查封了三百二十二个。不过，这些州都不是密苏里州的对手，后者共查封了两千零八十七个制毒点。在一九九八年内森上高三那年，当时艾奥瓦州查封的制毒实验室仅为三百二十一个，到了二〇〇四年，这个数字增长了近百分之五百。而且，这还真只是冰山一角。在说到全国各地的现状时，奥尔温镇警察局局长杰里米·洛根坦承，执法部门最多也就围剿了现有制毒实验室总数的十分之一。单单二〇〇三年和二〇〇四年，从艾奥瓦州的制毒实验室里解救出来的儿童就有七百人，以此推算的话，也就是说，至少有七千名儿童每天生活在制毒家庭作坊，每生产出一磅可用的甲基苯丙胺，就要制造出五磅的有毒废物，而这些废物通常都只是丢弃在厨房垃圾里。

内森估计，到我跟他认识的时候为止，他经手的所有案子中，有百分之九十五或多或少跟毒品有关：制毒和贩毒、持有毒品、持有并企图贩卖毒品、非法向未成年人贩卖毒品以及在非法物品的影响下驾驶等。他说，一百起这样的案件中，有九十八起他不得不提出抗辩。最让他困扰的莫过于这些罪行，不仅数量多，还牵涉到儿童。其中许多涉及儿童性侵。另一些则涉及对儿童疏于照料，而且达到了一个数量级——三岁孩童被独自留在家中一周，还要照顾自己的弟妹；孩子们喝自己的尿来防止脱水——这些以前在奥尔温都是闻所未闻的。

奥尔温的人口数量在二十世纪八十年代到九十年代期间稳步下滑，并且时至今日仍在持续下降，尽管速度有所减缓。由此导致了税收长期、稳定的损失。在这样的环境下，某些基本的公共职能就成了一种奢侈。让路灯在夜里一直亮着不再是想当然的事。庭审，由于开销大，从经济角度来看已经不再可行。长期监禁也是如此。由于这些问题在整个县乃至整个州都存在，因而根本没有地方安置吸毒者。费耶特县监狱人满为患，本地监狱以及位于麦迪逊堡的艾奥瓦州立监狱也是一样。在费耶特县，根本没有康复机构可言。公共服务部每个星期都在裁员；到二〇〇五年十月，内森的女朋友洁米也要失业了。

那年五月的一天，我和老墨坐在一起看棒球赛，奥尔温的哈士奇校队在对阵迪科拉维京人队的两场比赛中败下阵来，此时已经是老墨的第二个镇长任期的中段，我问他，他第一次注意到冰毒成为一个真正能影响奥尔温当地生活的因素是在什么时候。跟内森一样，他也说是在二〇〇三年，当时制毒实验室的数量犹如瘟疫一般迅速攀升。我又问，既然这个问题已经存在几年了，他对此有什么打算呢。老墨头戴一顶海军蓝棒球帽，脸上架着一副飞行员太阳镜，看上去是个充满活力、非常健康的五十岁男人，这会儿他一反常态地沉默了。"老实说我并不知道，"最后他开口道，"我担心的是根本就没有什么解决方案。到目前为止，我们仍然不清楚这条路该怎么走。"

或许老墨比其他人都要清楚，过去二十年来，奥尔温的财政困难让冰毒问题变得日益严峻。他的工作理念越来越多地倾向于解决小镇的经济困境，这样的话，毒品问题也会随之迎刃而解。不管怎样，那至少是个愿望。而在另一个层面上，冰毒似乎完全超出了任何理性的、可计算的变量范围。老墨说，假如冰毒只会吸引那些一无所有、一败涂地的人的话，那么最后为什么是那些"好的家庭"承受其后果呢？就在最近，在当地开美容院的一个女人的遭遇令人唏嘘。某天晚上，这个女人的丈夫因为吸毒后产生的严重幻觉而指责她睡在他身旁跟一个陌生人发生了性关系（其实当时她和她女儿正躲在隔壁的房间里），随后他还企图杀死她。老墨说，奥尔温似乎笼罩在一片难以挣脱的虚无主义的感觉里。

能证明经济损失与冰毒用量增加这两者之间的联系的一个例子是，那些不起眼的炮制冰毒者大都觉得自己是他们那种人里硕果仅存的最后一批，就像二十世纪早期的私酒贩子一样，不仅是铤而走险的罪犯，也是走投无路的小商人。在那么多店铺关门大吉之后，正是那些被警察称为瘪四和大头蛋①的制毒者们，把自己吹成了在日益衰落的奥尔温镇经济中屹立不倒的企业家。他们的生意蒸蒸日上，随之而来的另一个好处就是人们在吸食了冰毒之后，一连几天都会感觉良好。这些制毒者自视为当代花衣魔笛手②，他们在小镇上的出现让一个尚无明确答案的问题暴露了出来：还有别的什么能让人感觉良好吗？大家普遍都是这么想的。在内森·莱恩的家对面，就在离他家前门大约九十英尺的地方，住着一对已婚夫妇，两人昼夜不停地制毒，直到二〇〇三年内森对他们进行庭审、定罪。

奥尔温的那些小打小闹的制毒者炮制的是一种被称为"纳粹冷"(Nazi cold) 的甲基苯丙胺，它主要是用液氨——农民喷洒在地里的一种富含硝酸铵的化肥——以及从感冒药"速达菲"和"康泰克"里头提炼的伪麻黄碱制成。之所以取名"纳粹冷"，部分是因为对感冒药的依

---

① 《瘪四和大头蛋》（*Beavis and Butt-Head*）是一部充满暴力与色情话题的儿童不宜的卡通影片。片中的两个主角分别是瘪四和大头蛋。——译者

② Pied Pipers，又称哈梅尔的吹笛人，是一个德国民间故事。一二八四年，一个叫哈梅尔的村落鼠患肆虐。某天来了个外地人，自称捕鼠能手，村民承诺若他能除去鼠患便予以重谢。此人吹起笛子，鼠群闻声而行，最终纷纷掉入威悉河淹死。事后村民食言，吹笛人愤然离开，数周后返回，再次吹起笛子，村里的孩子闻声而行，最终被诱至山洞活活困死。——译者

赖，部分是因为德国人在第二次世界大战期间使用的甲基苯丙胺合成工艺，要依赖硝酸铵。对于后一种成分，德国人的供应量相当充足，因为硝酸铵也是弹药的关键成分。（有了足够的弹药和冰毒，人们或许会得出结论：凡事皆有可能。）战争期间，德国的甲基苯丙胺由德国的泰姆勒制药公司（Temmler）和诺尔制药公司（Knoll）研制，并以"柏飞丁"（Pervitin）这个名字进行销售，实际上它是在实验室制成的，而且产量惊人：每月数百万片。

相比之下，"纳粹冷"这种冰毒可以在任何地方制作，而每次烧制时的用量极少超过一磅，但是很可能只产出几克毒品，后者被当地人冠以各种名称：赃物（swag）、大便（shit）、批次（batch）和"神力"。过去十年，艾奥瓦州的制毒实验室的地点包括渔具店、河道驳船、挖掘机开挖的隧道管网、联合收割机的驾驶室、成千上万的厨房水槽、浴缸和汽车旅馆的房间，还有一所高中的更衣室，一个老年之家，住在那里的老年人被喂食了过量鸦片类物质，这样就不会在人们忙于炮制毒品时醒过来。在艾奥瓦州某县，校区附近禁止销售烘焙糕点，因为有几个孩子在毫不知情的情况下带着沾了冰毒的巧克力饼干和脆米饼到学校，导致一些同班同学患病。

与二噁英一样，冰毒的残留物在合成后的几天内具有一种独特的能力，能粘在食物、台面、微波炉内壁、水槽底部，还能与人体的肺组织结合。制造这种毒品是一项危险的工作。存储在零下二百华氏度的液氨，其释放出的"热量"高到可以穿透人体组织，直接灼伤骨头。截至二〇〇五年，在奥尔温，制造冰毒的过程通常是在一个二十盎司的苏打水瓶而不是真正的实验室里完成的。这个过程中至少有一个步骤——在液氨中加入锂——如果处理不当就会导致爆炸性沸腾。而另一种制毒方法中，在红磷中加入蓝碘这一步通常会产生磷化氢气体，这种气体的毒性足以烧灼肺部和咽喉组织。冰毒还有其他副作用，比如当你的毛孔努力张开以便将毒品排出体外时，会出现出血性皮肤溃疡，通常是被感染了；内脏会因为缺水而干瘪萎缩；从 CAT 扫描图像来看，大脑的大部分区域的神经递质完全耗尽：有一种一个人由内而外逐渐崩溃瓦解的感觉——看起来几乎就像我们在失去意识后重新醒过来的人身上看到的那样。然而极为讽刺的是，这种恐怖的情形完全是由我们自己亲手造成的。

其实，称其为"实验室"并不是很恰当。制造"纳粹冷"所必需的，除了液氨和感冒药之外，还有装在电池保护层下面的锂金属条（拉开保护层下面的锌铝合金涂层即可获得），以及一些科勒曼（Coleman）灯笼燃油和九年级的化学知识。自从警察开始对很多住宅进行突击搜查、寻找冰毒实验室，用一个苏打水瓶代替一对装有医用软管的水桶的装置便流行了起来。这种装置名为"单批次系统"（single-batch system），是为了便于在骑山地车的同时制毒而专门设计的。采用这种做法的制毒者相信，与在家里的实验室不一样，如果他们将苏打水瓶绑在自行车后座上，骑着车到处跑，就可以使烧制过程中产生的气味散发掉。他们进一步相信，警方不可能怀疑一个骑着自行车的人正在制毒。没过多久，警察就逮了个正着。有一次是在某年夏天，费耶特县的一位警察看到一个孩子坐在大片玉米地旁的路边，于是把车停了下来。那个男孩的自行车被拆开了，散了一地，他的身边放着一个苏打水瓶，里面有一小团火在燃烧：他决定在等待冰毒制作完成的同时，把自行车拆开再重装起来。这个男孩问警察为什么停下车来。警察的回答带着中西部特有的幽默："我接到一个电话，说你需要借一把螺丝刀。"

每一个制作"纳粹冷"的人首先需要订购大量感冒药。为此，制毒者通常会雇一些人替他们跑腿，以一部分成品作为交换。这些人会开着面包车从一个镇跑到另一个镇，去加油站、沃尔玛和药店弄感冒药，不管是用偷的，还是花钱买，反正越多越好。他们可能今天在这个县，明天就跑到了那个县。假如他们最近在奥尔温镇一带特别活跃，那么他们可能会跑到明尼苏达州的喀里多尼亚，中途再去一下艾奥瓦州的迪科拉、肯德尔维尔，回程时经过威斯康星州的普雷里德欣扫荡一圈后再打道回府。全国各地的警察抓住面包车这个特征，盯紧车上的乘客举止极其可笑这一情况，便可将他们一举拿下，他们还把这种收集药的过程称为洗黑钱。

如果制毒者做得比较成功的话，还可能有自己专门的液氨供应渠道，通常是从农民那里搞到，农民则可以获得利润分成。然而，对于小打小闹的制毒者而言，更多的是靠偷。这很危险，受伤也成了家常便饭。用作肥料的液氨需经高度稀释；用来制作冰毒的话，必须是浓缩的才行，这很大程度上得在夜里偷偷摸摸地去弄。为了从笨重的厚壁钢质存储罐中偷到液氨，人们通常会用砖块将钢罐的腿部垫高，找到液氨的沉降线，这跟找石膏墙背后的木龙骨一样，用指关节敲击罐体，根据听到的声音便可很容易地分辨出来，然后在这条线的上面打个孔，这种方法极其危险。接着，这些偷盗者会把罐体下面的砖抽掉，一次抽一块，让罐子越来越倾斜。当液氨从钻孔中流出，他们就用一般的桶或者加固后的煤油桶来装。慈心医院的办公室主任克雷·豪贝格说了好几个故事，其中一个讲到一个男孩在偷液氨的时候有少量液体溅到了他的牛仔裤上，但他在事故发生了近两天之后才去急诊室。他本该早点去的，但他仍处于毒品带来的亢奋中，而且他也不想坐牢。克雷说，等这个男孩到急诊室的时候，他的一个睾丸早已融化了。

这样的故事，每天都在去枢纽城市面包房喝咖啡或者去 VG's 购物的农民中流传，而且一传十十传百，到二〇〇五年夏天，它们开始在奥尔温的文明意识上产生冲突。在全镇开始集中力量清除冰毒问题两年之后，人们渐渐失去了耐心。为了找到冰毒，在内森和老墨的全力支持下，警察局长下令他的手下可以以任何理由要求车辆靠边停下。最近，他还游说市议会通过了一项禁止在城里骑自行车的条例。希望这样的举措可以让那些在城里一边骑着自行车，一边用苏打水瓶肆无忌惮地制作冰毒的人从主街转移到乡下某个地方去。奥尔温当地人对此的反应之一是，认为老墨、内森和警察局长应该针对那些经常在居民区引发火灾、让有毒烟雾随风到处飘散的冰毒实验室做些什么，而不是侵犯人们的公民自由。与此同时，奥尔温一个名叫大卫·布洛姆的警官因涉嫌侮辱一个名叫杰森·安尼斯的吸毒者而受到调查。根据艾奥瓦州的《西布兰奇时报》（*West Branch Times*）的报道，布洛姆逮捕安尼斯时，他的"手臂上插着"灌满冰毒的注射器。之后，警察局的一台摄像机显示布洛姆将安尼斯推倒在地，导致他一只眼眶骨折以及左脸颊复合型骨折。

这类事件造成的影响，除了绝望乃至恐慌，还有对这些事件过于简化的改编，把发生在奥尔温的所有坏事都说成是冰毒造成的，且只归咎于冰毒。这一假设同时也认定，无论是谁，只要吸毒上了瘾就是软弱无能之辈。是这些人出了问题，并且就是因为他们，我们现在也出问题了。内森内心的矛盾使他善于公平地看待事物，即使是他这样的人，在说到那些因为自己的毒瘾而让其他人为此付出代价的人的时候，也会很快用上了"臭狗屎"和"人渣"这样的词。在做县助理检察官的三年里，（奥尔温镇上的）事情从每况愈下恶化到糟糕透顶，他发现想要看清吸食冰毒后生活的细微变化已经越来越难了。

内森的办公室位于一五〇号公路和三号道拐角处的一幢三层砖楼里，与奥尔温公共图书馆隔街相望。这幢砖楼的一楼有一家小银行。二楼和三楼都空关着，奥尔温当地许多商业空间也都是这样。地下室是一家由父子两人合开的律师事务所，名叫"索埃有限责任公司"。儿子名叫韦恩·索埃，不仅是他跟自己父亲合开的这家公司的合伙人，还是县检察官。内森如果不上庭的话，就会去楼里的办公室，地方虽说不上奢侈，但空间充足。有一张大桌子，三把椅子，其中两把上面堆放着一箱箱证词和警方报告。墙上挂着的是内森去年春天杀死的一只火鸡的鸡冠子，又黑又粗，有十英寸长，跟小马的尾巴似的。旁边挂着的是用画框裱起来的证书，内森在附近的伏尔加河组织过众多的清理活动，这是对其中一次组织工作的表彰。

到了午餐时间，素来以节俭为荣的内森通常会在这时回家，一边看电视，一边吃前一晚剩下的饭菜。内森几乎不去外面吃饭的另一个原因是他时不时会遇到那些之前被他起诉过的人。但今天是星期五，是这个星期的最后一个工作日，在一连下了五天的雨之后，五月的太阳终于露出脸来了。三个街口外的利奥意大利餐厅，每个星期五都会特价供应煎猪里脊配蛋黄酱和西红柿三明治配烤土豆。这道菜五点九五美元，要是你问内森的话，他还是会嫌贵。但对今天来说，这道菜听上去好到简直不容错过。于是，内森伸手拿起自己的西装外套，上楼推开大楼的玻璃门，走进温暖的阳光里。

利奥餐厅里挤满了人。宽敞的大窗正对着主街和对面的电影院，利奥餐厅在这里已经开了四十年了，感觉跟这栋建于一九〇七年的楼一样老。锡制的天花板是大楼原有的，木墙也一样。一年十二个月，每天这里的午餐和晚餐生意都很好。坐在餐厅里的有穿着干净牛仔裤的农民，有来自泰森工厂的技工，还有镇上几个男人，后者在讨论沿着主街开一家乙醇厂。

在一个靠墙的红色瑙加海德革的卡位上坐下后，内森有一点豁然开朗的感觉，可能是因为这里的服务员布里吉特·亨德肖特，她让他想起了自己身处的这个小镇所面临的困难。布里吉特今年五十四岁，每个星期都要工作五天，正是内森所说的社会中坚力量。她的女婿是副警长；女儿在州公共服务部工作。用内森的话说，冰毒泛滥的最大受害者就是像布里吉特这样的人。他们辛苦工作了一辈子，到头来却眼睁睁地看着自己的小镇走向毁灭，还要担心自己的孙子孙女们会成为毒品的牺牲品。他说，随着经济的不断下滑，他们越努力工作，似乎就落得越远。这一点让内森很是抓狂。

"我想起自己仰慕的那些信条：康德呼吁通过行动改善人类；阿奎纳相信帮助其他人实现其目标是每个人的事工。小时候，"内森说，"在我父母的家里，一切都是非黑即白。没有异族通婚，没有酒，没有性，不投票给民主党人。直到上了法学院后，我才开始思考：这么狭隘的一派胡言怎么会有助于实现康德和阿奎纳所倡导的理念呢？根本不会，因为这和社会太脱节了。

"但看看我现在所在的地方，"他继续说道，"绕了这么一大圈，我还是回到了原点，因为那些被我起诉的人在我看来就跟白纸黑字的案件档案一样。吸食冰毒的人真他妈多到我根本分不清谁跟谁。我没有机会看到他们在自己家里的样子。我甚至连把他们当人看的时间都没有，因为我受的培训不允许我这样。所以，我是怎么进步的？"他问，同时迅速地揉了一下鼻子，然后回答了自己提出的这个问题，"没有。我退步了。"

布里吉特过来给内森点单。她把头发染黑了，这样好掩饰自己的白发，她戴了一副深色镜片的眼镜，走到外面时镜片颜色会在太阳下变得更深。在她离开后，内森的身子往前靠在桌子上，拍了拍手。

"让我们从科学和经济的角度来看看冰毒这个问题，"他开口说道，"首先，你的大脑中有一部分经过数千年的进化，可以在你做了能让人类繁衍的事情之后奖励你。做爱，让你感觉良好，简而言之就是这样。接着，冰毒出现了，给你的感觉比做爱还要好上二十倍。因此，基本上可以说，冰毒变得比生物学更厉害。

"所以，你可以把一个吸毒者投进监狱，但他在里面从头到尾只会想一件事：怎样在他出去的那天吸到嗨。事实上，他甚至连想都没想。他的身体就跟重新组装过一样，知道生活中除了毒品再没别的什么了。

那么你说，'监狱能改造好他们吗?'

"与此同时，不管他是在监狱里关着，还是在街上吸毒，这个人和整个经济都是不相干的。这一带的一整片区域刚走了一批蓝领工人。所以我们可以选择的另一种方式，就是本州指定的中途之家①，住在那里的两个月时间里你必须每天办理入住和退房手续；必须工作；必须接受尿检。是的，都得照做。但只有两个月而已，"内森说，"这算不上糟糕。两个月不吸冰毒根本不算什么。为什么不来个五年呢？把资金用于这些地方的建造和人员的配置，尽量让吸毒者一次性戒毒戒上几年，同时给他们一些他们担心会失去的东西——比如一份工作，一种安全感。"

内森的身体靠回了椅背。猪里脊端上来了。布里吉特热情地说："请享用吧，亲爱的。"内森从一出生就认识她和她的孩子们了。

"谢谢。"内森答道。然后，目送着她走开。他说："问题是，没有一个老老实实工作的人愿意再给吸毒者机会让他们去把事情搞砸。"

他靠后坐着，看着他的三明治。突然，他不饿了。

"你想要镇上的人理性地对待冰毒这个问题，可他们根本就不会买账。我也理解他们有这样的想法。明天有个混蛋要上庭了，这是他在今年的第三次，一想到这些就感觉真的很难。我的意思是，尽管我很遗憾，但我只能下班然后去农场干更多的活。有时候我看着那些吸毒成瘾的人，心里就会想：'操，还不如把这狗娘养的一枪崩了更爽快些。'"

一想到这个他就忍不住笑出声来。他笑得太厉害了，以至于人们都转过头来看。坐在我们隔壁一张桌子的是一位穿着蓝色牛仔裤的老农，椅背上挂着一件绿色的约翰·迪尔牌冲锋衣，他一脸怒气地盯着内森。内森冷冷地跟他对了一眼。有那么一会儿，只要他们当中有人想搞事的话，就很有可能动起手来。

① halfway house，为政府或志愿者组织开设，让犯人或患精神病或行为有问题的人暂住，帮助他们重新融入社会。——译者

第二章　最美国的毒品

二○○一年的一个寒冷冬夜，罗兰德·贾维斯从他母亲屋子的窗户向外望去，看到奥尔温警察派一些人爬到了院子里的树上。贾维斯知道，警察这么做是为了暗中监视那些他们怀疑在制造冰毒的人。爬上树的这些人是线人，他们就像恶魔的装饰物一样被安置在那里，越过外墙朝窗户里面窥探着。在贾维斯琢磨他们的时候，他们也在树上一边嘀嘀咕咕，一边努力眯起眼睛观察屋内的情形。当看清楚贾维斯确实在地下室制造冰毒后，这些人心满意足地给在屋顶上空盘旋的黑色直升机发了信号。直升机螺旋桨叶片发出的嗖嗖声，几乎一点也听不见，因而直到贾维斯看见这些监视他的人身体后仰，紧盯着寒冷的夜空时，他才注意到上面有直升机。这时候贾维斯意识到他得动作快点了：一旦直升机将房屋的坐标发到警察局，不一会儿警察就会冲进他家。

贾维斯跑下楼来到地下室。此时他身上穿着一件明尼苏达维京人队的背心，一条拳击短裤，白色短袜。这个三十五岁的离婚男子是四个孩子的父亲，从二十世纪九十年代中期开始制造冰毒，而吸毒是十六岁时就开始了，过去十年里，他有七年都在监狱里服刑。他可不想再回去。所以他一瓶接一瓶、一桶接一桶把存放在他母亲地下室的化学物品通过地板上的排水口往下倒：液氨、科勒曼灯笼燃油、工业酒精以及煤油。最后他把两加仑的盐酸倒了下去。接着，他点了一根烟。

镇上的人会说罗兰德·贾维斯把自己给炸了。但是，当贾维斯按下打火机后立马听到的声音并不是爆炸声，而是一种非常独特而且非常轻柔的吸吮的声音。盐酸电离的氢气从打火机的火焰传到排水管大约只需四分之一秒的时间。这就把整个地下室变成了真空状态。贾维斯听到了一声柔和的呜呜声！接着就是一声巨响，巨大的冲击力把窗户吹飞了，贾维斯的身上只要是没有衣服遮蔽的地方全都被烧着了。露在外面的体毛在几十分之一秒之内全部被烧光。他低下头，看到脚上的袜子不知什么时候已经不翼而飞。他抬起头，发现木制的天花板已被蔓延开的熊熊燃烧的蓝色火焰所吞噬。他的母亲是那种什么东西都舍不得扔的人，把她已故丈夫的书、衣服和渔具都打了包，她祖母离开西西里岛之前家里就有的旧家具，她也舍不得卖掉，全都一起放在了地下室里。现在，这一切都在火海中。窗户吹飞了，氧气从窗户洞涌入地下室，火焰烧得更高了。贾维斯脱下着火的背心，从楼梯一路跑上楼，来到屋外的门廊。他站在那里想了一会儿，然后他决定重新回到屋子里去。

接下去的四十五分钟里，哪怕火焰吞噬了一个又一个的房间，从一层楼蔓延到另一层楼，贾维斯还是一次又一次地冲进他母亲的家里。他拿起一个塑料拖把桶，装了一桶又一桶的水，不屈不挠地灭火，还不时地停下来，把一张沙发或者桌子拖到外面残酷的艾奥瓦寒夜。一度因为对厨房水龙头的出水量不满意，贾维斯在没来由的一腔怒火下，他冲过去拉出了嵌在厨房台子里的水槽，一把扔到了墙上，对此他声称是吸毒之后的亢奋和惊慌失措产生的肾上腺素的双重作用使他拥有了超人般的力量。

贾维斯说他一心想要保住房子。警方认为这是一个意料之中的结论，在这个充斥着冰毒制造者的小镇上，贾维斯算得上是他们当中最出色、最高产的一个，因此他正试图竭力挽救他的冰毒实验室里残留的东西以及他已经制好的毒品。若非如此，那就是他试图让火势扩散，尽可能烧毁更多的证据。可以想象的是，他正同时处在精神混乱、情绪崩溃和身体虚脱这三种状态之下。不管怎样，他停了下来，因为他的身体开始融化了。

其中一次跑到屋外后，贾维斯低头看了看，发现自己赤裸的手臂上有一层东西，他以为那是蛋清。然而那不是蛋清，而是皮肤里的水分煮沸之后皮肤变得黏稠的状态。贾维斯一把将它扯了下来，这下看到原来蛋清在的地方现在是被炙烤的肌肉。他看向自己的双腿和肚子。他的皮肤正一片一片地从身上滴下来。他母亲的屋子此刻已经化为一片火海，站在屋外刺骨的寒夜里，惊慌失措的罗兰德·贾维斯身上除了那条在救火时无意中沾了水的拳击短裤外，全身赤裸。他开始把一片片皮肤从自己身上褪下来，而手像钝了口的工具一样，他只能尽可能多地擦拭，把皮肤从身上铲下来，推到自己能触及的最大范围。他本可以把融化的皮肤从自己身上大把大把地扯下来，而实情是，他的手指已经烧掉了，只剩下光秃秃的手掌。他的鼻子现在也没了，他在聚集过来的邻居中间来回地奔跑，却无法大声叫喊，因为在他的喉咙里，食道和喉头都已经烧坏了。

贾维斯说，警察们就这么看着。作为贾维斯的高中同学，杰里米·洛根当时还是警长。当贾维斯向洛根靠近时，洛根像斗牛士躲避公牛那样闪开了，后来他告诉我，他并不是因为对贾维斯的情况感到难过，而是因为没人知道该怎么办。贾维斯无助地恳求着，希望有人能开枪打死他。他就这么活生生地被火包围着，那是一种难以忍受的痛苦。贾维斯说，甚至连医护人员都不知该如何应对。他说每个看着他的人——聚集过来的邻居、警察、奥尔温消防局的上上下下——都想要他去死。"我不怪他们，"他说道，"对于我这样的人，你还能做些什么呢？"

无论是在那天晚上，还是在之前的十九年时间里，罗兰德·贾维斯的经历都证明了甲基苯丙胺就是神经错乱行为的同义词。要不是他的朋友们，以及归入"艾奥瓦州奥尔温镇冰毒制毒者的奇遇"这一文档中的唯一一份警方报告，证明贾维斯所述确有其事，你可能根本就不会相信他说的话。贾维斯只是费耶特县一带众多传奇中的一个，他的"光荣历史"很多，其中包括吸食"神力"连续保持亢奋状态长达二十八天，相当于一个完整的月亮公转周期。冰毒也造成了现在贾维斯身上你所能看到的所有生理上的伤害。当我见到他的时候，他的心脏病已经发作过四次。他无法入睡，几乎没什么胃口。他的牙齿差不多都掉光了，剩下的那几颗也都黑了、蛀掉了。他几乎无时无刻不活在疼痛中；肌肉酸痛，关节僵硬。贾维斯说冰毒的破坏性波及了他的孩子，其中一个孩子是在他们夫妻俩静脉注射吸毒的高峰期出生的，以致十岁就带上了结肠人造口袋。那次实验室爆炸后，贾维斯没法再用他仅剩的掌骨（finger nubs）来注射毒品，于是他自己学会了用一根管子配合打火机，这样就能重拾他的习惯，像往常一样吸毒了。

而到二〇〇五年时，全国各地也有成千上万的新闻报道指责冰毒导致了妄想暴力、病态堕落、极端性变态，以及一种几乎是世间少有的致幻性质的邪恶。二〇〇四年的时候，明尼苏达州恩巴拉斯镇的一个名叫特拉维斯·霍拉帕的奥吉布瓦①印第安人在跟一群冰毒贩子发生冲突后，被拉到荒郊的沼泽地里绑在一张椅子上，受尽折磨之后他被打了十一枪，最终被斩首。还是在那一年，在亚特兰大北部的一个郊外，一星期之内在一个藏匿冰毒的屋子里发现了十三具尸体，都被捆绑着，是以行刑方式杀害的。在艾奥瓦州的奥塔姆瓦，一名十岁女孩的继父因为习惯在吸毒后用枪指着女孩强迫她为他口交而被逮捕，对于自己的行为，精神还处在迷幻状态的他跟警察辩解说，这个女孩是魔鬼，是她自己恳求他这么做的。二〇〇五年六月，奥尔温镇上的一个男人吸完冰毒后，在亢奋状态下操起玻璃花瓶打了一个人，他以为那人死了，就用毯子将其

---

① 北美的原住民族之一。——译者

裹起来推到了沙发后面，幸亏第二天被他十几岁的女儿发现。然而，甲基苯丙胺曾一度被视为一种终极药物，能终结人们对其它所有药物的需求。

一八九八年，日本化学家长井长义（Nagayoshi Nagai）首次合成 D 型甲基苯丙胺（Deso-methamphetamine）。几乎从一开始，这种药物就因为能让人感觉良好这一简单事实而备受赞誉。不过，直到一九一九年，另一位日本化学家阿雄贺多（Akira Ogata）首次用红磷和麻黄素（提取自一种在中国大量生长的天然植物）制成冰毒后，它才开始被大规模地生产。红磷是火柴盒擦皮磷条上的一种活性成分，通过开采矿石便可获得。跟古柯和罂粟一样，麻黄可以种植。到一九三三年，冰毒在美国被宣传为一种与青霉素旗鼓相当的药物。一九三九年，制药业巨头史克公司①开始销售这款药品，商品名为 Benzedrine②。在日本，冰毒以 Hiropon 这个药名被销售；在德国则以"柏飞丁"之名销售。除了嗜睡症和肥胖症之外，甲基苯丙胺在一九三九年还被规定为三十三种疾病的治疗药物，包括精神分裂症、抑郁症、焦虑症、普通感冒、多动症、阳痿、疲劳和酗酒。在一个以工业化生产的速度来论成败的世界，冰毒压缩了工人对睡眠、食物以及水合作用的需求，并且能始终让他们保持"精力充沛"的状态，当时的广告就是这么说的。而一旦德国、英国、日本和美国这些工业化国家开始争夺世界主导地位，这款灵丹妙药甚至可以为战争的噩梦助上一臂之力。

根据哈佛大学前社会学家帕特里夏·凯斯的一次演讲，美国政府在一九三九年批准的多份报告指出，甲基苯丙胺具有导致"精神病"和"反社会"倾向的副作用，其反应包括性欲增强、性侵、暴力、幻觉、痴呆症、身体颤抖、高热症、施虐受虐行为、无法达到性高潮、想法邪

---

① 葛兰素史克的前身。——译者
② 一种以苯丙胺为主要成分的雾化吸入器，作为治疗因感冒引起的鼻塞的非处方药。——译者

恶、道德堕落以及慢性失眠。尽管如此，日本人、美国人、英国人和德国人还是向自己的士兵发放了甲基苯丙胺药片，好让他们头脑清醒，保持专注，并在战争的极端情势下表现神勇。据凯斯说，那时每个美国飞行员起飞前的装备工具包里都有梅太德林（Methedrine）[1]。在一九三八到一九四五年之间，日本的三家大型药厂生产的 Hiropon 估计有十亿片。根据德国《明镜周刊》网络版上二〇〇五年发表的一篇文章，一九四〇年四月到七月，德国的泰姆勒制药公司和诺尔制药公司仅用四个月的时间就制造了三千五百万片甲基苯丙胺，并全部运送给纳粹的陆军和空军部队。一九四二年一月的一份来自德国东线的医生报告很有启发性。五百名德国士兵被苏联红军包围后，开始尝试在零下六十度的天气穿过及腰的积雪逃出去。根据医生的记载，很快，这些人就精疲力竭地躺倒在雪地上。于是，指挥官们就命令士兵服用他们的冰毒药片，此时"这些人都开始自发地报告他们感觉好多了。他们再度开始有条不紊地行军，精神抖擞，警惕性也变得更高了"。作为希特勒的医生之一，一九八五年，恩斯特-君特·申克[2]在接受《芝加哥论坛报》的一次采访时透露，元首"要求注射能让他兴奋和安静的药物"，其中包括甲基苯丙胺。人们普遍认为，就算抛开希特勒日益颓废的精神状态不说，他后来不断恶化的类似帕金森病的症状也是他冰毒上瘾所导致的直接结果。

即使到了二十世纪八十年代，甲基苯丙胺在美国很多地方仍可以通过处方得到。"梅太德林牌甲基苯丙胺——适合那些吃得太多和抑郁的人"，这样的广告在整个二十世纪六十年代颇为常见，大多数是登在女性杂志上。另一则关于长效奥柏丁（Obedrin Long-Acting）的广告则声称能帮助女性"平心静气地调节食欲"，这是一个特别贴切的双关语，

---

① 盐酸脱氧麻黄碱的药品商标名。——译者

② 作为受过训练的医生，加入党卫军，晋升为高级军官，二战期间在达豪集中营工作，一九四〇年被任命为党卫军营养检查员，以在希特勒位于柏林的指挥部掩体中度过二战最后几天而闻名。——译者

因为众所周知，冰毒能使一个人的体温升到危险的高热水平。根据凯斯博士的说法，仅在一九六七年这一年中，美国开出的合法冰毒处方就有三千一百万份。在整个二十世纪七十年代《生活》杂志刊登的Dexamyl①广告里，人们看到的是一个穿着围裙的女人正聚精会神地用吸尘器吸着自家起居室的地毯。很难想象，从一九四五年到一九七五年，有多少合法的甲基苯丙胺药品在非法或没有处方的情况下被销售了出去。不过，一九五九年前后《纽约时报》上的一些新闻标题表明，联邦调查局在好几个城市和地区，包括洛杉矶、旧金山、波特兰、凤凰城、丹佛、印第安纳波利斯、芝加哥、费城、布鲁克林和曼哈顿，都开展了卧底行动，由此不难看出一些迹象。

奇怪的是，当冰毒的声誉开始瓦解的时候，像奥尔温这样繁荣了一百年的一些小镇，其命运也随之开始改变。即使那些城镇开始体会到这种变化对食品生产行业造成的初期影响（而三十年后这个行业近乎破产），在二十世纪七十年代末和八十年代初，冰毒都是由诸如加州的"地狱天使"②和中西部的"沉默之子"③这样的摩托车团伙非法生产的。这种以从药房转向"实验室"为特点的变化，导致现代美国冰毒的流行，它本身则只是冰毒在全球范围大流行的一个大的方面而已。随着梅太德林和苯泽巨林分别变成"神力"和"飙速"（speed），其生产便从企业园区这样的可控环境转移到了摩托车团伙和非法药剂师的地下加工点。这种新型冰毒不仅变得纯度更高，而且也更容易获得，因而一直是备受从事体力劳动的男女青睐的药物。正当农村经济在二十世纪八十年

---

① 药品商标名，此药为阿莫巴比妥（镇静剂）和右旋安非他命（兴奋剂）的混合物，用于治疗肥胖、精神抑郁，据说玛丽莲·梦露常年服用。——译者
② Hells Angels，一九四八年起源于美国加州圣博纳迪诺，是一个被美国司法部视为有组织犯罪集团的摩托车帮会。会员大多骑乘哈雷摩托车，主要为白人男性。——译者
③ Sons of Silence，成立于一九六六年，本部位于科罗拉多州，是一个以从事谋杀、斗殴、毒品交易、胁迫、敲诈勒索、卖淫、洗钱、非法武器交易等犯罪活动为主的摩托党。——译者

代中期处于最痛苦的阶段时，冰毒在美国的地位变得比以往任何时候都要更根深蒂固，这种情况的出现绝非偶然。

从二十世纪八十年代开始，冰毒之所以在美国小镇受到欢迎，部分原因在于它不仅价格便宜，而且易于制成，从农民合作社和兼售化妆品的药店里搞些散装的东西来就能行。然而，冰毒有如此吸引力，最基本的原因其实比这简单，那就是：冰毒能让人感觉好些。即便冰毒是在助人努力完成工作，无论是驾驶卡车，还是给地板吸尘，它也会让人产生一种感觉——就算一切不是十分乐观，也都会好起来的。到二十世纪八十年代，得益于冰毒价格越来越便宜而效力越来越强，那套支撑美国职业道德的理论也不再是严密的理论：人体内是有生物化学的基础的，承诺由此得以实现。杂志和报纸上的广告还声称，冰毒完全没有卖力工作的美国人所憎恶的那些副作用：懒散、疲劳、惰性。

用生物化学的术语来说，甲基苯丙胺就是所谓的间接儿茶酚胺激动剂（indirect catecholamine agonist），也就是说它能阻止神经递质的再摄取。你之所以会感觉良好，是因为多巴胺或肾上腺素已经被释放到你大脑神经元之间的突触间隙中的缘故。打个比方，这种需用显微镜才能观察到的发射是一种模拟，在最微小、最虚幻的层次上释放，并随后满足一个人的感觉，让其觉得自己已经完成了某种生物学上的基本任务，比如做爱。之后，通过反向的神经元过程这样一个被设计成持续有效的过程的作用，神经递质像吸足了水的海绵一样，完全浸透在突触中。事实上，神经递质这种让你感觉良好并因此让你保持生物活性的化学物质的消耗殆尽，就相当于奥尔温镇镇长拉里·墨菲所担心的虚无主义的空洞到二〇〇五年时会吞噬他的小镇。

甲基苯丙胺，像快克① （因而，就像可卡因，快克只是一种经加热

---

① 一种高纯度可卡因，纯度达百分之七十至九十，加热时会发出特殊的噼啪声，故定名为"crack"。——译者

产生烟雾后可用嘴和鼻子吸入的形式）一样，对这一生物化学交换过程的第一部分予以刺激，并对第二部分进行阻断。也就是说，因为"海绵"再摄取神经递质的时间延长，这样你感受到良好情绪的时间也就更长。然而，作为世界上研究药物对人类影响的最重要研究团队的成员，来自加州大学洛杉矶分校的临床心理学博士汤姆·弗里斯认为，在精神兴奋剂中，冰毒似乎在某种程度上是独一无二的。弗里斯说，冰毒和快克都"潜伏"在大脑神经元之间的空隙中，在此它们会阻止多巴胺的再摄取，从而让你"浸没"在欢快的情绪中。但是，唯有冰毒会"进入突触前细胞，将多巴胺排出"。那样的话，他说，"只要你愿意，它可以带来更大一波快乐的'洪流'"。最终或可由此开始对一个问题做出解释，即为什么一些神经学研究人员发现神经递质在长期吸食冰毒的人的大脑的一些区域完全耗尽。这么来看，大卫·林奇在其电影《蓝丝绒》（*Blue Velvet*）中所描绘的二十世纪五十年代对梅太德林和苯泽巨林上瘾的人身上的无政府主义气质，也许就不足为奇了。游荡在世界各地或者现身于电影中的这些人，除了愤怒之外，无法感受到任何东西，他们是晚期冰毒成瘾者的真实写照，是生存苦难的政治表现，是建立在工作基础上的美国梦的祸害。

冰毒作用于大脑的边缘系统①以及前额叶皮质②，前者是大脑的奖励中心，后者是决策诞生的地方。一个吸食冰毒者的感受反映在其所谓的执行行为上，或者用弗里斯的话来说，反映在"他在我们都知道的好与坏之间做出选择的能力上"。弗里斯说，让人感觉不错的东西是跟生存直接联系在一起的。因此，做决定的能力，在某些方面并不是由人们想要什么来控制的，而是由他们需要什么来控制的。弗里斯解释说，冰

---

① Limbic System，指包含海马体及杏仁体在内的支援多种功能（如情绪、行为及长期记忆）的大脑结构。——译者
② prefrontal cortex，是额叶的前部，在运动皮层和运动前区皮层的前方。通常被称为脑部的命令和控制中心，决策和自控等较高层次思考就在这里进行。——译者

毒对什么是必要的以及什么是想要的"这两者之间的关系进行了操纵"。
"其结果就是当你把冰毒拿走时，自然的东西——性，一杯水，一顿美
餐，任何本应是对我们的奖励的东西——都不能让我们感到欢愉了。唯
一确实让我们感觉愉快的就是吸食更多的冰毒。"此外，他继续说道：
"大脑中的化学物质有一个基本而持久的变化，这是吸食毒品带来的直
接结果。"最终的影响体现在精神病理学方面，比如不堪忍受的抑郁、
深度睡眠和记忆丧失、软弱无力的焦虑、严重的幻觉以及急性精神分裂
症的妄想症发作；而就在八十年前，这些恰恰是冰毒应该治愈的东西。

　　弗里斯指出，单就睡眠减少这一项，便会造成足够多的情绪上的以
及生物化学上的压力，从而导致长期的功能缺损。一旦连续数天失眠，
丧失记忆力的恐慌以及吸食冰毒者通常遭受的幻觉折磨——比如，觉得
有虫子从他们的皮肤里爬出来——就会叠加进来，因此，瘾君子会做出
那些非瘾君子所无法想象的事情来也就不足为奇了。正如奥尔温的全科
医生克雷·豪贝格所说："我更愿意在急诊室接诊一位妄想型精神分裂
症患者——而我在急诊室其实接诊了很多个——而不是一个冰毒瘾君
子。他们简直就是疯了。"

　　曾经，罗兰德·贾维斯在奥尔温的艾奥瓦火腿罐头公司有一份不错
的工作。这份工作相当辛苦，需要将装满猪肘子的百来磅重的烤盘
"扔"进滚烫的烤箱，然后再把它们拉出来，他把这个过程比作用沙袋
玩热土豆的游戏①。但他每小时能挣十八美元，此外还享有全部的工会
会员资格和福利。这些在今天的费耶特县算是一大笔钱了。一九九〇年
的时候，像贾维斯这样从高中辍学的人只有在做梦的时候才能挣到。当

———————————
① 一种在聚会上玩的游戏，人们围成一圈，在音乐伴奏下，把一个小物品（比如沙包
　或者甚至是一个真正的土豆）互相扔给对方，当音乐停下来时，物品在谁的手上谁
　就要出局，留到最后的那一个就是赢家。——译者

时，贾维斯有个女朋友，他想跟她结婚，于是就在艾奥瓦火腿罐头公司一天上两个八小时的班，想尽量多攒点钱。在他连班倒的那几天，贾维斯自有他的妙计：吸冰毒，让他的中枢神经系统处于超速状态，与此同时，像消化道这样的主要系统几乎处于关闭状态，这样一来，贾维斯可以不吃不喝、不上洗手间，也不睡觉，轻轻松松地干完十六个小时的活。

按照罗兰德·贾维斯和克雷·豪贝格的说法，在二十世纪七十年代和八十年代的时候，从艾奥瓦州温斯罗普附近的一个叫梅纳德的全科医生那里获得冰毒是一件稀松平常的事。贾维斯和克雷说，在梅纳德七十多岁时，他开出了成千上万张梅太德林的非法处方，绝大部分给了那些想要减肥的年轻女孩，也有一些开给了农民和厂里的工人。那时，在艾奥瓦州北部地区，偶尔也会有一种来自加州的劲头更大的毒品。一个奥尔温的当地人，他坚持要用他的全名杰弗瑞·威廉·海耶斯，曾经从他所住的艾奥瓦州东北部的小镇走出来，前往长滩找工作。海耶斯回到奥尔温时载着毒品。他时常带上自己的妻子和年幼的女儿汉娜，开着一辆十八轮的大卡车前往长滩，轮舱里装满冰毒后开回家，卖掉。

但很多时候，在奥尔温找到甲基苯丙胺的市场要凭运气了。供货充足的时候，很多地方都可以搞到，没货的时候，一丁点儿都搞不到。尽管贾维斯是异性恋，但他说自己并不介意通过跟男性进行性交易来获取冰毒，奥尔温镇上有关他的流言蜚语传得到处都是。事实上，在艾奥瓦火腿罐头公司两班倒的时候，他确实为了搞到毒品什么都愿意干。贾维斯把冰毒视为自己饭碗的保障。它把贾维斯变成了一个理想的员工。他像一头大猩猩一样扔着装满火腿的托盘。等回到家，他还能跟女朋友在床上一滚就是好几个小时，酒怎么喝都不醉，根本不用睡觉，第二天还照样能去上班。

到二十世纪九十年代初的时候，越来越多的毒品从加州进入奥尔温，这部分要归因于杰弗瑞·威廉·海耶斯和他的生意伙伴史蒂夫·耶利内克所建立起来的联系，史蒂夫的父母在奥尔温镇上开了一家花店。一九九二年，艾奥瓦火腿罐头公司这家又小又老的企业被吉列公司（Gillette）收购。一夜之间，工会被解散，据贾维斯和克雷·豪贝格所说，薪水从每小时十八美元跌到六点二美元。当时，贾维斯四个孩子中的老大已经出生了，对他而言，为了养家糊口，工作更卖力、时间更长变得比以往任何时候都重要。随着毒品纯度的提高，他吸食冰毒的习惯也日胜一日。后来有一天，他自己算了一笔账。一方面，他干的这份活每八小时挣五十美元，而作为全国最危险的职业，肉品包装行业的工伤率达到百分之三十六。因此，现在在吉列公司上班的贾维斯自己没有上医疗保险，也没给他的孩子上，一旦他哪天受伤了也拿不到什么工伤赔偿，而且工作看不到什么上升的希望。（在艾奥瓦火腿罐头公司的时候，每个员工不仅有福利，而且还有公司的股票。）另一方面，贾维斯需要一次性支付一百美元买到足够多的冰毒，才能保证连续五天每天连上两个班。对于贾维斯而言，解决方案一目了然：不如自己来做这档生意。

　　贾维斯在他生命（一度也是他的生活）中建立起来的亢奋（high）有五个阶段：急冲（the rush）、高位（the high）、迷醉期（the shoulder）、调整（the tweak）和撤退（the withdrawal）。仅仅吸上几行纯度还不错的冰毒，就能让他至少连续十二个小时保持在这样的状态中。这十二个小时大致相当于冰毒的半衰期长度，是衡量一个人的身体完全代谢药物所需时间的尺度，也是衡量药物威力的指标。（快克的半衰期仅为二十分钟，冰毒是它的三十六倍。）"急冲"期，正如这个词所暗示的，是指最初的极度兴奋感。克雷·豪贝格医生对它的描述是"把你所有的神经递质全都放在一个小酒杯里，然后一饮而尽"。"高位"期，说的就是贾维斯所经历的长达数小时的异常生动的自信和幸福感，这是因为此时多巴胺和肾上腺素在他大脑的神经元突触周围聚集起来：生物化学打造的一次酒神节狂欢。生理上的反应包括一连串最狂喜和强烈的身体反应。核心体温猛升，流向心脏的血量急剧增加。对男性而言，阴茎的血流量也会大大增加，而无论男女，对性的需要和渴望都提高了，这一事实有助于解释为什么甲基苯丙胺在同性恋社区中的滥用与艾滋病及丙型肝炎的增长息息相关。所有这一切——包括通常所说的"全身性高潮"，或者喝酒千杯不醉的能力，或者连续做爱几个小时依然保持勃起状态的能力——都没有明显的外部成本：没有说话口齿不清，没有摔得人仰马翻，没有昏倒失去知觉。

但这过后，冰毒的兴奋感就让人根本兴奋不起来了。迷醉期是当贾维斯的快感先是出现停滞，然后急剧下降，直至完全跌落到平地的过程。回落本身就是所谓的调整期（the tweak），因此得名于那些相当于大脑空转的生理表现。存储的神经递质此时已经耗尽，突触效应中不再包含幸福的感觉，贾维斯变得愈发焦躁不安。斯克里普斯研究所①的金·詹达（Kim Janda）博士在老鼠身上进行的测试表明，冰毒特有的一种属性被证实会引起更大的焦躁不安，可以确定的是：身体实际上会形成抗体，并有效地为自己接种来对抗药物，从而使想要"亢奋"变得越来越难以实现。詹达博士的研究表明，这最终导致永无止境的生化循环：贾维斯吸食的冰毒越多，他就越难感到兴奋，然而除了吸更多的冰毒外，他也无计可施。

贾维斯对自己身体超负荷的努力运作浑然不知，但他身上出现的种种迹象表明，他开始表现出生理耗竭。双手颤抖、出汗不止、肌肉痉挛以及呼吸急促，这些都是戒断前出现的症状。他也因此对自己的妄想深信不疑——比如，坚信有一架黑色直升机就在他家门口盘旋。（这种幻觉很常见；我从来自伊利诺伊州、肯塔基州、佐治亚州和加州的数十个

---

① Scripps Research Institute，一所私立的非营利性生物医学研究机构，成立于一九二四年，是美国同类机构中最大的一家。——译者

瘾君子那里听到过一模一样的故事。）这种不惜一切代价也要制出更多冰毒的渴望，以及脑子里产生的那些幻觉，在近十年的光景里已经成为贾维斯生活的明确特征。每一次从监狱出来回到家里，他都是不仅手头紧，而且盼着自己能感觉好点，于是，他就会让自己的冰毒实验室产量加倍。

一九九二年艾奥瓦火腿罐头公司被吉列工厂收购时，克雷·豪贝格博士还是罐头公司的医生。合并后第一年里，他给工厂经理打了电话，后者是位老朋友，多年前曾和克雷的表兄一起在锡达拉皮兹市的一家Hy-Vee① 杂货超市工作。克雷告诉经理，他注意到那些去找他看病的工人在失去福利后，士气低落得非常厉害。不仅如此，他还担心使用毒品的情况会有所加剧；越来越多的工人对于自己一夜之间失去三分之二的收入感到痛苦和压抑，转而以吸食冰毒寻求慰藉。工厂经理说他会好好了解一下情况。一个星期后，克雷被解雇了。

如果说奥尔温镇吸食冰毒者激增是吉列工厂削减工资直接导致的，这样的论断未免牵强，很难令人信服。毕竟，罗兰德·贾维斯那时已经吸食这种毒品有好几年了。如果对薪水的削减成为奥尔温财政状况前景的一个痛苦转折熟视无睹的话，也未免太过天真了，这就好比在奥尔温镇当地的冰毒产量增长高达百分之四百之时，同一时期被警方摧毁的冰毒实验室数量上也能反映出这一点，如果无视这样的事实简直太愚蠢了。同样愚蠢至极的还有，不去把长期稳定增长的毒品滥用跟卖力工作以及美国郊区炼油业的工作岗位持续稳定下滑这两者之间联系起来。在收购艾奥瓦火腿罐头公司后不久，吉列便把它转卖给了艾奥瓦牛肉制品公司；二〇〇一年，它又被泰森公司买下。工厂被收购一次就会裁员一次，即便有通货膨胀，薪水也依然纹丝不动。到了二〇〇六年的一月，

---

① 总部位于艾奥瓦州西得梅因的一家由公司员工持股的美国超市，覆盖中西部多州，包括艾奥瓦、伊利诺伊、堪萨斯、明尼苏达、密苏里、内布拉斯加、南达科他、威斯康星。——译者

泰森公司最终把工厂关闭了。那时，厂里的工人人数已经从最初的近二千人减到只剩九十九人，对于一个仅有六千人口的小镇的财政收入而言，这样的损失是巨大且带有毁灭性的。

作为世界上公认的药物成瘾方面最重要的专家，斯克里普斯研究所的神经药理学家乔治·科布博士认为甲基苯丙胺堪称"这个星球上最糟糕的毒品"，其理由之一就在于冰毒和工作之间的关联。科布说，勤奋工作与冰毒合谋，共同形成了这款毒品的"社会认同"，这一点从根本上讲是分析药物可接受程度的一种尝试。从长井长义一八九八年首次合成冰毒到二十世纪八十年代初，这八十年时间里，冰毒在美国被广泛接受的原因之一是它能帮助那些被内森·莱恩称为"社会中坚分子"的人——士兵、卡车司机、屠宰场工人、农民、汽车工人和建筑工人以及按日计酬的零工——工作得更努力、更长久、更有效率。把毒品——比如海洛因——跟懒散联系在一起是一回事。但当一个曾经合法且被接受的毒品跟美国文化的决定性原则以一种一一对应的方式存在时，就另当别论了。相比其成瘾的速度，冰毒对生理和心理的最具灾难性的影响过程则要缓慢得多；但人保持头脑清醒和专注的能力在短时间内反而会有所增加。不妨把这一点放到以下事实中去看，即在我们的文化中，努力工作的形式变化无常，但都被视为衡量一个人的社会价值的指标，并且吸食冰毒的理由实际上往往——至少在最初——比不吸食毒品的理由更多且更令人无法抗拒。正因如此，帕特里夏·凯斯称冰毒是"最常用的美国毒品"。奥尔温在二十世纪八十年代早期发生了农场危机，这场危机在艾奥瓦火腿罐头公司曲折的败落之后又持续了十年之久，以这种情况来衡量的话，有办法在自家地下室里造出能许给你工作、成功、财富、苗条身材和快乐的东西，并不一定是什么好得让人不敢相信的事。

二〇〇五年五月的一天，罗兰德·贾维斯坐在他母亲狭小的两居室新家的起居室里，身下是一把看上去像是包在橙色和棕色地毯里的摇摇晃晃的 La-Z-Boy 牌三条腿椅子。屋外，艾奥瓦州北部在强降雨之后，迎来了这个春天第一个温度适宜、晴空万里的日子，整个世界都沉浸在一片欣喜之中。贾维斯却背对窗户看着电视，在他的身后，厚重的窗帘拉得密不透风，和煦的阳光全都被挡在了窗外。在他的棒球帽下是一头金色的短发和一张瘦脸。昏暗的光线下，仍然可以看出贾维斯上佳的骨骼和明亮的蓝眼睛，而它周围的皮肤都已经液化并在旋转后移了位。他揉了揉本该是鼻子的那个部位，剧烈地咳了起来。贾维斯刚刚才用烂掉的牙齿咬住玻璃管吸了一口冰毒。他用右手剩余的部分推着他红色的比克牌打火机，用仅剩的大拇指关节和小拇指那个小小的凸起的关节夹住它，最后成功滑动了那个顶着打火石的滚轮。突然间，他的眼睛睁得大大的，那情景就像等在眼科医生光线昏暗的办公室里的病人。

在三十八岁时，贾维斯就已经因为长期吸食冰毒所造成的可怕后果而成为奥尔温镇一带的名人。他就像布·拉德利①一样几乎足不出户，尽管如此，他依然是镇上一个举足轻重的人物。再过两个月，贾维斯就要重回监狱了，这次的罪名是持有大量制毒装备。（他六十岁的母亲因同样的罪名和他一起锒铛入狱。）他穿着热身裤和羊毛袜。他说自己总觉得身上冷，这些年来，他每次睡觉都不会超过三个小时。他浑身上下的皮肤都裂着口子，布满了流脓水的脓疱。他没工作，也根本不想去找。他上一次"进城"还是十八个月前去主街上的一间酒吧。那天晚上他到之前常去的"必来客栈"，有个顾客打了贾维斯的脸，只因为他想知道揍一个没鼻子的人是种什么感觉。

"那件事，"贾维斯说，"差不多把我周六狂欢夜的兴致一扫而光。"

他的孩子们每个星期来看他一次，他也就只有在这个时候才会起身

---

① 即阿瑟·布·拉德利，是美国作家哈珀·李的名作《杀死一只知更鸟》中象征无辜受害者的一个隐藏人物，也是小说中最重要的"知更鸟"。——译者

走动一下。他有两个女儿和两个儿子，最大的孩子十六岁，最小的那个九岁。很多时候他会陪他们经过"乡村转角咖啡馆"，朝着黑泽尔顿的方向往南走到小镇的湖边。如果天气不错的话，贾维斯就跟孩子们趁着没人监管的那几个小时钓会儿鱼，希望能钓到几条大头鲶和蓝鳃鱼，煎一煎当晚餐。有时候他还会借着这个理由陪孩子们一起回他们母亲的家。尽管他把他们的生活搞成了现在这个样子，但他说自己和前妻的关系还算维持得不错。

几十年来，同样的场景像循环播放的磁带那样在他的脑海里不断重复着，贾维斯说话经常会夹带一些只有瘾君子才会用的隐喻。老鼠指的是吸毒者，奶酪就是毒品，而猫是指警察。每个故事的结尾都是这三者出现在同一间屋子、同一家汽车旅馆或同一个谷仓里，发生的事要么糟糕透顶，要么极其可笑，要么两者兼而有之。这些故事发生在奥尔温和南达科他州苏瀑这样的小镇或者中等规模的城市里，往往是乡村各种迎合低级趣味的故事的集锦，尽管它们都是多年流传下来的，而且似乎还把一九八七年这一年拉得有几十年那么长。在这些故事中，人人都开着雪佛兰科尔维特（Corvette）或特兰斯艾姆（Trans Am）这样的超级跑车，戴一副保时捷的驾驶眼镜。比起那些跟少女发生关系的日子或者经他手买进卖出的房子，或者在警察面前耍滑头的窃喜，对贾维斯而言，这些车子更能勾起他的回忆，也从头到尾见证了他很久之前如昙花般转瞬即逝的功成名就。

贾维斯的母亲待在厨房里，听着他说话。阳光从她身后的窗户穿过，照在缭绕的香烟烟雾上，透过烟雾望去，她面色如皮革般暗沉，脸庞消瘦，一头油腻的黑发梳在脑后，看上去像是泛黄的照片里十九世纪的阿巴契人[①]。就在几小时前（也许就像过去几年里那样），她还和一

---

① 北美西南部的印第安人。——译者

个邻居一边喝着听装的哈姆啤酒，一边玩着金拉米纸牌游戏①。此刻她看着自己的儿子，大声喊道："罗兰德，你得跟这个人说实话。"

　　贾维斯一本正经地把自己这些年的制毒生涯总结了一下，然后扯开嗓门好让他母亲听清楚他说的话："一切都糟糕透了。但凡有点价值的东西全被我弄没了。"虽然嘴上这么说，但他脸上的笑容不是那么回事。在他的印象中，那是他这几个小时以来第一次展露笑容。

---

① Gin Rummy，拉米类牌游戏的一种。一九〇九年传入纽约，二十世纪四十年代在美国风靡一时。这种游戏适合两个人玩，有点类似中国的麻将：每人发十张牌，然后要把手中的牌组合成套，但套的组成方法和计分方法比较复杂。——译者

第三章　内陆王国

二〇〇五年的夏天和秋天，我在美国中西部、东南部以及加州的游历不断延长，从几个星期变成了几个月，在此期间，我开始认为冰毒在美国所起的作用不仅是促成了农业和食品工业在二十世纪八十年代和九十年代的发展趋势，而且也给同一时期的毒品以及制药行业带来了改变。至于发生在奥尔温乃至整个美国的这一切，我得再花上几年的时间观察，然后才能完全理解我所亲眼见到的一切。例如，随着大平原（Great Plains）和中西部地区经济的日渐衰退，它们在加州南部以某种方式结合，由此产生的影响力横扫美国沿海和中部这两个越来越不相干的地区，而这预示了三十年后某种被人们称为"冰毒流行病"（meth epidemic）的东西。我也是在经过一段时间之后才看清，原来那些将长滩和洛杉矶跟奥尔温联系在一起的变化，实际上跟全球经济的出现密不可分。假如要做个比喻的话，冰毒就好比是全球化所形成的灾难性隐患。

早在二〇〇五年，当我去位于艾奥瓦州东南部的小镇奥塔姆瓦时，这些事情才刚刚成为人们关注的焦点。正是在奥塔姆瓦，中西部地区的主要冰毒路线已经被部署完毕，并且可以追溯到这种毒品早期流入奥尔温的轨迹。假如说奥尔温正在被塑造成冰毒在现代美国的代表，甚至说得更大一点，成为现代美国乡村生活的一个指针的话，那么，在奥塔姆瓦则有一张奥尔温久远的祖先的照片。那里所展现的也是奥尔温的未来，当然这部分的故事还有待发展。

　　跟奥尔温一样，奥塔姆瓦在其历史上的大部分时间里也是一个极其繁荣富庶之地。除此之外，还有一点也很像，那就是奥塔姆瓦是圣路易斯、芝加哥和奥马哈之间贸易路线上的一个富裕的路标点，也算得上是一个经济前哨。得益于从奥塔姆瓦镇的中心穿流而过的得梅因河，在一八四三年的拓荒热潮之后，小镇的工业和交通得到了迅速的发展。一八五〇年，约翰-莫雷尔肉品公司（John Morrel and Co.）在小镇中心创办了拥有最先进肉类加工技术的王牌加工厂。到一八八八年，奔驰在最著名的伯灵顿铁路公司七条铁路线上的五十七列旅客列车，每天都会从瓦佩洛县穿行而过。进入二十世纪后，奥塔姆瓦镇上的工厂生产的产品，从货运火车车厢的载货设备到雪茄烟，从玉米剥叶机到小提琴，可谓五花八门、种类繁多。到了一九五〇年，奥塔姆瓦不仅是五万多人口的家园所在，同时还建有中西部最大的空军基地。镇上几乎一半的男性适龄劳力不是受雇于荷美尔公司（其前身是约翰-莫雷尔公司的肉类包装厂），就是在一家名为约翰-迪尔的农用机械制造厂打工，这些工厂的工人从最低程度来讲都有望维持中产阶级下层的生活水平。

　　然而，到一九八〇年的时候，奥塔姆瓦跟奥尔温一样开始霉运不断。这个故事听起来很耳熟。先是铁路公司倒闭，随后空军基地也关闭了，然后是到了一九八七年，荷美尔被卖给嘉吉公司旗下的艾克赛肉类公司（Excel Meat Solutions）。先是裁员，接着薪资也被削减了三分之二，这跟几年后人们在奥尔温的艾奥瓦火腿罐头公司的做法如出一辙。和不断减少的劳动力一样，奥塔姆瓦镇的人口像处于干旱之中的大草原上的坑洼一样开始干涸，在短短二十五年的时间里，这里的人口下降了百分之五十，让人简直不敢相信。很快，小镇因为税收和可支配收入的匮乏而走到破产的边缘。就像发生在奥尔温的情况一样，甲基苯丙胺填补了这些新出现的经济缝隙。不同于其它地方的是，奥塔姆瓦在中西部发展现代美国冰毒生意的定位更为明确。不仅奥尔温,还有位于艾奥瓦州、密苏里州、内布拉斯加州、堪萨斯州以及南北达科他州各地的小镇,当地毒品市场的创建和维系靠的都是从奥塔姆瓦输入的冰毒。

这种情况的出现跟下面这些趋势和事件的共同作用不无关系:工薪阶层的男人和女人们为了找到工作机会而搬到沿海地区,从中西部到加州的移居路线应运而生;越来越多的墨西哥人则逆向迁徙到内陆地区,在肉类加工厂从事一些低收入的工作;冰毒的工业化生产的兴起;制药公司日益强大的游说能力;最后,还有政府对当时第一夫人南希·里根刚刚宣布的毒品战的冷漠,如果不说成是无视的话。

而在奥塔姆瓦,站在所有这一切的中心的是一个叫洛芮·阿诺德的女人。就是她把各种政治因素、社会因素和化学元素编织在一起,创立了中西部第一个也是最后一个冰毒帝国,官方称其为斯塔克道尔贩毒组织,是以洛芮的第二任丈夫弗洛伊德·斯塔克道尔的名字来命名的。当时,情况还没到所谓"毒品泛滥"的地步,而洛芮对此所做的贡献在于她从根本上编写了在中西部地区的冰毒的基因密码。正是因为她这个人,冰毒的工业化概念才会在艾奥瓦州这样的地方诞生,并在此后的十年里悄无声息地蓬勃发展。具有讽刺意味的是,洛芮在大施拳脚的时候,美国缉毒署(DEA)却在相关法律的游说方面颗粒无收,这些法律要是被通过的话,洛芮根本没法涉足这桩生意。

洛芮·凯伊·阿诺德是艾奥瓦州奥塔姆瓦最出名的女儿。而奥塔姆瓦最出名的儿子则是洛芮的兄弟——喜剧演员汤姆·阿诺德,不过,后者更为人所知的身份也许是罗西妮·巴尔①的前夫。洛芮四十五岁,留着齐肩的浅棕色头发,鼻子相当长,鼻尖生硬,像一把剥皮刀。笑起来

① 美国女演员、作家、电视制片人、导演,在情景喜剧《我爱罗西妮》中出演她自己后,名气大增,并因此获得艾美奖和金球奖最佳女主角。——译者

的时候，她和汤姆一样，都像鳄鱼似的咧开嘴，露出满口的牙，而她的体型则像中量级摔跤手那样，整体的重心偏低，两条腿粗壮有力。从二〇〇五年开始，我一直跟在联邦监狱服刑的洛芮互通信件，说来也巧，她服刑的监狱就在位于伊利诺伊州格林维尔的一座中等安保级别的女子劳改营，那儿距离我在二〇〇四年十一月第一次见到肖恩和詹姆斯的地方仅仅几百码而已。

洛芮家里有六个兄弟姐妹，他们是她父母之前的婚生子女，与她同父异母或同母异父，而她出生和长大的这个家庭，她说在奥塔姆瓦当地是再平常和良善不过的了。尽管如此，洛芮读到高一就辍了学，开始住到奥塔姆瓦镇上的一栋群租屋里，一到晚上就有人在屋子里玩扑克牌。女房东是个老鸨。为了支付食宿费用，洛芮和她那位年轻的室友只能要么同意陪过来玩牌的那些男人睡觉，要么把通过非法处方拿到的麻黄素药片给女房东的客户们送去，这些麻黄素药片是冰毒在早期的一种制剂形式。洛芮选择了后者；她的事业（以及她之后的传奇人生）就此诞生了。

二十世纪七十年代，人们把那些药用甲基苯丙胺称为"棕色透明胶囊"[①]，当时有数百万人拿着在医生那里开到的处方买这个药来用于减肥和抵抗抑郁，洛芮就靠着运送和销售这个药品来支付房租。不过，洛芮赚到的大头都被女房东抽走了，为了保证基本的生活开支，她仍然必须每周六天去当地的一间酒吧上班。（艾奥瓦州的法律规定，未成年人不可以买酒，但可以卖酒。）洛芮十五岁时结了婚。十六岁时又离了，重回高中上学。她在十七岁时再次辍学，之后就再也没回过学校；她说在她看来，她那些同学都跟孩子似的。十八岁那年，她嫁给了当时三十七岁的弗洛伊德·斯塔克道尔，他是"死神"（Grim Reapers）摩托车帮

---

① 是右旋苯丙胺（又称右旋安非他命，Dexedrine）的一个俚语，这种中枢神经兴奋剂在棕色和透明的胶囊里填充白色和棕色药物颗粒。——译者

的头，从得梅因搬到奥塔姆瓦的时候已经做好了就此金盆洗手的准备。

洛芮和弗洛伊德搬到位于奥塔姆瓦镇外得梅因河畔的一间小屋住了下来，他俩唯一的孩子乔什就出生在这里。弗洛伊德退休后最喜欢干的事就是喝酒、打桌球以及贩卖可卡因，留下十九岁的洛芮一人独自在家带孩子，这把她抑郁得连死的心都有了。到这个时候她才意识到那间酒吧对她有多重要。除了在酒吧可以赚到钱之外，那里的人跟她就像自己人一样，那是唯一一个让她有家的感觉的地方。如果没有这些差不多跟她一起长大的机车党和车间工人，洛芮就会觉得特别失落和孤单；她的生活已经变成了没完没了的苦差事。更糟糕的是，弗洛伊德还酗酒，而且每次喝醉了之后都会对她拳脚相加。

有一天，弗洛伊德的兄弟来到他们住的屋子。他也是"死神"摩托车帮的一名成员，身上带着他从南加州的一个实验室搞到的一些非法合成的甲基苯丙胺，后者又称为"摩托车党毒品"。那年是一九八四年，"死神"摩托车帮的成员只要一从长滩搞到冰毒就开始贩卖。根据美国缉毒署的说法，"地狱天使"摩托车帮的前成员跟离开制药公司单干的一些化学家联手，他们生产的粉状甲基苯丙胺的数量达到了可销售的规模，而且纯度也高。就在那个阳光明媚的星期六下午，洛芮的小叔子在她位于得梅因河畔破旧小屋的厨房餐桌上切了两条毒品粉末给她。洛芮对毒品并不陌生，但她称那次的体验是她有生以来感觉最好的一次。正是那种不可思议的感受很快地将奥塔姆瓦跟新兴的加州毒品帝国联系在了一起。"冰毒流行病"的拼图中主要的一块也随之就位了。

在她第一次吸毒吸到嗨的那天，洛芮到酒吧里去上班了。她说弗洛伊德的弟弟想了解一下奥塔姆瓦的市场究竟如何，因此让她带一点冰毒去那里卖卖看。洛芮把手上一半的冰毒都送了人，直觉告诉她这样可以引客户上钩。而她手上的另一半冰毒也很快就卖掉了。通过这趟活，她赚了五十美元。洛芮·阿诺德几乎马上就意识到她天生就是做冰毒生意的料，这可是一个价值好几百万的发现。这是对她的祈祷的回应，对奥塔姆瓦而言亦是如此，因为在经历了过去三年漫长的农场危机之后，从前那个让人引以为傲的小镇早已面目全非。洛芮说，多亏有了冰毒，工人们干起活来更卖力了，玩得也更起劲了，她也变得有钱了。不出一个月，洛芮就在奥塔姆瓦镇上卖掉了很多长滩冰毒，以致她不得不绕过自己的小叔子直接跟得梅因的中间人接头。一个月后，她花两千五百美元买进了零点二五磅冰毒，然后以一万美元的价格出售。但洛芮对这样的利润幅度还是不满意，于是开始直接跟长滩的供货人打交道，并且每隔十天就派弗洛伊德开着她买给他的那辆科尔维特车到加州，在车子的后备厢里装满冰毒再开回家，这么一趟来回是三千七百英里。其间，洛芮把赚来的钱都塞进小屋的墙壁里保存起来。自从那次见到弗洛伊德的弟弟之后，才过了六个月，她就已经在墙壁里存了五万美元的现钞——放在今天，这差不多是奥塔姆瓦年收入中位数的两倍。

到了二十世纪八十年代晚期，奥尔温镇上的一些人，比如杰弗瑞·威廉·海耶斯和史蒂夫·耶利内克，在洛芮那里大量买进毒品，然后在艾奥瓦州、伊利诺伊州、密苏里州以及堪萨斯州建立起了他们自己的冰毒特许销售网络，卖给像罗兰德·贾维斯这样还没开始自己制毒、只能到处买毒品好让自己在艾奥瓦火腿罐头公司多加几个班的人。这一时期，洛芮直接跟那些被她称为墨西哥黑手党的人做起了生意，这帮毒贩组织松散，但那个时代最厉害的毒品中有一大部分是他们制造的。这种劲头更大的毒品，多数情况下是在加州的长滩和奥兰治县的几个大型的秘密实验室里制造出来的，它跟当时市面上可以买到的其他类型的冰毒相比，更容易上瘾，价格更便宜，而且更易于生产。因此，洛芮那已然迅速上升的销售数量，这下更是水涨船高了。

洛芮打交道的那个所谓的墨西哥黑手党，其实是由赫苏斯·阿米祖加和路易斯·阿米祖加兄弟俩一手创办的，他们出生在墨西哥，后来移居圣地亚哥。美国缉毒署认为，最初好几年里，阿米祖加两兄弟不过是普通的可卡因毒贩。直到他们觉察到了两件看似毫不相干的事情之间的共同点，这才有了改变。其中之一是有了前药物制剂工程师的帮助，阿米祖加兄弟可以在完全合法且不受监管的情况下，源源不断地获得大量的麻黄碱，这是制造很快就为人所知的"墨西哥毒品"所必需的成分。不仅如此，阿米祖加两兄弟还发现，随着越来越多的墨西哥移民前往中央山谷①采摘水果，去亚利桑那州图森市打扫房屋，或者去爱达荷州修筑公路，他们可以借由这些人把大量的毒品运到整个加州和西部地区。此外，两兄弟还可以不断壮大的中西部人口渗透到中西部地区，这些人被赶出了他们的农场、一路赶往南加州。

在二十世纪的八十年代，大批来自玉米带②的人随着社会学家所说的迁出浪潮离乡背井。短短几年里，包括奥塔姆瓦和奥尔温在内的艾奥瓦州许多城镇，其居民流失了百分之十至百分之二十五，其中很多人都是奔向了洛杉矶和圣地亚哥这些欣欣向荣的劳动力市场。那些来自艾奥瓦州、堪萨斯州、达科他州以及内布拉斯加州的劳工到达奥兰治县后，渴望发财致富，于是利用各种家庭纽带和社会关系来做生意，把从阿米祖加兄弟俩那里拿到大包大包的冰毒运回老家。也有的人像奥尔温镇上的杰弗瑞·威廉·海耶斯和奥塔姆瓦镇上的洛芮那样，或亲自出马，或派别人跑一趟车去取货。

在其出现后的整个一百年时间里，冰毒有可能是唯一一个被广泛使用的、可以称为职业性的而非消遣性的非法麻醉药品。美国的冰毒市场几乎跟工业化的历史一样悠久。从二十世纪三十年代开始，美国的穷人

---

① Central Valley，纵贯美国加利福尼亚州中部的平原，是加州重要的农业区。——译者
② Corn Belt，指位于美国中西部以玉米为主要粮食作物的地区。——译者

以及工人阶级一直都在使用毒品，无论它们是被冠以苯泽巨林、梅太德林或者奥柏丁之名，其原因很简单，冰毒能让你感觉良好，能让你工作起来更带劲。有了阿米祖加兄弟和洛芮·阿诺德，穷人和工人阶级就不再需要依赖那些昂贵的处方药，而且能以便宜的价格买到药效更强的冰毒——在这个时候，这款毒品的效果可以说是比以往任何时候都更有用。也就是说，冰毒的纯度提高了，但价格反而下来了。于是，就在农场经济崩溃、人口开始外迁的那一刻，冰毒也变得更为普遍了。克雷·豪贝格说，在那样的形势下，留下来没走的那些人觉得他们最需要的就是毒品了。

到了一九八七年的时候，如果你住在艾奥瓦州的南部或者密苏里州的北部，想要冰毒的话，直接去洛芮·阿诺德自己开的那家酒吧就可以了，它的名字叫"狂野的一面"。由于警察队伍跟着各县和市的税收收入一起缩减，因此在这里，日益捉襟见肘的奥塔姆瓦警方几乎不可能对洛芮高利润的冰毒生意造成任何打击。洛芮说，那时候，除了弗洛伊德，她还请了十几个人帮她跑腿，他们往返于当地和长滩，去好几个所谓的超级实验室购买冰毒，这些实验室每三十六小时就可以生产出多达二十磅的冰毒——这样的产量在当时是让人难以置信的。因为给洛芮跑腿的那些人开的车，消耗都要从她的利润里出（想象一下每隔十天就得行驶近四千英里，而且月复一月，经年如此），洛芮索性买下了一家汽车经销商。这样一来，她不仅想要几辆就有几辆车，而且还可以让跑腿的那些人在运送毒品的过程中在沿途经过的任何一个州的汽车经销商那里买卖汽车或车牌，借此让他们的行踪变得更加无迹可循。然后，洛芮又在奥塔姆瓦购买了十四套房子，一方面可以用来安置她的员工，另一方面可以进一步把自己赚的钱洗白。

所有这些都只不过是没上完十年级的洛芮刚开始洗钱时的手段而已，她还踏足该地区的一些新市场，同时顺便把她的毒资洗白了。一九八九年，她买下了五十二匹赛马——还雇了大概十来个人，包括马夫、驯马师、兽医以及骑师，为她照料这些马以及一个占地一百四十四英亩的马场。而她就在那里坐镇，对她那日益壮大、相互协同发展的商业帝国运筹帷幄。人们从肯塔基州跑到南北达科他州，从印第安纳州跑到科罗拉多州，带着这些马匹参加比赛，进行配种、买卖和交换，这些为她的毒品分销业务形成了完美的掩护。给洛芮跑腿的那些人，悠闲地驾着皮卡车到处跑，后面的运马拖车里是两匹正嚼着干草的骟马，车子的轮舱里则塞满了冰毒，令人不禁想起装满可卡因的快艇从伊柳塞拉岛一路冲到比斯坎岛的《正义前锋》①，而此时的场景俨然就是这部剧的南方乡土版。

然而，洛芮真正的神来之笔是她藏在马场那片树木繁茂的山林深处，用军用帐篷建造的一批超级实验室，在近二十年的时间里，那是加州以外唯一一处制造冰毒的超级实验室。那时，她跟号称加州"冰毒之王"的阿米祖加两兄弟交情笃厚，他们甚至允许她从他们那里借用一名化学家，坐飞机前往艾奥瓦州亲自教她手下的人如何用最新、最先进的方法，每两天制出一批重达十磅的冰毒。这样做的效果相当显著，因为在此之前，洛芮虽然已经把艾奥瓦州以及中西部其它地区的冰毒买卖攥在手心，但她在货源上还是不得不仰赖阿米祖加兄弟俩的供应。在她自己的超级实验室建成后，洛芮便等于牢牢掌控了整个供应链：生产、分销、零售。尽管为了维护好跟阿米祖加兄弟俩的关系，她还会从他们那里进一些货，但已经没有人能真正撼动洛芮的江湖地位了。仅在一九八七年到一九八九年这两年时间里，这位来自艾奥瓦州奥塔姆瓦小镇的貌不惊人的高中辍学生，就已经成功地垄断了这个正在发展成为全球最赚钱的毒品市场之一的地方。而更让人称奇的是，起初她差一点就没赶上

---

① *Dukes of Hazzard*，又名《杜克兄弟》，二十世纪八十年代在美国电视上热播的一部喜剧连续剧，后来翻拍成电影。——译者

这条船。

　　据几位前特工介绍，早在一九八七年，美国缉毒署内部在对待甲基苯丙胺的问题上存在着制度上的深刻矛盾。甲基苯丙胺被视为一种摩托车党毒品，只有那些没有足够的经济头脑来组织大规模的业务的社会渣滓才会从事这样的行当。在里根担任总统的八十年代，人们渴望大型且放松监管的企业能获得成功，随之，美国人对毒品的兴趣也与日俱增。其中首屈一指的要数可卡因了。美国缉毒署的工作是遏制这一时期的暴力行为，后者体现在美国对毒品的选择上。因此，除了卡利卡特尔和麦德林卡特尔①这些赢利甚至超过其本国 GDP 的跨国贩毒集团，缉毒署对其它任何事情都不感兴趣。谁又能想到，这样的生意是由两个毫不起眼的毒贩兄弟在洛杉矶那个被称为内陆帝国②的地方一手打造起来的，或者想到这样的生意将跟艾奥瓦州奥塔姆瓦的一个毒品帝国沾上关系呢？

　　只有一个人想到了，那就是吉恩·海斯利普，美国缉毒署的合规与监管事务办公室（Office of Compliance and Regulatory Affairs）的副助理行政主管。他知道那些大批量进口的用来制造鼻喷雾剂的麻黄素，在不受监管的情况下被大量转运到了阿米祖加的公司。全球只有九家工厂加工麻黄素，它们位于印度、中国、德国和捷克共和国境内。对海斯利普来说，这么小范围的加工窗口为将冰毒交易调查个水落石出提供了绝佳的机会；只要得到这九家工厂以及那些依赖麻黄素的制药公司的配合就可以了。一九八五年，也就是在洛芮·阿诺德进入大规模冰毒生产的两

---

① 它们是位于哥伦比亚境内的全球最大的两个贩毒集团。一九九一年，麦德林卡特尔的头号人物埃斯科瓦尔向政府投降；二〇〇六年，卡利卡特尔的头目奥雷胡埃拉兄弟在美国迈阿密认罪。——译者

② Inland Empire，美国人口调查局对该地区使用的官方称呼为里弗赛德-圣贝纳迪诺-安大略都会区（Riverside-San Bernardino-Ontario metropolitan area），是美国南加州位于洛杉矶以东的一个都会区。——译者

年前，海斯利普提议通过一项联邦法律，以允许美国缉毒署对所有进口到美国的麻黄素进行监控。

据二〇〇四年史蒂夫·索在波特兰的《俄勒冈人报》上发表的一篇调查文章称，海斯利普的这个想法源自他早前对美国非法交易的安眠酮①的研究，如今这种合法安眠药在黑市上随处可见。安眠酮的生产要依赖另一种合法药物的合成，即甲喹酮（methaqualone），它主要产于德国、奥地利和中国。海斯利普注意到，相当大数量的甲喹酮从这些国家被运到了哥伦比亚。在那里，卡利卡特尔和麦德林卡特尔将其制作成一种非法仿制的安眠酮，并和可卡因同时在同一个市场进行销售——一个是兴奋剂，一个是镇静剂——这就跟今天在冰毒市场上充斥着奥施康定（Oxycontin）是同一个道理，后者是一种处方止痛药，可以缓解冰毒嗑亢奋后所产生的痉挛。一九八二年，海斯利普走访了建有甲喹酮制造工厂的那几个国家，并请它们提供协助，共同对该产品的销售进行监控。随后，国会针对处方药安眠酮颁布了使用禁令，这种药只有一家美国公司生产。到一九八四年时，根据美国缉毒署有关毒品威胁的年度评估报告，安眠酮不再对非法美国药物市场构成重大危险。至于冰毒，海斯利普只希望能阻止像阿米祖加兄弟这样的团伙（以及规模比他们小一点的，像洛芮·阿诺德这样的人）合法采购麻黄素，这样就不会伤害那些合法生产和销售感冒药的公司，比如"速达菲"的制造商华纳-兰伯特（Warner-Lambert）。海斯利普的想法以语言文字的形式进入了《管制物质法》（*Controlled Substances Act*），一九八六年的秋天，国会针对该法案进行了辩论。

尽管帮助立法是海斯利普的工作，但美国缉毒署并不是一个政治实体，清楚地认识到这一点还是相当重要的。套用那句老话来讲，政府处

---

① 即片状或胶囊状的甲喹酮，Quaaludes 是其商标名。——译者

在一个几乎不受法律约束的位置，这话让缉毒署的大部分特工颇感自豪。当联邦调查局的特工一成不变地开着他们的车去盯梢那些被怀疑的坏人，中央情报局的特工忙着窃听电话之时，缉毒署的特工据说正在世界各地环境更为险恶的地方暗杀毒枭。这究竟是不是人们幻想出来的，尚不清楚。但这未尝不是对受挫于政府流程的繁文缛节的一种表达：在别的地方开枪打死个人要比在这里斟酌法律条文来得容易，因为这些条文的内容随后必须针对国会议员的考虑以及影响他们决定的游说者的关切进行调整。

美国缉毒署的提案面临着漫长而枯燥的辩论以及历时多年的各种妥协。这正是行政部门——如果它不是一个真正的政治实体的话——高度政治化的地方。早在一九八六年，尽管当时南希·里根发表了她那著名的"向毒品说不"① 的讲话，海斯利普还是不得不屈服于民主党人和共和党人的压力，不去激怒制药行业的那些说客，后者的工作之一就是对立法草案进行梳理，不放过任何有可能扰乱他们客户的销售的内容。根据《俄勒冈人报》的那篇文章，海斯利普的法案引起了一个名叫艾伦·雷辛格的人的注意。作为所有权协会的雇员，雷辛格在这件事上代表华纳-兰伯特公司，他不喜欢他所看到的东西。

据雷辛格说，为了避免联邦进口监管可能对华纳-兰伯特公司造成的麻烦，一九八六年，他连续好几个星期都在为改变海斯利普的草案的措辞而奔波。二〇〇四年，他在接受史蒂夫·索的采访时颇为自豪地说，在缉毒署和海斯利普一再拒绝他的请求之后，他别无选择，只能给"美国政府的最高领导层"打电话，把白宫也牵扯进来。

从海斯利普的脑中最早出现要把冰毒的生产扼杀在萌芽状态这个念头，到一九八七年四月，司法部长埃德温·米斯三世向国会提交海斯利

---

① Just Say No，是美国前第一夫人南希·里根在里根总统任期内为美国毒品战争的宣传活动发起并提供支持的口号，旨在劝阻儿童远离非法的消遣性药物。——译者

普的草案，这中间已经过去了整整五年。在此期间，阿米祖加卡特尔的势力早已遍布整个加州以及西部沙漠（Desert West），并与艾奥瓦州的洛芮·阿诺德有业务往来，此时，洛芮创办的斯塔克道尔公司已经在生产以工业化方式成批制造的冰毒了。海斯利普的草案中有关对麻黄素进行监管的内容也被大幅修改，允许这种药物以药丸的形式进口，而且没有任何联邦层面的监管。冰毒生产商所要做的不过是合法地批量购买麻黄素药丸，并碾成粉末——一个额外的小小不便而已——就可以继续生产毒品。海斯利普原以为可以对尚处在萌芽状态的冰毒威胁加以遏制的一个初步举措，反倒变成了对冰毒扩张的授权，还为其未来发展提供了路线图。

一九八七年，嘉吉公司将其位于奥塔姆瓦镇上的肉类加工厂的人工从每小时十八美元降到了五点六美元，还取消了工人福利，而洛芮·阿诺德卖掉一磅未经稀释的纯冰毒就可以赚到三万二千美元。也就是说，她只要卖掉自己的超级实验室产出的第一个十磅冰毒，不仅可以收回最初购买设备和化学原料的十万美元的成本，而且还有近二十五万美元的盈利，相当于当时奥塔姆瓦镇上一个中等收入的成年人近十年的收入。与此同时，她继续从加州的墨西哥黑手党那里买入纯质的毒品，一次拿十磅，每磅一万美元，然后再以三倍的价钱卖掉，再派她的一名手下到西海岸跑一个来回的话，每次就又有近二十五万美元的进账。

冰毒自身的特点与数学相结合的地方在于：与我交谈过的人，包括罗兰德·贾维斯这样的资深瘾君子在内，没有哪个能在鼻吸、烫吸或者注射过纯度为百分之九十八的甲基苯丙胺之后身体还扛得住的。所以，尽管洛芮只生产和出售未经稀释的产品，可一旦进入分销渠道，每一磅冰毒都会被掺入漂白粉、洗衣粉或小苏打，稀释成三磅或四磅甚至更多，至于稀释到什么程度则取决于经手的毒贩了。这么看的话，洛芮的实验室每四十八个小时生产的可不止十磅的产品；其最终相当于三十至四十磅的量。（依此类推，现今位于加州中央山谷的那几个最大的实验室，如果按"街头出售"的量来计算的话，每天的产量可高达五百磅，而同期一个印度尼西亚的超大型实验室每星期则可以制造五千磅可供销售的冰毒。）在洛芮生意的鼎盛时期里，单单一个月内，从她那里销往中西部人口较少地区的冰毒大约就有零点二五吨。此外，她每个月还要从加州大批量进货十几次，由此很容易看出她是如何以这样或那样的方式跟"成千上万的人"打交道，并且"每个月赚几十万美元的"，这些她自己都亲口承认了。至于具体生产了多少冰毒，赚了多少钱，洛芮坦承自己也没有概念，给不出答案。

洛芮刚开始吸冰毒的时候，一克的量就可以满足她一整个周末的需要。然而到了一九九一年，她一天鼻吸的量就高达三克。洛芮还记得有一次她连着一个星期都没有睡觉。她说自己身兼数职，既要打理好几种生意，也是个母亲，还是一名毒枭：要不是冰毒，她根本做不到。她说自己不仅是奥塔姆瓦镇上最主要的雇主之一，也是个慈善家；给当地的警察局和县治安官都捐过不少钱。她还计划在"狂野的一面"酒吧隔壁开办一个日托中心和游戏厅，让当地的孩子可以在父母去酒吧玩的时候有地方可去。自从奥塔姆瓦镇的大多数农场破产之后，火车也不通了，在肉类加工厂打工的男人们丢了饭碗，整个小镇都沉浸在孤独、抑郁和道德败坏之中，洛芮和冰毒便成了这里的一剂解药。

要是你问洛芮的话，她会说所有政客加起来也比不上她对艾奥瓦州的付出，就是这些人让这里一夜之间走向了地狱。她说，人们为她感到骄傲，他们确实也该如此：她把被政府和大公司夺走的生活又还给了他们。她认为，假如冰毒有什么问题的话，那也不该是她卖的那些没稀释过的毒品的问题。她的毒品不会让你有任何乱七八糟的反应。只有那些在小实验室制作冰毒的人拿出来的烂东西才会让人发疯。而且，取缔那些人的生意一直都是洛芮喜闻乐见的事——她作为公民的责任，就是不让罗兰德·贾维斯这样的人卖太多的垃圾货，让人们对黑色直升机和树上的人影之类的事情疑神疑鬼，喋喋不休。在洛芮生活的现实世界里，她是个女商人，而不是她理解的那种"典型意义"上的毒贩。她这么说也对，像嘉吉公司和艾奥瓦牛肉包装厂这样的企业在一个监管宽松的时代应运而生，而就在同一时代，洛芮的生意实现了一个前所未有的垂直垄断，她声称这至少在一定程度上缓解了那些大企业的垄断所造成的不利影响。此外，洛芮的崛起把那些在家庭作坊制毒的人——就好比冰毒界的艾奥瓦火腿罐头公司——逼到了破产的境地，自许为冰毒界罗宾汉的洛芮本人则日益开始公司化运营。更具讽刺意味的是，假如不是洛芮近乎单枪匹马地将新一代的冰毒流行病带到了中西部地区，那个地方必将落入五个墨西哥贩毒组织的手中，而这几个贩毒组织在当今冰毒市场的控制力相当于嘉吉公司在食品市场的地位。

洛芮对于像罗兰德·贾维斯这样小打小闹的制毒者极为不屑，直升飞机监视这些人也许不可避免，然而那一刻她的确也看到了，这次可是真的。一九九一年的一天，一架直升机在她房子的上空盘旋，来自美国烟酒枪支爆炸物管理局（ATF）的特工对她掩藏在树林里的冰毒实验室拍了照。那天晚些时候，洛芮正开着她那台红色的捷豹君王（Sovereign）在镇上办事，在她的马场上班的一个男孩打电话给她，说农场那边发生了一点情况，看起来怪怪的。男孩说乡间小路上停了好些车子，还有不少人举着望远镜一直盯着农场看。洛芮说，那天晚上联邦政府派了一支军队过去：烟酒枪支爆炸物管理局、联邦调查局、缉毒署——你能想到的全都来了。第二天早上，她被联邦特工送进了当地监狱，还跟看守她的特工开玩笑。洛芮说，毕竟，如果一个人连幽默感都没了，她还有什么呢？

六个月后，洛芮·阿诺德在艾奥瓦州的南区联邦法院被判多项罪名成立，包括：一项继续经营犯罪企业罪；两项洗钱罪；一项贩毒时携带并使用枪支罪；以及多项持有、销售和制造甲基苯丙胺等罪名，她一手创建的冰毒帝国也随之土崩瓦解。弗洛伊德·斯塔克道尔被另案起诉，并被判在莱文沃思监狱服刑十五年，他在假释前两个月因心脏病发作死于狱中。洛芮被判处在位于西弗吉尼亚州的阿德森联邦监狱服刑十年，在服满八年后，她于一九九九年七月二日获释。出狱时，她的儿子——也是她唯一的孩子——乔什都已经十五岁了；而他从小到大，有一半时间洛芮都不在他身边。尽管她很快就了解到，彼时中西部的冰毒生意比起她和阿米祖加两兄弟一起创办时更新，发展也更全面，但她还是有一种难以置信的感觉。一旦在这个全新的秩序中找到属于自己的位置，洛芮马上着手干了一件她这一生一直在做的事：当机立断，重操旧业。

第四章　家　人

二○○五年，当我给奥尔温镇的全科医生克雷·豪贝格打电话，请他描述他家乡冰毒泛滥的现象时，克雷告诉我，冰毒就是"一种社会文化癌症"。他解释道，自己这番话的意思是说就像癌症一样，冰毒的格外危险之处在于它在整个机体中的转移能力，在这件事上，是指削弱一个地方社会结构的能力，而且对一个地区、一座城镇乃至一个社区、一户家庭来说也是如此。克雷说，就像脑部的恶性肿瘤常常会转移到肺部一样，冰毒往往会在不同的阶层、家庭和朋友之间传播。由冰毒造成的横暴行为影响到了学校、警察、市长、医院以及镇上的商业。因此，用克雷的话说，一旦一个城镇的文化必须只对单一的——而且是异常负面的——刺激做出反应，就会产生一种集体自卑感。

我刚到奥尔温的时候就知道，克雷作为小镇上的医生，在观察冰毒现象方面占据着绝佳的位置。然而，经过三年的时间，我才清楚地认识到，他希望能在别人身上治愈的那个病症，即"集体自卑感"，对克雷本人所造成的伤害同样残酷而严重。我们第一次谈话的时候，他说自己每天的工作就像跑进一间着了火的汽车旅馆，只有十五分钟的时间把里面所有的人都弄出去。这间汽车旅馆就是奥尔温镇，而克雷的时间却永远不够用，假如他不及时撤退的话，恐怕连他自己也会惹火烧身。事实上，三年后，克雷将需要人拉一把。从某种程度上讲，他的故事多少与他家乡的故事有些相似。

克雷和他的双胞胎兄弟查理在一岁时离开了奥尔温镇的孤儿院，收养他们的是自一九五三年起就在镇上当全科医生的豪贝格。克雷和查理是同卵双胞胎。他们一个右眼是主眼，另一个则相反，一个左撇子，另一个是右撇子，就连他们的头发侧分的方向也相反——克雷的头发分在右侧，查理则分在左侧。克雷弹贝斯，查理打鼓。克雷获得生物学和化学学位；查理主修了哲学和神学，辅修埃及学。

这两个男孩打小就有广泛的兴趣爱好，包括化学；他们会利用所学的化学知识制作爆破筒，有一次还把邻居家小孩的沙坑给炸了。他俩都极富幽默感，会热情地给客人们端茶递水，几分钟后却宣布这水是他们从厕所里取来的。在他们小的时候，他们的母亲把他们俩一起睡的婴儿床倒扣过来，在上面堆满了书，这样他们就不会在屋里到处乱跑搞破坏了。到了二十世纪七十年代，用客气点的话来说，这对十几岁的双胞胎兄弟对毒品已经并不陌生了。两人一起从位于锡达福尔斯市的北艾奥瓦大学毕业后，克雷去南伊利诺伊大学卡本代尔分校的医学院继续深造，而查理则前往克瑞顿大学的法学院学习。一九八七年，新婚不久的克雷结束了他的住院医生实习，回到家乡加入他父亲的诊所工作。此后不久，查理搬到克雷的房子所在的那条街上，而且住得离克雷不远，并开始当费耶特县的公共辩护人。

克雷身高五英尺八英寸，体重一百六十磅。小臂壮得跟焊工似的，手掌厚实，掌纹很深，看不出和音乐家或外科医生有什么关系，倒觉得像个农民。克雷梳着大背头，一头棕发开始泛出灰色（他管这叫"盐和大粪"）。他的山羊胡修得短短的，时髦的无框眼镜后面是一双深邃的蓝灰色眼睛。他的妻子说话总拉长语调，克雷却不同，他有着更明显的明尼苏达口音，每个词开头的音节会被后面的吃掉。他的谈吐用词准确，还会跟自己的专业联系在一起；他经常会说"要不然这样"和"好吧"，当他拒绝别人的要求时就会说："不行吧，好吗?"他形容那些在脸上穿了好几个洞的年轻男女"是一头撞进了渔具箱"，说酒吧就是"无人监管的减压门诊，提供廉价但有很多副作用的处方药"。

每天，克雷都会到慈心医院街对面的那个小砖楼里去上班。这家慈心医院所在的大楼非常雄伟，是六十年前由天主教会建造的。它的隔壁是小镇上的高中和一个小型的居民区。再过去就是肃穆而平坦的草原，终年孤独地守在那里。从豪贝格医生家庭诊所的候诊室窗户望出去，可以看到大片的天空，相比之下，克雷这间在大楼靠里的位置的小办公室显得更为杂乱。办公室里有一张书桌，两把椅子，其中一把椅子被地上堆起的一排放着病人档案的盒子挡住了。一面墙的书架上摆满了有些年头的医疗器具；大部分都是克雷的父亲用过的，在二○○三年的一场车祸夺走了他妻子的生命之后，他最终决定退休。这些东西的旁边放着一百来本书，包括：《临床神经解剖学》（*Clinical Neuroanatomy*）、《肾病病理生理学》（*Pathophysiology of Renal Disease*）、《普通眼科学》（*General Ophthalmology*）以及《胚胎学基础》（*Patten's Foundations of Embryology*），从中可以窥见克雷的行医职责范围。

克雷恪尽职守，不仅在大厅对面的检查室给病人做检查，还会开车去病人的家里和农场出诊，而且每周有两个晚上在急诊室工作。他在汽车后座接生过婴儿，还有一次是在谷仓里。几年前，他在他父亲的手下担任县助理验尸官。他还是慈心医院的办公室主任。奥尔温镇这一带的人情冷暖，克雷全都看在眼里。

跟很多人想的完全不同，几十年来，美国农村吸毒和酗酒的比例要比城市来得高。克雷说，如果成瘾有自己的表情的话，那么它会满是抑郁。克雷说，基因不好是没有办法的事，但要是环境不好，那么所有的基因，无论好坏，都容易受到影响。他这么说自然有他的道理。二十世纪七十年代中期，克雷在取得学士学位之后回到了奥尔温镇，想到处看看再决定自己接下来能干些什么。他的父亲豪贝格医生是一个严于律己的人，他的右腿因为骨髓炎造成的退行性关节炎，比左腿短了十八英寸，平时右脚得穿有内增高的鞋子，而他就这么一瘸一拐地在费耶特县的乡间各镇来回奔波，行医治病四十年，创造了一个小小的医疗奇迹。克雷特别容易招惹他父亲生气。他跟人组乐队玩，留了一头长发，还大量地吸食可卡因。他对自制炸药的热情从没有消退。一次，因为下雪，高中停课一天，克雷在校园草坪上引爆了一个土炸弹，就为了看看爆炸是怎么回事。第二天早上，奥尔温镇上的报纸声称这是一起恐怖袭击事件，并要求抓捕罪犯，交由联邦法庭起诉。（克雷从没有被抓到过。）克雷找不到让他和他父亲都觉得有意义的事情来做，在父亲犀利、令人无地自容的怒视下，他的脑子里各种念头窜来窜去，他越是心神不定，吸食毒品的次数也就越多。他说，最终他意识到，自己要么去上医学院，否则只能进监狱了。

那时，奥尔温的经济才刚开始恶化。几年之后，风云突变，芝加哥大西部铁路公司和伊利诺伊中央铁路关闭了在小镇上的营运，与此同时，农场陷入危机，但克雷将自己愤懑和无奈的原因主要归结在一个简单的社会经济假设之上："如果你没有钱，就不能去看乐队的表演。假如你不能去看乐队表演，那你也完蛋了。"他说这话的意思是，如果没有好工作，大家手头可支配的收入就少，就没什么钱可以在当地消费，包括酒吧。在二十世纪七十年代最后那段好日子里，奥尔温的酒吧从滑铁卢到韦纳齐（Wenatchie），可谓远近闻名，原因就在于它们有密西西比河上游流域最好的地方乐队。

克雷说，奥尔温曾经有"小芝加哥"之称，那里号称有中西部最好吃的意大利菜，每到冬天，每一间酒吧里挤满了台球联赛的球手，而一到夏天则是垒球队的天下，这里的"运动员之家"酒吧有全艾奥瓦州最棒的肉眼牛排，这一切多亏了奥尔温的地理位置，从芝加哥的一些畜牧场出发往西行，这里是第一个过夜的站点。在二十世纪三十年代和四十年代，贝西伯爵[1]和格伦·米勒[2]在从明尼阿波利斯前往圣路易斯的途中经过奥尔温时，经常会在星期二晚上来到奥尔温体育场（Oelwein Coliseum）表演。体育场老板和乐队签订的合同中规定，他们在奥尔温演出后，至少一周内不得在小镇方圆五百里的任何其它场所演出。利润丰厚的铁路公司雇了两千名员工，差不多是镇上适龄男性劳动人口的百分之六十，因此演出门票仅在当地就可以售罄，小镇在当时的影响力可见一斑。在二十世纪五十年代，巴迪·霍利[3]到奥尔温兵工厂（Oelwein Armory）表演过四次。克雷说，一旦所有这些都消失无踪，奥尔温镇上所弥漫的深深的落寞，只会加剧豪贝格家双胞胎兄弟的失落感。

　　打那时起，双胞胎兄弟俩就努力用音乐保持一种平衡感，通过这样做他们体会到了身心合一的完整感，并将之与镇上的人分享。克雷老爱说他一直是琴不离手，而查理从一生下来就是"逮着什么就敲"。当他们只有五六岁的时候，立志要成为贝斯手的克雷会在通往厨房的过道里拉几根钓鱼线；查理则敲着锅碗瓢盆追着保姆跑，等她一被线绊倒，两人就开心地大叫起来。克雷到现在还是很享受酒吧大战，从这种精彩场面中获得乐趣，据说他曾经将一名乐队成员从一辆正在行驶的大众巴士上推了下去，然后不经意地听出那人扑通一声摔倒在地上时，发出的声音像是 B 小调。直到今天，这兄弟俩还和各种乐队一起在艾奥瓦州东北部各地的场馆演出，到克雷买下的距离 IGA 杂货店两个街口的录音棚去录音。对克雷而言，表演是社群共生关系的一种表现；当他和自己的同胞兄弟在舞台上卖力地表演，人们也跟着过去流行的摇滚乐一起哼唱、

---

① Count Basie，美国爵士乐钢琴手、风琴手、乐队队长和作曲家。——译者
② Glenn Miller，美国摇摆年代的爵士大乐队乐手、作曲人和乐队领袖。——译者
③ Buddy Holly，与猫王同时代（二十世纪五十年代）的美国摇滚歌手和作曲家。——译者

起舞的时候，没什么能比这个让他感觉更像在家那样自在而完整的了。

显然，音乐可以让克雷平静下来，二〇〇五年我跟克雷见面时，他一天可以抽掉一包半的烟，酒也喝得很多。计算我们谈话时间的不是多少分钟或几个小时，而是几壶咖啡或多少罐百威清啤（Bud Light）。他知识面的跨度令人称奇，而且思想多维，跳跃性极强，想要跟上他的思路就得拿出追踪蜂鸟的架势。比如说，在反复谈及苏族①印第安人医者的历史时，他很容易想起他最喜欢的哲学家，并问你是否希望他"把康德的思想提炼成三句话，这样你就能集中注意力继续听我说了"——而所有这些都是在以一种乔姆斯基②式的评论对慈心医院的危重病护理计划予以补充。克雷是一个做事全身心投入的人，而且他投身其中的事情也会让他消耗极大；要是没有音乐的话，他整个人肯定早就被榨干了。

作为一名医生，克雷百分之八十五的工作都是在治疗他所说的折磨着奥尔温镇的各种精神疾病。他说这些病基本上不是压抑就是焦虑，镇上来来往往的很多人其实两者皆有之。由此看来，奥尔温并非个案；据他估计，每三个美国人中就有一个患有某种心理疾病。这个地方的情况也一样，人们没钱去寻求适当的帮助，那么病情的影响也被放大了。奥尔温镇上的人口逐年递减。高中毕业班每年秋季入学的学生人数平均减少五人。仅在二〇〇四年，奥尔温的税收收入就减少了十四万七千美元。它无法像滑铁卢（那里在二〇〇四年损失了二百万美元的财政收入）那样消化这种严重问题带来的社会成本和财政成本。但克雷一针见血地指出，这个问题也不是近亲繁衍和缺乏教育造成的，而是一个正在衰退萎缩的地方所特有的："如果说第一批离开的肯定是聪明人，这些人带着足够的钱走了。那剩下来的会是些什么人呢——好吧，我很抱歉

---

① 北美印第安人中的一个民族。——译者
② 美国哲学家、语言学家、认识学家、逻辑学家、政治评论家。他的生成语法被认为是对二十世纪理论语言学研究的重要贡献。——译者

这么说——奥尔温高中可不够资格为哈佛大学输送人才啊，好吗?"

克雷感慨最多的是人们对于奥尔温所面临的情况的复杂性知之甚少。他说没有人愿意谈论眼前的现实，这真是得了最早到此定居的寡言少语、感情淡漠的先人的真传。一百年前，人们在嘴上念叨艰难困苦，不会思来想去，而是会直接付诸行动，这么做对社会是有利的。克雷说，现如今人们太穷了，没法拿出钱来采取行动，好在说说话至少可以有助于缓解无助感。为了找到解决办法，很多人去了教堂，那里有像恩典卫理公会牧师达文·摩尔这样的好人，尽管他一片善意，殷殷心切，但也不能拿来当作社会和心理学方面的真正的职业培训。还有一些人，他们没钱到克雷那里看病，更别说去买他开的抗抑郁药了，于是就去奥尔温镇上的那十一间酒吧里进行自我治疗。克雷说，冰毒贩子很容易在那里找到买家。

奥尔温镇的甲基苯丙胺问题以及四处弥漫的绝望感，最终把克雷的兄弟查理逼走了。查理说他当了七年的公共辩护人，一些瘾君子竟然在凌晨两点到他家里，只想知道为什么他还没有把他们的朋友弄出监狱，这些让他感到厌烦。他觉得奥尔温对自己那两个还在上初中的孩子而言并不安全。克雷说，查理的妻子都已经做好跟他分手的准备了。最终，查理搬去了锡达拉皮兹市，从奥尔温往南开车过去要一小时二十分钟，并在一家律师事务所找到了工作。当克雷说起这段往事的时候，下巴上的肌肉绷得紧紧的，似乎要通过慢慢咀嚼这些细节来好好理解这一切都是怎么发生的。毕竟，他们兄弟俩是一起回的老家，都希望能为解决奥尔温的问题出谋划策。但现在查理离开了。自从他们一个选择上医学院、一个选择上法学院以来，这对双胞胎是第一次分开，就是因为这个小镇的冰毒问题。

查理是在二〇〇三年离开的，这一年，他们的母亲在一场车祸中丧生。现在克雷的身边没什么亲人了。他心里没着没落的，自己的孩子如今都已独立，查理和母亲也都不在他身边了。他全身心地投入工作，加倍努力地去帮助那些病情日益严重的人。但是，随着他的保险费率年年上涨，他已经感觉有些力不从心了。"即使我们下个月能控制住冰毒，"克雷在第一次跟我通电话的时候说，"我们这里已经有三代人需要接受治疗了。更何况我们到下个月还是无法控制住整个形势，那么我们需要治疗的就还会有第四代、第五代或许第六代：医疗问题、心理影响——我们甚至都不知道还有别的什么。我们只知道自己早已深陷这种困境中。"

我第一天去他家时在他车库里看到的东西最能说明他因此所遭受的痛苦；车库的一个角落里放着三个很大的垃圾袋，里面装满了啤酒罐。但凡晚上不需要等医院的电话随时待命，克雷大多独自一人在车库里呆着，干掉十二罐啤酒，抽着烟来回踱步，好让自己平静下来。之后他再想办法休息一会。

六月下旬的一天，阳光和煦，如果你此时从奥尔温往南开十四英里，进入艾奥瓦州的独立镇，一路上摇下车窗，就会感受到美国小镇的田园魅力。尽管独立镇和奥尔温很像，面积也比较接近，但跟它的北方邻居相比显得更大也更干净。开在主街沿街老建筑里的店，全都敞开大门迎接顾客。街上行人如织，在阳光下散着步。人在这里不会感觉漫无目的，即使是冬天，当餐厅温暖的灯光在黄昏中闪烁，暴风雪还未到来扫雪机已经早早地开始在街上巡逻时，让人感觉一切都如此井然有序，凡事都未雨绸缪。

我去独立镇是想要见一个正在康复期的冰毒成瘾者以及他的儿子和父母。我想看看克雷所说的对各代人的影响——就是他提到的冰毒流行病所引起的"病状的多维展开"——到底是怎么回事。想要理解冰毒给一个家庭带来的困难，我觉得去独立镇比较合适，那里的问题并没有奥尔温来得尖锐。独立镇的腐败问题也明显没有它北边的邻居来得严重，因此，无论是在经济上，还是在跟毒品相关的一些问题上，都要落后邻居几十年，在这里人们仿佛可以看到二十世纪七十年代时奥尔温的样子，那时克雷·豪贝格和查理·豪贝格才开始在酒吧里表演。

大规模的社会病会传染到个人的生活和人际关系，这当然不是什么新闻。事实上，我早就开始意识到奥尔温的命运对克雷造成的影响。之后更长的时间里，我看到了小镇所处的困境是怎么造成克雷日益严重的酗酒问题的。如果社会分化直接导致人与人的分离、考验着婚姻和人际关系这样的说法有失公平的话，那么在考虑不同人的问题时，将一种更大的困难所附加的额外压力纳入考量范围，似乎倒也合情合理。而在独立镇所看到的恰恰与此相反：一旦整个社区已然支离破碎，不仅将会造成家庭的四分五裂，还会使家庭成员产生一种去不同寻常的地方寻求帮助的迫切感。冰毒不只将人们分开；也推动人们走到一起。

我来这里是找一个正在戒毒的瘾君子谈谈的，"沉默之子"摩托车帮的其他成员叫他"少校"，作为这个帮派的前成员，他视这些人为"家人"。鉴于他在这个小圈子里具有的相对惊人的影响力，这个名字看起来也算合适。那时，"少校"二十五岁，跟他的父母邦妮和约瑟夫一起住在一栋漂亮的红砖房里，房子坐落在一条绿树成荫的街上，那里离主街有五个街口。"少校"身高六英尺二英寸，体重一百八十磅，宽肩窄腰，手臂强壮，小腿肌肉结实。"沉默之子"是类似于"雅利安国"①那样的组织，"少校"那天生的金发碧眼想必让他在那个圈子里颇受欢迎，他还在左臂的三角肌上纹了 SS 字样。十四个月前，在他毒瘾最厉害的时候，他的体重只有一百三十磅。

---

① Aryan Nation，以美国爱达荷州为主要活动地点的一个白人至上团体。——译者

我去跟"少校"见面的那天，和他一起坐在他父母房子的前廊。那时，"少校"已经九个月没碰毒品了，但他依然滔滔不绝地讲话，沉浸在瘾君子那种夸张的独白中，时不时地发出阵阵爆笑。我发现他这人风度翩翩，有自嘲精神，为人风趣，既懂拍马屁，也会恐吓人，为了摆脱麻烦，他绝对会见人说人话，见鬼说鬼话。看得出来，他聪明有余，但自信心不足，这让他带有一种卡通人物般的魅力。跟他有关的一切似乎都处于一种具有传染性的混乱状态，我猜这是他这么多年来被"沉默之子"洗脑的结果。吸毒还是戒毒；留在亲生父母身边还是回到帮派之中；自我厌恶还是自我夸耀——在目睹"少校"内心的各种撕扯和挣扎之后，几乎无法让人不对他心生同情。

　　"沉默之子"曾是艾奥瓦州北部最著名的摩托车帮和毒品团伙，如今基本沦落成一个夫妻老婆店规模的制毒小作坊，躲在这里或那里制几磅"纳粹冷"，然后把这个团伙里仅剩的几个摩托车骑手改造成一个零售团队，让他们拿去销售。他们的头头叫鲍勃，是"少校"前女友莎拉的父亲。而莎拉是"少校"的此生挚爱，也是他儿子巴克的母亲。鲍勃和他的妻子以及莎拉住在艾奥瓦州杰瑟普附近的一个农场，在那里他继续制作冰毒。住在十二英里之外的鲍勃，以及跟他一起生活的那些日子的回忆，是一个沉重负担，"少校"似乎无法将它从他清醒时的每个苦闷日子里卸下来。

　　我去拜访他的那次，巴克才两岁。他有一头浅金色的头发，一双会说话的蓝眼睛，红唇在他饱满的雪花石膏般的皮肤上显得格外突出。他脸颊红润，身上已经显露出一些肌肉线条，看着跟一个大孩子似的。事实上，巴克总体而言看起来要比同龄人发育得早一些。他性格讨喜，好奇心十足，一开口就滔滔不绝、没完没了。他一刻也安静不下来，情绪反复无常而且还会走神，这些通常都是所谓的"冰毒宝宝"的标志。巴克不仅是个冰毒宝宝，而且正好就是艾奥瓦州的冰毒宝宝。当公共服务部和当地检察官在"儿童救援"(Child in Need of Assistance)① 项目的支持下，将他从"少校"和莎拉身边带走的时候，他们在巴克的头发毛囊中测到的甲基苯丙胺含量是该州有史以来最高的。而该纪录的第二名是巴克同母异父的妹妹卡洛琳，她被带走的时候才六岁。

"少校"从我们坐的前廊上的那张桌子边看向他的母亲，后者正站在纱门里面听我们谈话。与此同时，巴克绕着桌子周围的四张长凳转圈。显然，如果他母亲打算就这样在一旁听我们谈话，"少校"是不会对我说些什么的，有那么一小会儿我们都有些尴尬地僵在那里。我一把抱起巴克，把他从我腿的这一边抱到另一边放下，这样他就可以跑向下一张长凳，如果他的线路保持不变的话，他会短暂地停下来，快速地发出"穿越隧道"② 的调子，"穿越隧道"就是那个电子游戏，一个塑料机车一边鸣着汽笛，一边在围成一圈的黄色轨道上跑，那个蓝色大按钮按下去一次，汽笛就会响一下。然后，巴克会跟之前一样继续围着桌子绕下去。

"妈妈，""少校"说道，"能不能请你不要站在那里?"

"少校"看着邦妮从门口走开，回到厨房。然后他开了口，二〇〇三年他和鲍勃一起琢磨出了一种办法，通过微波炉加热咖啡滤纸，过滤掉毒品中的杂质，以提高冰毒的产量。加热滤纸所产生的大量粉末状冰毒都已被滤纸吸收了。但问题是，粉末状冰毒在此过程中也会散布在微波炉内壁，而鲍勃和"少校"正是用这台微波炉给巴克和卡洛琳做饭的，以致孩子们摄入了数量难以估量的毒品。

在我二〇〇五年见到"少校"和巴克的时候，有关吸入甲基苯丙胺对婴幼儿造成的长期影响尚不明确，如今依然一片茫然。只有一位研究

---

① 在某些情况下，法庭会评估儿童是否需要帮助，这就是 CINA 案件。为了使法庭相信儿童需要救援，公共服务部必须证明该儿童受到了忽视、虐待或有发育障碍、精神障碍，并且其父母或监护人无法或不愿提供适当的照顾。——译者
② Tunnel Runner，CBS 电子公司 1983 年推出的一款迷宫游戏。——译者

人员——位于得梅因的布兰克儿童医院的里兹万·沙赫博士，对这个问题已经研究了相当长一段时间，整整十二年，这样的时间跨度足以观察到问题的趋势所在，但要进一步追踪其后续影响的话又太短了。"少校"说，巴克的确表现出了沙赫博士指出的那些从小暴露在冰毒中的孩子所具有的一些特点。巴克早上醒来后会浑身上下剧烈地颤抖，他睡不着觉，急性哮喘经常发作。在跟人说话时，他很容易发脾气，还严重挑食，经常一口东西也不肯吃。不知道后面的这几个特点只不过是巴克进入"可怕的两周岁"、自己开始有主见的一个标志，还是因为他持续暴露在冰毒中所造成，对此只能全凭各人猜测了。到目前为止，巴克似乎并没有表现出接触冰毒会导致的另一个常见问题，即没有与别人进行互动的能力，据说之所以会这样是因为父母长期吸食毒品，在狂欢中昏睡，疏于照顾孩子，以至于孩子一连几天无助地躺在婴儿床上。

然而，最令人不安的是冰毒对儿童的长期影响，部分原因在于这些影响还停留在理论层面，并且都是根据对成年人的观察所得出。很多接触冰毒的成年人会出现肝肾功能衰竭、心肺功能减弱、高血压以及严重的焦虑症。令人担心的是，无论一个成年人会遭受什么样的身体残疾，一个孩子，从理论上讲比成年人弱小，也会在多方面出现这些相同的生理缺陷。

"少校"说，上一次他在监狱里的时候算是真正见识了冰毒的厉害。没了毒品，他整个人都变得惊慌失措。想睡的时候睡不着，睡着以后却醒不过来。他食不下咽，眼前出现了各种幻觉。他浑身疼得像是被车撞了似的，而且还疼了好一阵子。据一位在艾奥瓦州奥塔姆瓦镇卧底的缉毒特工说，有个瘾君子进了监狱后才开始相信，他烧制和注射的冰毒中的杂质——特别是在毒品制造过程中用作溶剂的锂电池的金属条——已经实实在在地在他身体里面了。他甚至认为自己手臂上的一条静脉就是那个金属条，在自己的床边一坐就是好几个小时，想用长长的手指甲把那条静脉给抠出来。与"少校"的交谈使我弄明白了一点,冰毒的身体戒断只是他的戒毒问题的开始,因为最让人吃惊的是,当他不再吸毒后,他似乎连自己现在是谁都全然不知了。

巴克准备再次从我的腿上翻过去,好继续绕着桌子转下去。他说了声:"嗨!"从桌上抓起一个打火机递给我,说:"这个给你。"他穿着一条红色短裤,刚换上的尿片把小裤子塞得鼓鼓的。对"少校"而言,看着儿子为自己的犯罪行为付出的代价,无异于每天都在提醒他为什么必须戒除毒品。但他的焦虑和内疚之情也时时刻刻让他有再吸一口嗨上一把的冲动。当他允许自己去想他可能对自己的儿子做了些什么的时候,"少校"唯一想做的就是给自己准备最后一剂,吸过量,直接自我了断算了。

"这个不是你玩的。""少校"一边说着,一边从巴克手里收走了打火机。

巴克哭了起来。一开始"少校"还好好跟他讲道理。但当"少校"把巴克抱起来的时候,巴克打了他的脸。邦妮这时再次走到门口,注视着眼前这一切。"少校"望向她,脸上起先满是求助的神情,转眼间就勃然大怒。"少校"回头看向巴克,小家伙正在奋力咬他爸爸的鼻子。"少校"怒气冲冲地摇晃着巴克,孩子嚎啕不止。这时候邦妮冲了过来,一把抱走了巴克。邦妮和她的儿子互相瞪着对方,而巴克夹在两个人中间像个盾牌似的。又或者说,巴克其实更像是一个威胁,因为邦妮随时可以把"少校"扫地出门,而巴克必须留在她这里。

最后邦妮开口了:"他这是饿了。没别的。"

几天之后,我在独立镇上一间餐厅的酒吧碰到了约瑟夫和邦妮。这家餐厅看着像是用小镇的标志性色彩装修而成的 T. G. I. 星期五餐厅①,

---

① T. G. I. Fridays,提供地道美式食物、特色酒饮和个性化服务的著名连锁餐厅。——译者

墙上挂着一张《福禄双霸天》[1] 的电影海报，上面是主演约翰·贝鲁什和丹·艾克罗伊德，斜对面是一块橡木牌匾，上面嵌了一条碧古鱼[2]，牌匾上有一只金盘子，刻了钓到这条鱼的人的名字、湖的名字以及鱼的重量：七磅三盎司。

那天是七月五日，约瑟夫和邦妮过来找餐厅老板商讨他们最小的儿子的婚礼彩排晚宴，日子定在十月，他们想在这家餐厅的一个小包房里吃。但在预订房间和确定菜单之前，他们跟餐厅老板聊了很久，说的是后者最近一次去加拿大的一个湖旅行的事，餐厅老板说此行最棒的地方在于他吃到了极好的碧古鱼，并且像他梦想的那样钓了一次白斑狗鱼。约瑟夫和邦妮已经去过那个湖好几次了——他们俩都很热衷钓鱼——看得出来，他俩都为无缘这样的旅行而遗憾。他们已经有两年没钓过鱼了，他们照顾巴克的时间差不多也是这么长，实际上，巴克都快成邦妮和约瑟夫的第五个孩子了。

从法律角度讲，从事社会工作的邦妮和担任县长的约瑟夫拥有巴克的监护权。他们允许"少校"住在自己家，这种情形不属于监护权诉讼范围，至少可以说，这是一个尴尬的安排。在我二〇〇五年见到邦妮和约瑟夫的时候，他们已经五十三岁了。到这个年龄，他们已经不打算抚养一个两岁的孩子了。然而就在一年前，还住在鲍勃农场里的"少校"和莎拉会闯入邦妮跟约瑟夫的房子里，随便拿点东西出去卖掉，然后拿钱去买感冒药来制造冰毒。有天晚上，"少校"偷走了他母亲的内裤和胸罩拿去酒吧里典当。还有一次，"少校"和莎拉闯进去之后，决定把大量的冰毒藏在邦妮和约瑟夫房子的空调排风口。等邦妮和约瑟夫打开空调制暖时，从排风口吹来的被冰毒污染过的空气让他俩双双病倒，而

---

① *The Blues Brothers*，是一九八〇年的美国音乐喜剧片。——译者
② Walleye，一种北美特有的淡水鱼，也有人根据鱼的法语读音，称其为多利鱼。——译者

他们还不得不花一万美元，相当于约瑟夫年收入的四分之一，更换掉整个通风系统。因此，每次他们跟"少校"打交道时总带着些怨气也就不足为奇了。

更令人惊讶的是，这股怨气小得几乎看不出来。约瑟夫平时沉默寡言，说起话来却铿锵有力。他烟瘾很重，脸色灰白，喜欢穿卡其裤和短袖牛津衬衫，简单地系根领带但不穿外套。邦妮看起来温和善良，是个高挑、苗条而且漂亮的女人，有着瑞典血统的那种立体五官和出众气质。那天在餐厅里，跟她一脸阴郁的丈夫相比，邦妮显得更能言善道了。自从收养了巴克之后，约瑟夫和邦妮已经把自己的生活放在了一边。退休是不可能的了，更别提什么生活目标。他们甚至不能把"少校"一个人留在家里超过几小时，担心他会复吸，也担心鲍勃真的会过来绑走巴克，杀死"少校"，然后一把火烧掉他们的房子，就像鲍勃在深夜打来的几十个电话里威胁的那样。

邦妮拿起约瑟夫的一支烟，点上，吸了一口，然后把烟递给了他。谈及那天我跟"少校"在前廊里聊的那些话，她说她听到他给我讲了关于他跟鲍勃和莎拉一起生活的那些日子，其中的很多事情她根本不信。邦妮称呼自己的儿子时用的他的本名托马斯。托马斯给我讲了好几个关于他和鲍勃是如何杀死对手、赚了几百万美元的故事。"我觉得这当中很多说鲍勃有多厉害、多聪明的话都是夸大其词，"邦妮说道，"托马斯喜欢把他想象成一个举足轻重、不可思议的人物。但事实上鲍勃就是个傻瓜。"

"我的老天啊，"约瑟夫一边摇头一边说，"等托马斯搬回来跟我们一起住的时候，他连自己叫什么名字都说不上来。他已经习惯了谎话连篇，以至于说到任何简单的事实都结结巴巴。"

"我认为毒品加上他们跟他玩的那一套，双管齐下，真的占领了他的大脑，让他变了样，"邦妮说，"他所说的那一大家子会在某个农场住上一阵，从不付房租，然后想走就卷铺盖走人，换到另一个地方。他们这一辈子都在这么干。假如你去找鲍勃聊一下的话，就会知道他根本没什么可怕的。他不过是个微不足道的人，十足的马屁精，就跟黄鼠狼一样，根本不是托马斯说的那么回事。"

邦妮说，有些问题时常害他们抓狂。他们不仅想知道"少校"跟那家人在一起生活的时候到底发生了什么，还想知道该怎么帮助他康复。对于如何在此过程中给予帮助，或者合理预期的结果应该是怎样的，即便身为社会工作者，邦妮也知之甚少。邦妮和约瑟夫经常回想过去，从岁月中找寻线索，而不去想那模糊不清的未来。

邦妮说："我的意思是我一直翻来覆去地想，'我们到底哪里做错了？'托马斯吃母乳长大。我怀孕的时候既不吸烟，也不喝酒。他第二次从监狱里出来之后，我们帮他租了一套公寓。他当晚就又开始吸毒了。因此，我们让他跟莎拉搬到我们家来住。她父亲得知此事后打了她。就因为莎拉要搬来跟我们同住，并试图戒毒，鲍勃把自己的亲生女儿狠狠地打了一顿。我们一拿到巴克的监护权，莎拉就想让公共服务部派人把他从我们身边带走，理由是我们抽烟。她说我们危及了她孩子的生命。她告诉警察说我们绑架了他。即使到现在，她有时还会一晚上打三十个电话给我们，一接就挂断。"

邦妮稍稍停顿了一下，然后又点了一根约瑟夫的香烟，这一次她没有把烟递给他。就在她讲话的时候，约瑟夫安静地用他粗糙的手指摩挲着自己的手臂，就像一个人抚摸自己最爱的毯子或一块布料那样。邦妮接着说道："而这就是我们努力帮助他们的结果。"

邦妮说，像他们这种情况，忙忙碌碌的反而是件好事。最让他们忙得团团转的是一边要监督"少校"在家里戒毒，同时还要观察巴克会不会出现什么问题。这里可不像洛杉矶、坦帕或是波基普西，附近没有可提供住宿的滥用化学品者康复中心。就算有，邦妮和约瑟夫也负担不起，尽管他们的收入是当地收入中位数的两倍。

根据法律，"少校"每个星期必须去参加麻醉药品滥用者互助会的聚会；每个月跟他的假释官碰两次头；还要保住一份工作，也就是建筑工地上的那份活。如果巴克的监护权归他的话，公共服务部的工作人员就会每个星期来家访一次，每次一小时，评估家里的情况并提供帮助，所有这些令人眼花缭乱的调整，无论平淡无奇还是意义非凡，都是"少校"努力适应戒毒后的生活所需要面对的。"能为冰毒成瘾者和他们的孩子所做的也就只有这些了。"邦妮这话指的是情况相对好些的艾奥瓦州独立镇。

当约瑟夫终于打破沉默，说起该为冰毒成瘾者做些什么的时候，也表示他们没什么选择余地。他冷酷而平心静气地轻声说道，所有的瘾君子都该被绝育。在监狱里服刑时，他们就该为那些被他们玷污的社区服务，去挤奶、修公路。接着，他重复了一下他妻子说的话："在艾奥瓦州的独立镇，能做的也就只有这些了。"

邦妮让他稍微冷静一下。然后她提醒约瑟夫，"少校"最后一次进监狱的时候，也就是他三进宫那次，约瑟夫每个晚上都会去探视。他甚至想利用自己的县长身份把"少校"早点弄出来。邦妮接着说，要是"少校"在哪次进监狱的时候被绝育了，那么他们就不会看着巴克蹒跚学步，体会到他带给他们的那么多欢乐了。说完这番话的时候，她把手覆在了他的手上。

约瑟夫摇了摇头。接着，又点着头表示同意。"无论发生了什么，"他说，"我们有了这个孩子。"

有一瞬间，他的话好像说得不清不楚，"这个孩子"指的究竟是他的儿子，还是他的孙子。随后，他说道："从今往后，无论托马斯把事情搞砸到什么程度，他都无法改变这一点。"

第五章　必来客栈

二○○五年的夏天，在我第二次回奥尔温镇住两个星期之前，我花了十天时间在伊利诺伊州南部、肯塔基州西部以及密苏里州的北部转了转，开着车子从一个镇到另一个镇。在伊利诺伊州富兰克林县那个闷热的洼地，我跟 J. R. 摩尔一起在当地一个名叫本顿的不景气的黑土农场小镇上开车兜了好几天。摩尔不仅是镇警察局唯一一名负责毒品事务的警官，还是本顿的临时镇长以及镇上三家餐厅之一的老板。摩尔整天开着他那辆黑色的野马 GT，车窗玻璃是有色的，后排凹背座椅上还放着一把霰弹枪，一路上他抽着万宝路特醇，每次开到停车标志前就会摇下车窗，跟那些他认识了大半辈子的熟人打招呼。奇科利西位于密苏里州北部，是河流交汇的中心地带，这里牛羊成群，草原丰茂。那天晚上，我就在一间汽车旅馆住了下来，然后听到我楼上的房间里一个男人正在打自己的老婆，这对男女当晚刚结的婚，就在这家旅馆。和群山环绕的本顿一样，在三百五十英里之外的奇科利西一带，冰毒问题也相当严重。只听得那个新娘大声叫喊，说要不是因为冰毒吸嗨了，她的新婚丈夫是不会对她痛下狠手的。我打电话报了警，随后一位女警在位于一楼的我的房间窗外跟新郎交谈了片刻。在他保证没发生什么事情之后，女警结束了自己的调查，与此同时她也好奇究竟是哪个外乡人把人家洞房花烛夜的插曲错当成了一场家暴。

在那时，美国小城镇的冰毒问题是否比大城市的严重，已经不再是我脑子里关心的问题了。毋庸置疑，旧金山的吸毒成瘾者要比默塞德的中央山谷镇的瘾君子多得多。得梅因的吸毒者上万，而奥尔温的人口总数才刚过六千。洛杉矶是美国的冰毒发源地。跟纽约、旧金山和迈阿密一样，洛杉矶有大量的同性恋冰毒成瘾者。在过去五年里，艾滋病和丙型肝炎的比例在同性恋人群中有所增加，人们普遍认为这是冰毒造成的。冰毒问题在那些城市已经到了非常严重的地步。不同之处在于，跟奥尔温、默塞德或者本顿相比，洛杉矶在消化这些问题所带来的相关成本方面更轻松些。而那些小城镇对抗冰毒的手段似乎越来越渺茫。

问题是，当一些地区的冰毒问题在二〇〇五年夏天引起了如此多的关注之后，如何才能在不带刻板印象——且最终不心存轻视——的情况下描述美国农村地区的冰毒问题。瘾四和大头蛋、负责拆分洗钱的人（Smurfers）、夫妻老婆店式的冰毒作坊—吸毒者，这些词句已经以漫画手法式的夸张描述被收录进了词库，而它们归根结底来源于与毒品有关的环境而非毒品本身。奇怪的是，对小镇瘾君子的偏见——以及拙劣的模仿——表现得最直接露骨的莫过于奥尔温镇自己了，据克雷·豪贝格所说，杰·雷诺曾在自己的脱口秀节目《今夜秀》（*Tonight Show*）中，把奥尔温镇说成"可能是全世界最糟糕的地方"。甚至连内森·莱恩也要拼命克制才能不把那些被他起诉过的人视为"屎包"。在某种程度上，似乎冰毒的流行只是增加了奥尔温的孤立感，就好像世界各地都在发生着什么，而这里浑然不觉。

把冰毒当作一个犯罪故事来看，是对这个问题的过度简化。同样，克雷·豪贝格在我们第一次交谈的时候也说得很清楚，这个故事可不仅仅是说毒品和毒品产生的影响。其实毒品代表了某种东西。我现在开始明白克雷说这番话的意思。用加州大学圣克鲁兹分校的社会学家、研究毒品流行问题的专家克雷格·雷纳尔曼的话来说，冰毒代表了"社会学上的断层线"。连着两个晚上——头一晚在必来客栈，后一晚在克雷·

豪贝格家的一个派对上——这些断层线被描绘得一清二楚。而尤为清晰的一点是，尽管人们有着极其美好的初衷，但由毒品流行而产生的分歧似乎是沿着阶级的分割线或者至少是沿着对阶级的理解而产生的。"少校"来自一个成功人士的家庭，所以他不是人们通常认为的那种"典型的"瘾君子。然而，因为他吸毒成瘾，他被自己的父亲看不起，也让内森·莱恩这样的人不齿，后者的成长环境要远比他的艰苦。

山姆-休斯敦州立大学位于得克萨斯州的亨茨维尔，道格拉斯·康斯坦斯是该校的一位乡村社会学家。当康斯坦斯说美国是"一个心理学意义上的国家，而不是社会学意义上的国家"时，他是把雷纳尔曼的观点放了一个不一样的语境中。他所要表达的意思是，我们总是让个人对集体负责，一味地指责吸毒成瘾者，却不去调查他成长的环境，（反之）在橄榄球队获胜后，我们对四分卫的颂扬超过了对整支球队的。在一个小镇上，胜利者和失败者之间的距离几乎可以忽略不计；与此同时，他们之间划清界限的那种本能却很强烈，就跟在纽约的情况一样。事实上，把纽约的人和伊利诺伊州本顿的人联系在一起的是这两地的人都不相信彼此之间的共同点。"少校"的父亲似乎把自己自动地跟孙子而不是儿子联系在了一起。同样，内森·莱恩每天必须提醒自己，事实上他和罗兰德·贾维斯在很多地方是相像的。

将康斯坦斯的分析延伸开去，可以看出他的意思是指在毒品流行期间，本能会要求我们发现瘾君子不对劲的地方；实际上，这种流行诱使我们认为，瘾君子人数相对较少是反常现象，即使我们承认毒品大范围地存在。二〇〇五年八月，《新闻周刊》登出了后来非常有名的几组照片，都是冰毒成瘾者，这些照片上的面孔一开始看上去很老，后来随着时间的推移变得几乎不堪入目。我还记得，看过之后我觉得这些照片看起来就像第二次世界大战时的德国士兵宣传画，当时德国士兵被刻意蔑称为"匈奴人"（Huns）。同样，《新闻周刊》上刊登的这些照片中的瘾君子看上去也是憔悴不堪、毫无生气，甚至像是完全丧失了人性。这些照片所起的作用，不仅是某种程度上让吸毒者对他自己感到陌生，也让他们感觉自己与一贯涌现出瘾君子的美国乡村的疏远，甚至感觉自己被置于整个国家之外。在我看来，一本真正反映二〇〇五年至二〇〇八年的冰毒高峰期的编年史，必须从一个小镇以及镇上的所有居民开始讲起。如果仅仅用冰毒来定义奥尔温——然后通过它来定义所有美国小镇——那么真相将无可救药地被掩盖。而真相，就是克雷和"少校"、内森和罗兰德、墨菲和洛芮以及必来客栈的人们——这些人，就是我们自己。

必来客栈的常客中有乔什和本，这两个超级胖的十九岁男孩都骑自行车，基本上成天霸着两张七十五美分的投币台球桌。丽萨也是一位常客，她无业、患有光敏性癫痫，在奥尔温的卡拉OK界就相当于"鳍乐队"[1]；还有二十四岁的索菲，她在一场车祸后陷入昏迷，一年后才苏醒过来，不得不重新学习说话、走路和吃饭，她的社交生活包括每天晚上牵着猫去麦当劳，然后再到必来客栈点一杯百事轻怡可乐。除了这几个人，在这里进进出出的还有白人至上主义者光头党、玩家（tweakers）、白皮黑鬼[2]（当地人给一些白人小孩取的绰号，他们总是一身城里黑人才穿的那种长而宽松的衣裤）、摩托车党以及农场家庭出来的孩子，因此，必来客栈——套句克雷·豪贝格的话说，有时的确会让人感觉像是一个无人监督的门诊部。

尽管如此，这样的混乱还是有办法可以对付。必来客栈的老板米尔德里德·宾斯托克更像是童子军女训导员，她对每个来客栈的人都相当

---

① Flipper，八十年代旧金山的一支朋克乐队。——译者
② whigger，由white（白人）和nigger（黑人）两个词合成的带有贬义的俚语，是指那些在语言和时尚方面受美国黑人文化——尤其是hip hop——影响的白人。——译者

了解。米尔德里德有着漂亮的橄榄色皮肤和深棕色眼睛。她身着华丽的彩色印花上衣，描着浓眉，还喜欢抹口红。米尔德里德的身高有五英尺十一英寸，看得出来她胃口也不错：身材说不上胖，但应该没少吃炸嫩鸡胸肉。她有六十岁了，从没结过婚。自从一九八四年盘下必来客栈后，她每天从下午五点开始工作到第二天凌晨两点，但她从不喝酒，也从没吸过烟。米尔德里德说，接手客栈的两年后正好赶上所谓的"杜松子酒革命"，因此，酒吧里包括蜜桃、黑莓和奶油风味的 DeKuyper 力娇酒全都卖疯了，几乎是店里烈酒销量的两倍。

早在二〇〇五年，必来客栈平均每两个星期就有人因为侵犯人身安全、贩毒、打架或者引诱未成年人犯罪被警察逮捕。米尔德里德把楼上三层的房间按周或月出租。最近，警察跑到楼上的一个房间，一脚踹开了门，当场抓住了一个十七岁的女孩和一个四十岁的男人，他们身边的那张桌子上放着她刚卖给他的八分之一盎司冰毒。我到奥尔温的第一天，内森·莱恩就带着我去警察局，当我看到警察局长洛根的电脑屏幕上的那些罪犯大头照时，我告诉内森我打算去必来客栈转转，看看是不是能碰到个瘾君子或者毒贩，内森回了我一句："自求多福吧。那个地方连警察都不会一个人去的。"

除了睡觉的时间，米尔德里德都在收看福克斯新闻频道。她可以告诉你全天二十四小时的电视节目表，哪个节目在哪个时间段播出她全知道。她把自己的装修风格称为高级阿米什媚俗风，或维多利亚晚期大杂烩。客栈餐厅里有一台大电视机，正面的两侧用红色蕾丝窗帘装饰，米尔德里德把正式的餐桌放在电视机前面，桌边配有装饰着圣诞灯的高背餐椅。如果你仔细看的话，可以从酒吧后面的一面烟色玻璃镜子里看到勤俭节约的米尔德里德，正悄悄地把一个客人刚喝完的加可乐的威士忌里的吸管放到给另一个客人新调好的伏特加汤尼里。墙上的装饰品都是五十年来从各种庭院特卖会上淘来的东西：活鱼标本、复古瓷器以及约翰逊总统在任期间的日历。厨房门的上方钉着一块牌子，上面写着："我的办公室！除了我，闲人莫入！"还有一台电视机播放的大都是吉拉尔多·瑞弗拉[①]的节目，米尔德里德喜欢叫他"我的头号甜心"。

米尔德里德认为镇长墨菲和警察局长洛根都是恶棍。他们才是奥尔温问题的根源所在，就这么简单明了。他们为了清除小镇的冰毒而通过的法律条例越多，就越让米尔德里德认为他们侵犯到了她的公民权利。而她并非唯一持此观点的人。坊间的说法是早在二〇〇五年的时候，警察局、镇长、内森·莱恩以及他的老板县检察官韦恩·索埃就在奥尔温各自为政。在这个大半的店铺都空关着的贫穷小镇，米尔德里德·宾斯托克肯定对警察在她酒吧的行动颇有怨言。她每天都要工作到深夜，全年无休，但她现在赚的还没有以前的多。克雷·豪贝格、内森·莱恩和罗兰德·贾维斯都跟我说，在必来客栈卖掉的冰毒比奥尔温镇上的其它酒吧卖的都要多。当我向米尔德里德进一步求证的时候，她坚称她是遭人陷害的。随后，她又隐晦地补充了一句，在她看来，"警察跟这镇上的坏人在一条船上，他们是一丘之貉"。

一天傍晚，这个镇上最臭名昭著的酒吧上演的那一出，充分展现了奥尔温镇四分五裂的复杂现状。那是个星期天，酒吧里只有我跟米尔德里德。我们正在看电视新闻，说的是一个来自盐湖城的摩门教年轻女孩，在自己卧室遭人绑架，而她的妹妹当时就睡在她身旁；警察怀疑作案的是一名勤杂工。就在我们看这条新闻的时候，一个男人跟一个女孩走进了必来客栈。女孩看着不过十六七岁的样子，男的有三十多岁。他身穿卡哈特牌牛仔裤，上身是配套的牛仔工装外套，他应该是在漫天沙尘的筑路工地上工作了一整天，全身上下都脏得不行。而且他的长指甲又尖又脏，整个人散发着一股变质牛奶的味道。那个女孩一头齐耳短

---

① Geraldo Rivera，美国律师、记者、作家和脱口秀主持人。——译者

发，油油的，整个人几乎陷在了宽大的灰色运动衫里，胸前印着"德卢斯是个超酷的城市"，这几个字简直是在向明尼苏达州的严冬致敬。从这两人放大的瞳孔以及那男的看上去一副极度自信的模样，我一下子就反应过来，他们正处在吸食冰毒后的亢奋状态。

米尔德里德一边看着女孩的驾照，一边说道："甜心，你不可能有二十一岁。"随后，米尔德里德挑起了眉毛，严肃地看着女孩，等着她报上自己的真实年龄。眼看着女孩默不作声，米尔德里德的语气欢快起来："但如果这个州说你是，那你就是吧。"她望向那个男人，说道："我知道，你是完了。"说这话时她的语气冷冰冰的。她把他们点的酒水递过去。尽管没人点什么吃的，米尔德里德还是立马转身，快步走进了厨房，把我们三个人留在了空荡荡的酒吧里。

男人的叫查德，女孩叫艾拉。吧台的一头有一台基诺[①]电子游戏机，艾拉端起她的酒走过去坐了下来，然后开始在屏幕上点来点去。从我的座位到她那里，中间就隔着四张吧椅，而她到查德的座位则隔着七张；我就坐在他们两个人的中间。查德跟我有一搭没一搭地聊着，试着找些共同话题。比如，当我说到自己出生在密苏里州时，他就说起自己曾经在那里坐过牢。而他那放大的瞳孔，完全遮住了他虹膜的蓝色。

查德说："艾拉去哪里了？"

艾拉还是在跟我隔着四张椅子的老地方坐着，玩着基诺游戏。她后背挺直，双脚悬着，看起来像是正在用电脑参加网上的高中语法测试似的。她没戴耳环，什么首饰都没戴，当游戏机屏幕的亮光在黑乎乎的酒吧里忽明忽暗时，她的眼睛一眨不眨。而查德的眼睛正直勾勾地看着她。

"艾拉去哪里了？"他又说了一遍。

---

① Keno，一种赌博游戏，猜中点数和组合可获得奖励。——译者

我开始告诉他艾拉就坐在那里,与此同时,我记起锡达拉皮兹市有个女人曾经告诉我有关她前夫的事——在他吸上冰毒几年后,他躺在床上问她人在哪里,而当时她就在他身旁。还有些时候,他会把枕头、靠垫和裙子错当成自己的老婆。她说,如果她敢纠正他的话,他起初会慌乱、哭泣,瘫倒在地,央求她重新走出来一次。而当她这么做了,他就会指责她不忠,然后随手操起身边能找到的家伙暴打她一顿,比如一盏灯,一个烟灰缸,有一次是一条断了的桌腿。

查德问我艾拉是不是跟我在一起。接着,他用他的长指甲在木吧台上来回划着,就好像吧台身上痒痒而他知道在哪里。

他一脸严肃地问我,我是不是跟艾拉有一腿。

我说:"就在这儿吗?"当他抓起他那个空啤酒瓶的瓶颈时,我告诉他:"她正在玩基诺游戏呢。"

查德说:"我简直无法相信艾拉操了你。我没法相信你们就当着我的面干那勾当,艾拉。"

艾拉听到有人喊她的名字,从基诺游戏机上抬起头说了声:"来了。"那反应就跟一个孩子听到有人喊她回家吃饭一样。

"这人他妈的是个陌生人!"查德说道,"你怎么可以就这样跟他干了那勾当?"

这个时候,我起身把艾拉带到他面前。我叫她抓住他的手。

"看到了吗?"我说,"艾拉就在这儿。这是艾拉的手。"

查德看了她一会儿,然后才真的看清楚他的女朋友。几秒钟后,她放开他的手走开,他看着我说道:"你他妈在这里干什么?"

我告诉他我只是路过。

"你在说谎。"他叫道。站直了身子之后,他看上去有六英尺二英寸高、两百磅重。我顺着吧台朝着厨房那个方向望去,十分钟前米尔德里德钻进去之后就再也没露面。这会儿看不出她是否还在里头。

当查德问我是否为美国缉毒署工作时，语气就不再那么客客气气的了。他说他必须跟我实话实说：他讨厌缉毒署。他还说要不计后果地确保我再也不会回到这个小镇上。我正喝着威士忌，手指扣住玻璃酒杯的平底，万不得已的时候我可以拿酒杯戳破查德的一个眼窝。

这时，他重新坐了下来。"说吧，"他说，"你到底是不是缉毒署的?"他看上去一副真的非常感兴趣的样子。这突然变成了一个诚恳的问题。他极为真诚地想要知道我是否在缉毒署工作，因为他一直都想见一见缉毒署的人，但从来没有真的遇到过。

我告诉他我很抱歉，他这次运气不佳，我确实不是。一般来说，卖冰毒的毒贩和想要抓捕他们的人似乎都穿得差不多。头发都剪得几乎贴近头皮，而且胡子也都是留了几天的那种长短。我在这一点上有点跟风。

"天啊，你看着真的太像联邦政府派来的家伙了。"查德这么说的时候一副推心置腹的样子。

我回了他一句："才这么点就像了啊。"

查德笑了，我也跟着笑了。他拍了拍我的后背。我们握了握手。他在几分钟前的痛苦消失得无影无踪，取而代之的是一种兴奋感，似乎酒吧里沉闷的空气也都随之轻松了起来。我觉得我俩不仅仅有一种松了口气的感觉，而且有点兴高采烈。查德回到吸食冰毒后的纵欲期（the shoulder），他跟艾拉一起，抄近道从必来客栈的后门出去，走进了废弃的发动机制造厂对面的小巷里。就在这个时候，米尔德里德像变魔术似的再度出现。她一直透过门框的缝隙看着呢。她说："人们这种样子真是太可怕了，不是吗?"

从某些方面来看，奥尔温这里的人说的没错，冰毒确实只存在于某些地方。但同样重要的是，要看到那些没有证据——至少是实物证据——显示冰毒存在的地方。因为在奥尔温，就算毒品带来的麻烦已经成为当地日常生活的一部分，但无论有没有冰毒，那里的生活节奏也是如此。在这方面，克雷·豪贝格和塔米·豪贝格都表现得很出色。每个星期，奥尔温镇上的人会在克雷的办公室进进出出，或者在急诊室跟他擦肩而过。在一年当中的那几个节假日里，大家也会聚在豪贝格的家里一起庆祝。

克雷和塔米的房子在小镇以西半英里的一条长长的碎石铺就的车道尽头，跟他们邻居之间就隔了一条掩映在绿树中的小溪。虽然克雷不是农民，但他在自家地里种了几英亩的玉米，还在屋子一旁的谷仓养了几只鸡。塔米在谷仓前面的马厩里养着几匹马，她最远还在肯塔基州赢过比赛。坐在这间错层的农场屋舍的厨房，从餐桌边透过宽敞的东北朝向的窗户，他们就可以把自己那五十英亩土地的大部分尽收眼底。

这天是二〇〇五年的七月四日，克雷和塔米在家举办了一年一度的烤猪大会。在这样的欢乐时刻，要记住生活的确是美好的，人们只要愿意花时间吃好喝好，享受彼此的陪伴就行了。那棵八年生的橡树枝繁叶茂，来自水务公司的员工、酒吧调酒师以及高中老师们三五成群地聚在树下聊天，大家都等着塔米宣布，由本地 UPS 快递送来的二百五十磅重的猪经过六小时的烤制，终于要大功告成了。克雷的孪生兄弟查理和他的妻子也来了，还带了一位智利的朋友过来，那人在锡达拉皮兹的窗玻璃工厂担任翻译。

专为烤猪定制的潜水艇形状的烤箱很大，得在皮卡后面加个拖车运过来，UPS 的那个司机就站在烤箱旁边，听着豪贝格兄弟俩滔滔不绝地说着昨晚他们在艾奥瓦州沃迪纳的一家酒吧的演出，现场听众有一百来人，两次要求他们演唱林纳德·斯金纳德①的《自由鸟》（*Free Bird*），

---

① Lynyrd Skynyrd，二十世纪七十年代风靡一时的美国南方摇滚乐队，一九七七年乐队包括主唱兼作曲在内的三位成员在空难中丧生。——译者

二十五年来这首歌一直是人们的最爱。另一边，塔米正跟一群女人说着她著名的啤酒罐烤鸡菜谱中的几个亮点，其中很重要的一点是把自家养的土鸡宰杀、掏空内脏后，要拿一听百威清啤倒进鸡肚子，灌满整个腹腔，然后把鸡腿朝下地吊起来，在木炭烤炉的架子上烤制。塔米说，用中火烤出来的效果最好了。你还得趁你那位医生丈夫不注意的时候，每隔十五分钟用盐、融化的黄油和更多的啤酒淋在鸡身上。她拉长了声音说道，一小时后啊，你就会吃到以前从未享用过的美味啦。

除了明显的社区纽带外，把聚会者联系到一起的是克雷，到场客人的孩子大部分都是他接生的，而在他行医期间，塔米一直是他的前台接待员。在孩子们的成长过程中（很多如今也都是成年人了），克雷又是他们的儿科医生，同时还会治疗他们父母的各种健康问题，包括皮肤癌和痛风。在担任县助理验尸官期间，克雷医生还负责正式宣布这些人父母的死亡。奥尔温位于艾奥瓦州东北部的一个十字路口，而克雷和塔米的生活就好比奥尔温镇的社会经济和文化的交叉点，其坐标虽然保持不变，但人口统计数据显示奥尔温已经不断向贫困线靠近。镇上的人相互熟悉，但彼此之间的关系又往往比较复杂，就跟一个大家庭似的，在很多方面，克雷和塔米就处在这个家庭的中心。姑且不论过去三十年来当地人的健康趋势如何，或者对抱怨最多的病痛的变化有怎样的反应（以前抱怨最多的是肌肉酸痛和骨折；现在则是抑郁症和冰毒），假如你有什么问题或者有什么可以庆祝的，都可以去找豪贝格夫妇。

那个当翻译的智利人本名叫豪尔赫（Jorge），大家都管他叫乔治，很快他就成了派对上最令人好奇的客人，而他非常友好亲切。他离开智利的圣地亚哥，是在奥古斯托·皮诺切特将军从萨尔瓦多·阿连德手中夺取政权的那一年。儿科医生出身的医学博士萨尔瓦多·阿连德是个社会主义者，一九七〇年成为智利的民选总统，他把智利精英阶层的大量资产分配给了下层阶级；三年后，阿连德（被困于智利的"白宫"拉莫内达宫）在皮诺切特发动的军事政变中遇害。站在一群穿 Levi's 牛仔裤、Dockers 卡其裤和短袖 polo 衫的人当中，乔治一身 Wrangler 牛仔裤、牛仔衬衫和擦得发亮的黑色牛仔靴的打扮看起来格外显眼。他戴着一副金丝眼镜，马克思主义经济学张口就来，这些让他一看上去就是那个年代的拉丁美洲左翼理想主义知识分子，而在此之前，费耶特县的人对拉丁美洲的那个时代一无所知。作为萨尔瓦多·阿连德政府教育部长的侄子，乔治（迄今为止）的观点是这个派对基本还算中立的政治议题中走得最远的，所涉及的话题包括保持适度的税收和高的农作物价格；对公共教育系统投入更多的资金；把对上帝的信仰留在生活而不是政府的执政中。单就乔治在派对上的出现，还体现出了这个派对以及小镇在直觉上的包容性。

尽管如此，大多数人还是以为乔治是墨西哥人。这里每个人的祖父的母语不是挪威语就是德语或者意大利语，而乔治代表的是美国移民史上最新来乍到的那群人，有着出人意料的乖张举止以及难以听懂的口音。

乔治曾遭到皮诺切特的死亡威胁并被流放，最后不知怎么地来到了明尼苏达州的明尼阿波利斯，并在那里结了婚。之后他途经田纳西州的孟菲斯，来到了艾奥瓦州的锡达拉皮兹。他现在离了婚，每个周末都会跟当地的爵士乐队一起表演。白天，他代表大部分墨西哥人和非法劳工，向窗玻璃工厂的管理人员汇报工人的工伤情况，他把这份工作比作在喀布尔卖《圣经》。塔米·豪贝格承认所有这些听上去都"非常有意思"，但她想知道为什么那么多墨西哥人学不会英文。她说，就连阿米什人都学会了。

克雷瞅准这个机会，用黑格尔辩证法和沃尔夫假设①对此做了一番

---

① 又称"语言相对论"，是关于语言、文化和思维三者关系的重要理论。——译者

解释。总结起来大概是说：如果你不被允许融入社会（也就是说，如果你始终在不同的受人欺凌的工作之间换来换去，而且没有标准化的方式追踪你的变动），那么你对语言的选择将会反映出这一点。乔治对此深表认同，似乎只有从他的母语中才能找到确切的词汇来表达他的这份热情。

"精辟（Claro），"乔治一边说，一边点头，"精辟啊。"

"克雷，"塔米也用上了她母语的沟通方式，直截了当地说，"别说话了——从现在开始。"克雷医生立马照办了。

除了烤猪，别的菜都是参加派对的人各自带来的。UPS派来的男工作人员把烤好的猪肉切成小片，码在盘子上，然后端进了厨房。塔米走到院子草坪的露台上，敲响了铜制的晚餐铃。盛着猪肉片的盘子周围摆放着不同的菜肴，容器更是各式各样——有特百惠①的塑料餐盒、Ziploc的密封食品塑胶袋以及可用微波炉加热的玻璃容器，但从食物的角度来看，无论是以玉米作为主要食材或辅料，还是以"沙拉"这个词最宽泛的定义来看，都相当一致。有玉米棒，也有用从水煮过的玉米棒上刮下的玉米粒跟黄油和盐混合做成一个菜的；有加了墨西哥胡椒的玉米面包；撒上洋葱和细香葱的烤玉米；有爱达荷州产的红土豆做的土豆沙拉，旁边一个很大的容器里盛着一模一样的土豆沙拉，但用的是育空黄金小土豆②。还有果冻沙拉，豆荚沙拉，一锅煮熟的羽衣甘蓝。甜品那一块有很多的果冻，是在车轮形状的模具做好后盛进贝壳形状的盘子里的，还有切开之后尚有余温的厚饼底大黄酱派搭配自制的香草冰激凌。

除了那盘多到吃不完的猪肉，大家把别的菜都清空了，这时候，女人们待在屋里，不是在厨房里吸烟，就是帮忙清洗碗碟，塔米则把剩下

① Tupperware，以塑料食品容器闻名全球的一个美国家居用品品牌。——译者
② 一种表皮和肉都呈黄色的土豆。——译者

的二十磅左右的猪肉分好，用大袋子装起来，等客人要走的时候在门口一人拿上一袋回家。男人们则回到了院子里。秉承着路德教派喝酒的美好传统，男人们坐在自己的座位上，一边从容而熟练地喝着酒，一边抽着烟，讲讲笑话，在这样静谧的夜晚，他们的说话声也慢慢地轻了下来。

智利人乔治坐在查理旁边听大伙说话，克雷说着关于厄尔和梅纳德在海外作战退伍军人协会（VFW）里发生的事。

克雷的烟嗓开腔了："跟往常一样，梅纳德喝醉了，和厄尔一起坐在吧台那边自己的凳子上。你知道接下来发生的事吧，梅纳德吐了，全吐在了自己身上。"

"我喜欢听这个，"查理说道，靠到露营椅的背上，"这个听着不错。"

"梅纳德跟厄尔说：'这是我老婆刚给我买的衬衣。她一定会把我杀了。'

"于是厄尔说：'别担心。就告诉她是我吐的。'

"厄尔摸出自己的钱包，取出一张二十美元的钞票，放进了梅纳德胸前的口袋里。'告诉她，'他说，'我赔了你二十美元让你买件新衬衫。'"

克雷伸出手，做了个交换的动作，假装把什么东西放进了乔治的牛仔衬衣前胸的口袋。

"于是，"克雷继续说道，"梅纳德回家去了，他老婆对他大发雷霆。'但是亲爱的，都是厄尔干的！'梅纳德说道，'他还给了我二十美元让我买件新衬衣。'"

"梅纳德把手伸进口袋，取出钱，递给他老婆。

"她说：'这里有四十美元。'

"'没错，'梅纳德说，'那是因为厄尔还把屎拉在我裤裆里了。'"

第二部分

二〇〇六年

第六章 镜 像

二〇〇六年期间，冰毒——与美国上下对其产生的复杂反应相结合——开始实现社会学家克雷格·雷纳尔曼所说的毒品流行病的核心功能：去"追溯一个文化的社会学断层线"。这发生在好几个方面。首先，美国媒体的报道让冰毒成为一个轰动一时的事件。其次，厌倦了被大家忽视的州立法机构开始通过本地针对冰毒的一些法律。这反过来又促使联邦政府对一种毒品做出反应，自从吉恩·海斯利普在缉毒署的首次反冰毒行动失败之后，联邦政府就一直忽视这种毒品，而当时阿米祖加兄弟正把这种毒品发展成一个风头无二的产业。在一些报纸——主要是波特兰的《俄勒冈人报》——以及一些州立法机构矛头直指国会的愤怒的夹击下，一段联邦政府参与冰毒交易的历史被发掘了出来。可以看出，在过去三十年里，制药行业的游说者在几位关键参议员和国会议员的帮助下，阻止了每一项反冰毒的法案的诞生。迫于大量闻风而动的媒体负面报道的压力，国会在二〇〇六年九月通过了有史以来第一部重磅的《打击甲基苯丙胺泛滥法案》（*Combat Methamphetamine Epidemic Act*）。

从某种程度上来看，美国好像是在照镜子，看到了身处农村城镇之中的自己，而这些地方因为甲基苯丙胺的问题引起了全国上下以及政府的关注。具有讽刺意味的是，冰毒使奥尔温跟全国其他地区的联系比过去更紧密，也更明显。这一点在华盛顿特区最为显著，在那里，毒品对美国小城镇的影响如今已成为一个突出的政治议题。通过全国性报纸刊登的报道可以看出，这种大规模的完全一致的认识在过去从未有过，因为在此之前的十年里，这种毒品一直被视为一种地区性而非全国性现象。当我说起艾奥瓦州奥尔温的冰毒问题时，在纽约的人突然就知道我在说些什么了——尽管他们未必知道这个地方具体在哪里。《纽约时报》、《波士顿环球报》、《华盛顿邮报》和《亚特兰大宪法日报》（Atlanta Journal-Constitution），加入了《圣路易斯快邮报》（St. Louis Post-Dispatch）、《得梅因纪事报》、《沃斯堡明星电讯报》（Fort Worth Star-Telegram）和《洛杉矶时报》的行列，几乎每天都会发表有关冰毒的报道。无论是因为冰毒加剧了旧金山和纽约的同性恋人群感染艾滋病病毒的情况，还是得克萨斯州跟墨西哥边境沿线因为冰毒市场的转移而引发了毁灭性的暴力事件，全国上下可谓同仇敌忾。这些报道都传递着这样一个信息，文明社会正在分崩离析，人们正变得丧心病狂，而这不单单发生在内陆地区；处处皆是如此。

当国会开始针对《打击甲基苯丙胺泛滥法案》进行辩论的时候，两党暂时抛开了党派积怨。来自印第安纳州的共和党国会议员马克·桑德与加州的民主党参议员黛安娜·范斯坦并肩而战，宣布与冰毒较量并取得胜利是他们的道德义务。这似乎就是奥尔温镇正在上演的故事的一个宏观版本。在小镇上，镇长拉里·墨菲和早已人心涣散的居民也开始放下他们之间的分歧，重建彼此的关系。人们所得到的启示是，对小城镇不好的事情，对华盛顿特区而言也会是件坏事；凡是事关冰毒，每个人都在为同一件事尽心尽力。在了解了他们所面对的一切之后，某个晴天，当你坐在从纽约飞往洛杉矶或者从芝加哥飞往旧金山的航班上时，或许会以一个不同的角度看待飞机下面那些小小的社区，愈发理解它们正在努力抗争的是什么，这样的话，你可能就会理解为什么说它们在这个国家的存在正在变得不为人知。

接着，就像它突然开始那样，冰毒流行病——连同去理解这种流行病的真正含义的机会——突然就结束了。乔治·W. 布什总统任命的国家药物管制政策办公室（Office of National Drug Control Policy）主任约翰·沃尔特斯，也就是人们所说的"缉毒沙皇"，于二〇〇六年八月宣布"打击冰毒之战"已经取得全面胜利。此后不久，那些曾对冰毒做过短暂报道使其成为轰动一时的全国性事件的报纸，转而开始质疑冰毒是否真的流行过，抑或仅仅是一些过于热心的媒体太想得到一个好故事而编造出来的。大众媒体对美国农村地区冰毒问题所进行的短暂而密集的报道，包括有线电视和网络电视拍摄的几部纪录片，也都结束了。随着冰毒重新成为一个地区性的妖魔，美国农村也跟着恢复了自己的面目，依旧不为人知。

而留下的是什么呢，一个有毒品问题的城镇（和国家），此外对它的关注的必要性也依然存在。冰毒在全国民众的意识中疾速崛起，之后又马上回落，这种情况的深层意义可以在美国文化中找到诸多线索。断层线问题，无论它是否上了新闻头条，仍然像过去一样覆盖了全国各地，甚至有过之而无不及。对我而言，小镇的面貌还在继续被塑造，它象征着美国所有的农村地区及其所面临的问题。也就是说，冰毒流行病的演变和导致美国小城镇解体的三种相互独立的经济趋势是同步进行的。如果对二〇〇六年发生的那些事件做进一步探究的话，就不难发现，自阿米祖加兄弟当道时起，冰毒和小镇经济这两条平行的轨迹——一个正在上升，另一个则在下降。大型制药公司、大型农业公司以及现代的墨西哥贩毒生意的发展，造成了这一升一降同时发生的状况。对一九九〇年至二〇〇六年这段时期的冰毒历史做深入研究的话，可以比任何时候都更清楚地看到内森、克雷、墨菲、贾维斯和洛芮·阿诺德这些人一直以来且未来还要继续面对的问题。

对于冰毒从西海岸蔓延到中西部直至墨西哥湾沿岸各州的情况，政府在十多年的时间里完全视而不见，怎么会突然对此产生警觉呢，了解清楚这一点至关重要。与此同时，那些只对冰毒做过零星报道的报纸，也突然开始对此表现得兴致盎然。从某些方面来看，在背后推动这两者的力量是一致的：那就是史蒂夫·索在《俄勒冈人报》上所做的工作。他在二〇〇三年发表了第一篇反映冰毒问题的报道，当时他正在对俄勒冈州的寄养制度（foster care system）进行调查，发现了一个令他十分吃惊的统计数据：在该州，每十个寄养的孩子中有八个承认他们的父母吸食冰毒。正因如此，他对这个故事的关注点也发生了改变。起初他的问题是："俄勒冈为什么会有那么多冰毒？"到最后，他把关注点放到了这些毒品是如何进入俄勒冈的。为了回答这个问题，他一路顺藤摸瓜找到华盛顿特区，在那里发现了冰毒、医药行业和美国政府之间的这种不经意的关联。二〇〇六年年底，史蒂夫·索离开了冰毒这条新闻线，而在此前不到两年的时间里，他已经在《俄勒冈人报》上累计发表了二百六十一篇报道。

史蒂夫·索的报道揭示出的是一连串失败的时间线，其中大多是以吉恩·海斯利普惨遭不公平对待为代价的，一九八二年至一九九六年期间他一直担任缉毒署合规与监管事务办公室的副助理行政主管一职。直到一九八七年，海斯利普一直跟代表华纳-兰伯特医药公司的游说者艾伦·雷辛格针锋相对，并力图通过一项法案，对运进美国的麻黄碱粉剂进行监测。像华纳-兰伯特这样用麻黄碱制造鼻喷剂的公司反对这样的想法，担心它会导致监管变得更为严苛。雷辛格通过直接向里根总统任内的白宫申诉，最终在这场跟美国缉毒署的博弈中获胜，迫使海斯利普做出妥协，允许大量麻黄碱在不受任何监管的情况下进入美国，前提是麻黄碱以药丸而非粉末的形式进口即可。

那时，甲基苯丙胺的生产刚刚进入工业化，且大部分都被阿米祖加兄弟所控制，因为他们知道如何去钻麻黄碱进口法的漏洞，并加以利用。一旦海斯利普的草案大打折扣后获得通过，阿米祖加两兄弟便通过合法的渠道购买麻黄碱药片，然后将其碾成粉末制作冰毒。此外，他们开始通过位于墨西哥的太平洋沿岸马萨特兰港进口麻黄碱粉末，然后驱车经墨西哥北部的边境线进入美国境内。根据加州大学圣地亚哥分校的经济学教授琼·安德森的一项研究显示，随着墨西哥和美国之间的贸易不断增加并最终于一九九三年批准了《北美自由贸易协定》，像加州圣伊西德罗这样的入境口岸的货车运输量增加了百分之二百七十八。其结果是，边境安全保障变得日益艰难，这使得通过道路运输将大量的麻黄碱送入洛杉矶和内陆帝国比以往任何时候都来得容易得多。根据史蒂夫·索的说法，在海斯利普的法案被掺水通过的几个月后，整个西部地区的冰毒纯度达到了历史最高水平，出现了供过于求的迹象。大量的毒品从阿米祖加兄弟那里流向了艾奥瓦州和其它几个中西部州——这在很大程度上要归功于奥塔姆瓦的洛芮·阿诺德，其次是奥尔温的杰弗瑞·威廉·海耶斯所做的贡献——而这种情况肯定是第一次指出冰毒的破坏性时许多未报告的副作用之一。

不过，海斯利普也并未就此善罢甘休。时至一九九三年，他正采取行动弥补他之前那个法案所造成的漏洞，起草新的法案，不仅限制麻黄碱粉的进口，也限制药丸的进口。该项立法得以通过，而且效果似乎立竿见影：根据史蒂夫·索的说法，美国缉毒署在十八个月内截获了一百七十吨非法麻黄碱药丸，大大减少了美国境内可获得的甲基苯丙胺。此外，海斯利普另辟蹊径，跟位于维也纳的国际麻醉品管制局（International Narcotics Control Board）进行接触，请他们居中安排帮助美国缉毒署同来自德国、印度、中国和捷克共和国的九家生产麻黄碱的工厂达成协议。这些企业全都同意了。利用提单追踪从工厂经第三方国家运往墨西哥的大量麻黄碱原料粉以及成品药，美国缉毒署能够限制麻黄碱通过的国家的数量，即只有那些愿意保持严谨记录的国家才被允许麻黄碱通过——所有这些做法并没有使制药公司的利润空间受到大幅削减。据海斯利普所说，美国缉毒署仅在十二个月内就扣留或截获了二百吨麻黄碱，相当于当时全球麻黄碱年产量的六分之一，所有这些都是专门为冰毒实验室准备的。海斯利普十六年来通过多国的前体物质管制来削减毒品生产的计划似乎正在取得成果：整个加州的冰毒平均纯度已经下降到只有百分之四十，这表明生产正在放缓。

但问题在于，海斯利普这次又重蹈覆辙，在麻黄碱的立法中留下了一个漏洞，允许含有伪麻黄碱的药片不受监管，全然不顾美国缉毒署的化学家对他的警告：用伪麻黄碱也能制作冰毒，而且就跟用麻黄碱做一样简单。据史蒂夫·索说，这个漏洞是艾伦·雷辛格的积极游说所直接造成的，就在他使得海斯利普最初的反前体法案离开原定进程后的八年时间里。当说起自己所做的一切时，雷辛格显得颇为自豪，他告诉索他只是把美国缉毒署的"插头给拔了"。事实上，为毒贩指出伪麻黄碱这条路真是给冰毒制造者帮了个大忙；可以说这为美国麻醉品历史上可能是最糟糕的时期的十五年（也许还不止这个数呢）奠定了基础。

从药物化学家的角度来看，麻黄碱和伪麻黄碱是一样的；两者都可以制出高品质的冰毒。但从毒贩子的角度来看的话，伪麻黄碱更具优越性。作为一种合法药物，麻黄碱的用途受到了严格限制：首先是作为兴奋剂将手术患者带出麻醉状态，其次是作为鼻喷剂来使用。另一方面，三十年来伪麻黄碱一直被用作感冒药的主要成分，而百分之八十的感冒药（至今依然如此）都被美国公司控制。因此，无论是全球可使用的数量，还是其作为一种收入来源的重要性，伪麻黄碱都要比麻黄碱多出好多个数量级。由于伪麻黄碱被视为像"速达菲"、曲普利啶（Actifed）和奈奎尔①这样常用药物的最可靠的前体，医药公司为维护伪麻黄碱而进行的游说力度要比维护麻黄碱的强好几倍，这次能削弱美国缉毒署的

---

① NyQuil，美国常用非处方感冒药之一，适合夜间服用，白天服用 DayQuil。——译者

能力就是一个证明。

阿米祖加兄弟于一九九六年被捕入狱。在他们离场后，其他的墨西哥贩毒组织，但凡极其清楚冰毒的丰厚利润的，都开始填补阿米祖加兄弟留下的空当。渐渐地，那些组织松散的团伙被美国缉毒署所称的五大贩毒组织吸收，而它们当中的每一个都注定会很快变得比阿米祖加兄弟更强大。边境的扩大开放以及在《北美自由贸易协定》的带动下前往美国的移民人口的上升，使贩毒组织受益颇多。在越境非法移民的人口中，无论他们最后抵达的是位于大平原的肉类包装厂、加州中央山谷的农田，还是位于美国东南部的果园和橘园，都是麻醉品批发和零售业的一支具有无限潜力的大军。因为他们是在全美范围内流动、行踪不定、没有正式证件、有着千变万化，执法部门几乎不可能对他们进行跟踪。除此之外，这五大贩毒组织仿效阿米祖加兄弟的做法，通过从墨西哥进口制造毒品所需的前体物质来控制冰毒的生产，从而实现了业务的三位一体，即整个产值链中的主导地位。墨西哥贩毒组织一举控制了现在国际上主要的毒品现象的方方面面，就像当年嘉吉公司、泰森公司以及阿彻丹尼斯米德兰公司提出"从锄头到餐盘"的市场营销口号，以此控制了整个食品行业一样。

在海斯利普的最新立法出台的几个月内，这些新生的贩毒组织就改在伪麻黄碱中混入了红磷。比起洛芮·阿诺德的时代制作的老式麻黄碱毒品，这种全新的红磷与伪麻黄碱结合而成的毒品被认为要更厉害，尤其是当毒贩将粉末状的这种毒品浸泡在盛有经过冷藏的变性乙醇的托盘中，这个过程会把这种毒品变成一种美丽的冰状碎片，也就是后来为世人所知的晶体状"冰毒"（crystal meth）。这种更厉害的毒品再次增加了贩毒组织的活动范围和效率，原因很简单，它更容易上瘾，使得在他们开拓新市场的同时还能满足老市场的需求。

转向伪麻黄碱的这个举动成为现代冰毒流行史上一个真正具有一鸣

惊人的效果的时刻。那是因为这些贩毒组织能够将其非法产品的命运跟世界上可能最赚钱的合法药品牢牢地联系在一起。这的确是冰毒生意的绝妙之处。跟可卡因和海洛因联系在一起的是非法作物，分别是古柯和罂粟。而冰毒则与普通感冒药有着一对一的联系。不仅医药行业可能以超过当年在麻黄碱问题上的反对力度来反对如今对伪麻黄碱的监测，而且与麻黄碱相对较少的产量相比，正在生产的伪麻黄碱产量之大也使其难以追踪。再加上过去和现在全球百分之五十的伪麻黄碱产于中国——而这个国家越来越不愿意跟美国进行谈判——在一次短暂的、前所未有的胜利之后，海斯利普通过国际间合作对甲基苯丙胺的前体物质进行监测的梦想彻底破灭了。

即便如此，海斯利普仍然不会偃旗息鼓。一九九五年，他提出了一项法案，规定任何公司想要一次性销售四百片伪麻黄碱药片的话都必须从美国缉毒署获得许可证，且必须保留其销售记录——这很难，史蒂夫·索指出，它是个严苛的法律。但这个法案至少可以让美国缉毒署的转移控制办公室（Office of Diversion Control）找到一个切入点，从一个不可避免的任务开始，那就是找出那些将大量的伪麻黄碱转移到冰毒交易中的公司。这一次，前来为大型医药公司助阵的可不只艾伦·雷辛格一个人，还有时任参议员司法委员会主席、犹他州的共和党参议员奥林·哈奇。

哈奇参议员为医药行业提供支持已经有些年头了，其中包括通过立法限制联邦政府对膳食补充剂进行监管，比如梅太德林，作为甲基苯丙胺的形式之一，它在二十世纪七十年代和八十年代期间被非法处方开出了几十亿片之多。一九九五年，哈奇阵营想要的是关于伪麻黄碱被用来制造冰毒的证据。美国缉毒署自认其掌握的证据无可争议：前一年他们捣毁的所有冰毒超级实验室中，近四分之一已经由麻黄碱改为采用伪麻黄碱。即使在那些仍在使用老办法制毒的实验室里，缉毒署特工们也找到了大量伪麻黄碱的提单，这进一步表明市场正处于一个动态的转变之中。但哈奇以说服力不足为由搁置了提案，要求做进一步调查。

这让海斯利普伤透了脑筋。尽管他得到了加州参议员黛安娜·范斯坦的帮助，但该法案被卡在哈奇的委员会讨论了一年多仍止步不前——与此同时，那些贩毒组织生产晶体冰毒的步伐却并未受到丝毫阻碍。直到一九九六年的春天，哈奇和海斯利普最终在政府和制药公司都能接受的语言表述上达成了一致：提供片剂形式的伪麻黄碱的供应商必须向美国缉毒署申请许可证并登记在案，除非片剂形式的伪麻黄碱装在如今随处可见的背面是铝制的透明塑料包装中出售。看来，哈奇的逻辑是，围绕甲基苯丙胺建立起来的麻醉品帝国只要一碰上这些防篡改的泡罩包装就会土崩瓦解。

二十世纪九十年代，墨西哥毒贩们聚合成五个庞大的贩毒组织，这映照出了同一时期制药行业的整合，但史蒂夫·索在《俄勒冈人报》上发表的文章中并没有明确指出这两者之间的联系。当这两种类型的组织都获得发展时，它们占有的市场份额、财富以及权力也都在增长。华纳-兰伯特公司被宝威公司（Burroughs Wellcome）收购，而后者最终跟法玛西亚公司（Pharmacia）一起并入了制药业巨头辉瑞公司旗下。也就是说，在二十世纪九十年代这段不长的时间里，利润日益增加，从中分得一杯羹的公司却越来越少。二〇〇三年，财富五百强对美国制药行业的估值为五千九百三十亿美元，是全国第三大盈利行业。（这是自一九九五年以来，该行业第一次未被评为全美第一大盈利行业。）

非法药品产业在二十世纪九十年代末也发生了类似的整合。在整个二十世纪七十年代到八十年代期间，美国的麻醉品市场被争夺各自利益的哥伦比亚人、墨西哥人、尼日利亚人、越南人、菲律宾人等群体所瓜分。到二〇〇三年，在美国销售的所有非法药物——无论是冰毒、可卡因、海洛因还是大麻——百分之八十五都被五大贩毒组织所控制，而它们每一个的手上都至少控制着美国一个主要的入境口岸。

这两个产业的同步增长，直接导致了一九八七年至二〇〇三年期间现代冰毒贸易所造成的惊人的悲剧性后果。假如美国缉毒署强制对正在迅速放松管制的制药行业——其标志之一是感冒药的生产——进行更多监管的话，那些贩毒组织将根本无从获得他们需要用来制造冰毒的药物。假如贩毒组织不能制造冰毒的话，那么它们就不太可能如此彻底地垄断美国的毒品市场。

有人也许会问，仅仅因为感冒药碰巧是由同一种药物甲基苯丙胺制成的，是否就应该要求制药公司对其进口的原料进行监控。像艾伦·雷辛格这样的游说者正是因为提出了这样的问题而成就了自己的职业生涯。但这也是一个从来都不需要被提出来的问题。因为从十多年前开始，美国的制药公司就已经能够做到用伪麻黄碱以外的东西来制造感冒药了。

根据史蒂夫·索的说法，北得克萨斯州大学的一支研究队伍于一九九七年开始在狗和老鼠身上测试一种新的鼻喷剂。这个团队受雇于华纳-兰伯特公司，而此前一年，华纳-兰伯特公司就已经从宝威公司接手了"速达菲"和"曲普利啶"这两款药的生产，并将它们的生产线添加到了华纳-兰伯特公司高利润的抗组胺药苯海拉明（Benadryl）中去了。彼时，"速达菲"这个品牌早已家喻户晓，好比人们一提起"施乐"就会想到复印机一样，"速达菲"这种药已经成为感冒药的代名词。这三种非处方药——速达菲、曲普利啶和苯海拉明——全都依赖伪麻黄碱才能生产。由于担心伪麻黄碱会受到联邦政府的控制，或者在吉恩·海斯利普以及美国缉毒署的立法推动下彻底被禁而让情况变得更糟，华纳-兰伯特公司基于一种被称为镜像的生物化学技术开发出了一款全新产品。根据《俄勒冈人报》上发表的一些采访报道，到一九九七年圣诞节的时候，北得克萨斯州大学在狗和老鼠身上进行的实验表明，这种药具有巨大的前景。

镜像是一种化学分子结构颠倒过来的过程，例如，某个壳层底部的电子移动到顶部，反之亦然。伪麻黄碱、麻黄碱和甲基苯丙胺几乎互为镜像。要从麻黄碱制取冰毒，就必须从电子壳层的外层去掉一个氧原子。如此一来，麻黄碱和甲基苯丙胺不仅在质谱仪下看起来完全一致，而且两者都能扩张肺部的肺泡并缩小鼻腔中的血管——这些也是麻黄碱被用作解充血剂的原因——同时提高血压并释放肾上腺素。关键的区别在于，与麻黄碱不同，甲基苯丙胺会促发大量的神经递质多巴胺和肾上腺素的释放。

北得克萨斯州大学一九九七年进行的测试证明，至少在实验室动物身上，镜像伪麻黄碱作为解充血剂时与常规伪麻黄碱在药效上不分伯仲。但是与常规伪麻黄碱有所不同的是，镜像伪麻黄碱不会对中枢神经系统造成任何副作用，比如高血压和心跳加速——这两个常见"问题"与感冒药有关。

对华纳-兰伯特公司而言，更好的消息是镜像伪麻黄碱只能被合成为镜像甲基苯丙胺，据《俄勒冈人报》的报道，这种镜像甲基苯丙胺没有刺激作用，因此不能被制成常规的冰毒。

假如华纳-兰伯特公司最终无法开发出镜像伪麻黄碱——或将其投放市场——它还可以通过另一种方式为海斯利普和美国缉毒署提供极大的帮助。还是在一九九七年，华纳-兰伯特公司的化学家们开始对添加剂进行实验，它将使从"速达菲"中提取伪麻黄碱变成不可能。"纳粹冷"冰毒是将液氨倒入碾碎的感冒药片，从中提取出伪麻黄碱后制成，添加剂跟药片合成后将会破坏制作"纳粹冷"冰毒的基础结构。据《俄勒冈人报》的报道，华纳-兰伯特公司的研究人员跟美国缉毒署在这个项目上有着紧密的合作。此外，这些添加剂早已获得美国食品药品监督管理局的批准。因此，任何含有这些添加剂的药物都不会被认为是新药，也可以避开美国食品药品监督管理局规定的昂贵的检测周期。至少，生产含有这些添加剂的感冒药可能会使不断涌现的小作坊冰毒制造者——比如像艾奥瓦的罗兰德·贾维斯——有所减少，当时小型冰毒实验室层出不穷，每年增加百分之三百。

假如含有添加剂或者镜像伪麻黄碱的感冒药被投放市场的话，其产生的效果可能会是巨大的。试想一下，美国作为全球最大的感冒药市场突然依赖任何一种新型伪麻黄碱进行生产的话，那么毫无疑问，提供全球所有伪麻黄碱的那九家工厂将开始生产大量的抗冰毒新药。这反过来将会大大减少贩毒组织所能获取的可用来制造冰毒的化学品的数量。这两种药物都可以有效地完成吉恩·海斯利普和美国缉毒署在一九八四年至一九九六年期间五次尝试都未能完成的任务。

然而事与愿违，当辉瑞公司于二〇〇〇年买下华纳-兰伯特公司的时候，针对感冒药替代品的研究工作全都被停止了。既然其前经营者在当时可以轻轻松松地游说国会，那么辉瑞公司对美国缉毒署还有什么可担心的呢？二〇〇二年，艾奥瓦州的冰毒实验室数量首次突破一千，而在密苏里州，这个数字已接近两千。

第七章　警察局

二〇〇六年，奥尔温经历了一场艰难而又不确定的重生，这次的起点正是一百三十四年前这个小镇的诞生地：一片玉米地里。一八七二年，奥尔温小镇在一位名叫古斯塔夫·奥尔温的巴伐利亚农民所有的土地上建立了起来，是当时的洛克岛铁路公司在芝加哥和明尼阿波利斯之间设立的中途可以加水加煤的一个站点。小镇的镇中心设在查尔斯街和弗雷德里克街的交叉口，这两条街是以古斯塔夫的两个儿子的名字命名的。（奥尔温小镇的主干道有三个名字——查尔斯、弗雷德里克和"老一五〇"。在小镇周边，这三条街道通常都被统称为"主街"。）到一九〇五年，小镇的人口飙升至五千一百三十四人，查尔斯和弗雷德里克则跻身于中西部最有钱的富人之列。今天，驱车沿弗雷德里克街南下，你还会看到奥尔温兄弟出生的那间小屋。继续往南，开过乡村小屋咖啡馆，一个急转弯就拐到了现在的南弗雷德里克路，路的尽头就是一五〇号公路。这里的左边是一块空地；右边则是一片露营地。穿过一五〇号公路就到了有可能是奥尔温未开发的物业中最重要的一块——占地二百五十英亩的工业园区。小镇镇长拉里·墨菲说，到二〇〇六年春天，原本种在这块地里的玉米会被彻底铲除，做好向潜在买家开放的准备。在墨菲看来，这片园区将为这座深陷困境的小镇带来光明而璀璨的未来。

在这片园区的一侧是挂着"奥尔温体育中心"牌子的两个钻石形棒球场，另一侧则是曾经风光无二的"运动员之家"酒吧。当年，古斯塔夫·奥尔温早早地就与洛克岛铁路公司下面的三个独立路段（伯灵顿路段、伊利诺伊中央路段以及明尼苏达路段）签下了合同，而相比之下，今天的拉里·墨菲甚至不知道他准备好的这片园区会给谁用。他的想法来自他最喜欢的电影之一《梦幻成真》（*Field of Dreams*），即只要奥尔温把土地清理出来，就会有人来。事实上，奥尔温也不会有什么损失。那间"运动员之家"酒吧早已风光不再，因此这样的情绪在这里尤为明显，酒吧错综复杂的历史也进一步强调了这个渴望强盛的落魄之地所背负的希望与危险。小镇这一带有这样的传言，说是黑帮赞助了皮里洛兄弟一笔钱开了这间"运动员之家"酒吧，这给黑手党与这个在二十世纪五十年代素有"小芝加哥"之称的小镇之间源远流长的传奇故事又添上了一笔。

　　时至今日，奥尔温镇的黑手党历史早已盖棺定论。这是小镇的文化画卷的一部分，一如这里曾经有的玉米地和铁轨一样清晰，但又虚幻得像当年见过巴格西·马龙①和吉米·霍法②这些美国名人的铁路工人脑海中逐渐褪色的记忆。至于"小芝加哥"是否真的能让那些需要远离芝加哥城的黑帮成员好好清净几天，这可不好说；但这些故事似乎太过人尽皆知、反复被提及并且还说得有鼻有眼，应该不会是假的。比如，这些故事说到有三家意大利人的房子几乎被一九六八年的那场龙卷风从奥尔温镇的地图上抹去了，但之后不久，他们又重建家园，而且比之前的房子更有气派。有传言说，这几家人家拥有主街上的那几间酒吧和俱乐部，它们的地下室里早在禁酒令时期就安装了旋转门，隔出隐蔽的房间，如今都改造成了游戏房。皮里洛两兄弟——多米尼克和皮特——从

---

① 一九七六年的经典音乐剧电影《龙蛇小霸王》（*Bugsy Malone*）里的男主角，他希望一举击垮纽约的黑帮，号令全城与黑帮展开斗争。——译者
② Jimmy Hoffa，二十世纪五十年代中期到六十年代中期的美国工会领导人，也是一个罪犯，认罪后入狱近十年。一九七五年七月三十日在底特律的一个停车场离奇失踪，后据一个职业杀手称，他被枪杀后埋在了巨人体育场。——译者

第二次世界大战的战场回到小镇后不久，就开起了"运动员之家"酒吧；之所以去打仗，是因为当时奥尔温的一位法官让他们必须在服兵役和蹲牢房之间做出选择，不得已他们只能选择参军。"运动员之家"最出名的要数皮里洛两兄弟的二十四小时慢烤牛上肋排，以及在酒吧后面的房间里玩了五十年的扑克牌游戏，据说那里经常会有一些被称为"舞女"的人围观。奥尔温周围的人赌咒发誓说，黑手党成员们在皮里洛两兄弟开的酒吧、"一五〇号公路南部俱乐部"以及"粉红猫咪"脱衣舞俱乐部之间转来转去，全然不担心奥尔温镇上的三位警察（其中一位还是兼职的）会将他们出卖给从芝加哥过来的联邦特工。

所有这些故事中唯一不可否认的事实是，那段"美好的旧时光"更不幸的一面要么早就被彻底遗忘，要么被蒙上了一层渴盼的金色光辉。如今，"运动员之家"不过是一个多少能让人追忆往事的地方。拉里·墨菲还记得慢烤的牛上肋排酥烂到用叉子就可以切开，如今取而代之的是一盘叫"盛开的洋葱"的菜，就是用一个维达利亚洋葱横着切开后裹上面糊油炸而成。那也只有在"运动员之家"营业的时候才会供应，现在酒吧似乎并不经常开门。这个地方的意义即使不是很具体，也是相当显而易见的，而它所唤起的与其说是对特定场所的记忆，不如说是对奥尔温历史上的那个时代的怀念。让克雷·豪贝格感慨万千的是，"粉红猫咪"脱衣舞俱乐部昔日喧闹的星期六之夜已经一去不复返，他说俱乐部主人会让她的姑娘们在狂欢夜结束后到同一条街上的圣心天主教堂的前排座位坐下。内森·莱恩希望有一个脱衣舞俱乐部——随便在哪里都行——只要比滑铁卢近点就可以了。七十五岁的赫尔曼·"古斯"·嘉德早年是一名铁路工人，后来做了兽医，他至今对二十世纪五十年代和六十年代的那段日子记忆犹新。古斯说，那时候的人彬彬有礼，只要三名警察就足以使犯罪行为不复存在。言下之意是，因为人们害怕被芝加哥过来的警察讯问而不敢越雷池半步。正是通过这种方式，奥尔温的历史和现状的融合提供了一个案例，供人去研究试图重夺一种可能在其鼎盛时期被严重玷污的荣耀时所要面对的复杂情况。

所以，工业园区成为墨菲的经济刺激计划的关键，似乎再合适不过了。二〇〇六年三月，位于"运动员之家"斜对面的这一大片土地，已经被一套纵横交错的公路系统分割成一小块一小块了。当年租用这片地的农民不再喷洒除草剂，这片二百五十英亩的地里杂草丛生，地上竖着一块标牌，上面写着："奥尔温工业园区——与我们一起成长！"墨菲表示，该镇一直在寻求一个呼叫中心来租下这个空间，但它有两个竞争对手：一个是位于内布拉斯加州的某个规模差不多的城镇，另一个是印度孟买附近的某个小镇。墨菲说，假如呼叫中心这个招商工作落空的话，应该还有其它选择。只不过，其它选择会是什么，或者它们什么时候会出现，并不完全清楚。但是，奥尔温的情况现在是每况愈下。二〇〇六年三月十七日，泰森工厂关门了，这里很久以前是老艾奥瓦火腿公司，镇上又失去了一百个工作岗位。刚听到这个消息的墨菲，选择以他一贯的乐观态度来面对。墨菲指出，落到谷底了就有机会打下一个坚实的基础。由此，奥尔温镇所能做的只有绝地反击，奋力一搏。

拉里·墨菲五十五岁。他个头矮小，身高五英尺八英寸，有一头像修路工人那样因为日晒而发白的金发；他的双颊干燥而红润；一张宽宽的、相当友善的脸上最引人注意的是那个宽鼻头和一双炯炯有神、机智诙谐的蓝眼睛。他常年留一头短发，戴着雷朋飞行员墨镜。墨菲在艾奥瓦州达文波特的一家屠宰场上夜班，通过勤工俭学完成了学业，他最早是在艾奥瓦州杜比克的那座小小的洛拉斯学院读书，一九七五年从德雷克大学的新闻专业毕业。他说他在去上夜班前，会跟那些在屠宰场工作了几十年的屠夫一起到马路对面的酒吧喝上几杯 boilermaker——一种加入威士忌的啤酒，好让自己扛过接下来无聊至极又极其残酷的工作。

墨菲做了快一辈子的民主党人，他的政治信仰使得他在坚定地支持工会和坚决反对堕胎之间徘徊，如同走钢索。为了给奥尔温镇省钱，他没有答应给他置办一个像样点儿的办公室，而是在自家的地下室办公。与其说建立在自由财政信仰基础上的政治激进主义似乎是对墨菲的一种召唤，倒不如说他天生就是干政治的料。这是他在艾奥瓦州连续担任公职的第二十四个年头，他当过县长、州参议员，现在是镇长。在他的七个兄弟姐妹中，帕特在从政十七年后刚刚成为艾奥瓦州众议院议长。墨菲的父亲在杜比克的通信公司工作了三十年，是美国通信行业工人协会的终身会员。墨菲的妹妹玛格丽特离开了修道院，为的是代表凯萨·查维斯①在加州和亚利桑那州做组织移民劳工的工作。他的一个叫大卫的兄弟之前是一名焊工，后来转行做了护士；另一个兄弟鲍勃是食品与商业工人联合会（United Food and Commercial Workers）的谈判代表。墨菲自己一九五九年在杜比克的一家杂货店组建了他的第一个工会，当时他才十四岁。

对于那些工作辛苦、薪水又低的人为什么会去吸食冰毒，为什么会在丢掉饭碗或收入被削减后选择自己动手制造毒品，墨菲说他不难理解。在开始去屠宰场上夜班之前，他很清楚喝点能让自己兴奋起来的酒是可以起到一点效用的，而在那时，那样的工作还能让你赚到一份体面的工资、有健康保险、可以买车、攒到上大学的费用。让墨菲愤愤不平的是，那些曾经让奥尔温这样的城镇欣欣向荣的产业，如今却成为人们在康菲石油公司加油站后面翻捡垃圾的原因之一。墨菲依然对那样的场景感到难以置信。每次他在镇上看到一个穷困潦倒的人，都会怒火中烧。作为一名骄傲的、雷厉风行的中西部人，墨菲无法把眼前的所见所

---

① 墨西哥裔的美国劳工运动家，也是联合农场工人联盟的领袖。他是二十世纪的农场季节工的主要发声人，通过他的努力，糟糕的工作环境受到了民众的关注并最终获得改善。——译者

闻和自己一九七七年刚搬来时的那个小镇联系在一起。破败不堪的房屋，草坪上高高隆起的垃圾堆，眼前这一切都会让他心碎。最让他受不了的是那些被父母遗弃后在不同的寄养家庭之间颠沛流离，最后从奥尔温高中辍学的孩子。到了这个时候，那些孩子基本上就会被送去另类学校（Alternative School），其中百分之六十的学生离进监狱也就一步之遥了。墨菲说，让他感到痛不欲生的是，除了那些拿着低薪却依然超负荷工作的公共服务部工作人员进行家访之外，他们没钱为染上毒瘾的孩子或者他们的父母再做些什么了。也可以去向艾奥瓦州东北部行为健康诊所（Northeast Iowa Behavioral Health Clinic）求助，但那里只有一位毒品成瘾方面的专家，却要服务这个人口超过六千的小镇。

墨菲说，假如奥尔温可以先把自己发动起来——只要先吸引一些比较像样的商业到工业园区来——就会有时间把问题考虑得更周全些。鉴于墨菲在州政府层面建立的广泛关系，他或许可以创造一些势头助内森·莱恩实现自己的想法，即让吸毒成瘾者服满五年的缓刑察看期，其间他们必须参加工作，并且必须参加辅导员要求的会面。也许，一旦小镇有了更多的收入，他们就可以引入一个实体的治疗场所，正如克雷·豪贝格早就向他请求的那样。一些切实的治疗手段或许可以帮助奥尔温将滥用毒品的问题扼杀在萌芽状态，而不只是简单地治疗一些症状，哪怕这些症状有着不可避免的趋势。

然而，现在这些全都只是白日梦而已。小镇根本没有多余的收入去做任何事情，更别说提供相关的治疗了。墨菲的任务是帮助小镇从一堆死灰中站起来。他得为经济增长建立一个像样的基础，而且事不宜迟，越快越好。像呼叫中心这样的企业当然可以挑三拣四——美国的每一个时运不佳的小镇都会对它们趋之若鹜。事实上，墨菲认为大多数公司在寻找的对象都是稍微贫困一点的小镇，以确保当地不会建立起工会组织。如果人们都已经走投无路了，他们就会在这个基本问题上对企业做出让步。墨菲对这些游戏规则了然于胸。正如他在给我的一封邮件中所写的那样，他"在过去二十年的时间里一直都在研究经济趋势，深知〔他不得不〕拿捏好薪水和福利之间的比例"。而诀窍就是让奥尔温看起来既不像一个有工会的小镇，也不像一个有着高犯罪率的完全危险的地方，而是居于这两者之间的那种。奥尔温必须一眼看上去就是个穷地方，但同时也是一个可以让人们在这里成家立业的好地方。

这意味着社会秩序需要优先考虑，哪怕要在其间采取一些侵犯公民自由的做法。墨菲对冰毒成瘾者的同情被某种无情所压倒。假如一个小镇上有一帮吸毒者一边骑着自行车到处逛，一边制毒，把自己的房子炸上天；在加油站后面的垃圾箱里翻垃圾时整个人还在大衣里瑟瑟发抖，那么没有哪家公司会愿意在这里投资。如果墨菲能够成功地解决奥尔温镇上的冰毒问题，那么还有一个诀窍就是，吸引进来的企业，不会因为提供不合格的工作岗位而自动促进当地冰毒行业的发展。奥尔温需要工作，但不需要在伊利诺伊州的格林维尔随处可见的，像沃尔玛或"速8"那样不提供任何福利的兼职工作，它们对当地财政收入几乎没什么贡献。奥尔温也不再需要肉类包装厂这样的工厂，工伤率高，却只提供最少量的赔偿金。墨菲知道，正是这些糟糕的工作才让奥尔温沦落到今天这个地步。他说，工作上的不如意磨灭了很多人对生活的希望。这让吸毒显得像是唯一的精神出路。如今，随着那些糟糕的工作而来的还有移民工人，这些人付不起医院账单，原本就已经超负荷运转的学校还必须要教他们的子女学英文，这些都是额外的负担。然而即便如此，全国各地的城镇还是会无论什么工作都竭力争取。这是墨菲想尽量避开的处境。跟他过去作为一位反堕胎的自由主义者进行过的斗争相比，这些根本就算不上什么。

在二○○四年和二○○五年期间，墨菲用尽一切办法想要把那些制造冰毒的小型实验室从镇上清理出去，以此做好重建奥尔温的准备工作。除了跟来自印度和内布拉斯加州的小镇竞争，吸引类似呼叫中心这样的公司前来投资外，奥尔温还得和附近的小镇一拼高下。内森和其他几个人都告诉过我，在附近的布坎南县——就是漂亮而繁荣的独立镇所属的那个县——当地公共服务部的工作人员多年来一直建议手头几个最糟糕的工作对象转移到费耶特县，而且还特别点了奥尔温镇的名，因为这里税收很低，租赁市场正在快速回暖。一种经济上的自相残杀是在农场危机、人口流失带来的破坏以及冰毒流行病发作之后开始的。感到自己前途渺茫的一些小镇，为了避险，常常做出损害邻镇利益之举。据当地房产经纪人所说，独立镇已经颇有成效地把奥尔温打造成了自己的贫民窟。房产经纪人接着说道："低租金就是冰毒实验室的代名词。"正是通过这种方式，把奥尔温镇上的小型实验室赶出去成为两个小镇之间一种推推搡搡的比赛，这么做的真正目的是要将那些从布坎南县来的人赶出费耶特县。

为此，墨菲扩大了对警察局长杰里米·洛根的授权。洛根反过来又告诉手下的人大胆地放手去做。他花了一万二千美元添置了受过缉毒训练的德国牧羊犬，还专门成立了一个以缉毒犬为主的科室。他还让自己负责执行市议会通过的新法令，下令清理或拆毁破旧的房产——就是房产代理所说的，布坎南县的社会渣滓所青睐的那种满是污垢、东倒西歪的出租屋。

每天清晨，杰里米·洛根走出家门，开着他那辆蓝色的福特征服者——车身上用小镇的标志色绿色和黄色印着"奥尔温警察局"——经过五个街口去警察局上班。洛根中等身高，不胖不瘦，一头棕色短发，脸部线条硬朗，脸颊和颧骨还有痤疮留下的疤痕，这让他一眼看上去就军人气概十足。但是不出几分钟，洛根就会显露出对他周遭冷言冷语的一种深深的日久难改的善意嘲讽以及一种强烈的欣赏。按克雷·豪贝格的说法，就算不是从警察局成立之初算起，但至少在过去的几十年里，这些担负着保护奥尔温镇居民之责的男人实则就是一帮暴徒，根本不把在这个臭名昭著的铁路小镇上生活的人的公民权放在眼里。（我向内森·莱恩求证这一说法时，他笑着说："这么说吧，我可不想被抓进去。"）在这支十个人的队伍当中，洛根是唯一一个拥有大学学历的。他手下的那些警官看上去更像橄榄球前锋；他们每个人几乎都剃了光头。了解了这些，再重新考虑一下洛根的体貌特征——他留着军人般的短发；中间的柔软头发暗示了他对健身房的厌恶——你就能从洛根这个人身上看出他所从事的这份工作，一头是自己领导的那个蛮劲十足的部门，另一头是懂得人情世故、待人亲切而敦厚的拉里·墨菲，他就夹在两者之间的微妙地带。洛根说，讽刺不仅是一种应付工作的手段，而且还像是一门第二语言。

在这个镇上，比当镇长更容易抛头露面的工作要属警察局长。当墨菲没在管理奥尔温镇的时候，他常常会往南驱车三小时到得梅因打理他的政治咨询业务。墨菲的孩子都已经长大成人，他在家办公，也就是说一旦情况变得糟糕的话——比如他们经过他的一番游说后决定宣布在主街上骑自行车也是非法行为的时候——他可以选择在家躲上几天。但洛根没法这么做。无论是到学校接他的三个孩子放学，还是开着他的卡车前往事故现场，他都必须亲自出面，躲都躲不了。当他做了让人不喜欢的事时——比如同意在奥尔温高中逮捕学生——他并不是唯一听到人们抱怨的那个人。他的妻子同样要面对这些，在晨益咖啡馆等拿铁时，她不得不微笑着跟人点头。尽管如此，洛根说跟墨菲任命他担任警察局长前的那年相比，这些都算不上是什么难事了。那一年，洛根被逼得差一点要离开这个自己从小一直居住的小镇。

至于其中具体的细节，人们众说纷纭，但镇上的人达成共识的一点是前任警察局长的管理相当松散，而洛根就是在他手上被提拔为警长。

洛根给出的正式说法是"部门确实有些散漫",而他认为找一天去见警察局长并告诉他自己对这样的情况有多不满并没什么不妥。据洛根说,局长当场感谢了他的谏言,然后表示会考虑采取怎样的措施。两天后,他妻子在上班的时候打电话给他,说有人指控他偷窥当地一名少女的卧室。洛根的妻子还说,镇上流言四起,说警察局长会解雇洛根,而且一分钱都不会付。预计不久就会提出刑事指控,随后不久很有可能会提起民事诉讼。当洛根从自己妻子口中第一次听说了这些指控的时候,他正在外面执勤。

根据洛根告诉我的故事经过,他被指控经常在那个女孩家附近蹲点监视,用望远镜观察她卧室里的情况。洛根极力否认,坚称这些都是因为他质疑了前任局长的权威而遭到的报复。很快,洛根的家庭生活也被搅成了一锅粥。他的妻子威胁要离开他。因为找不到工作,洛根的生活也快无以为继。他说单就法律费用的账单,就几乎要把他毁了。警察之间有一条被称为"蓝墙"①的不成文规定,即警察应该拒绝公开讨论部门内部的利害冲突,但洛根决定打破常规。他把自己知道的所有关于警察局和局长的事情,以及自己如何遭人陷害的过程,一股脑儿全都告诉了拉里·墨菲。当时是二〇〇二年,拉里·墨菲刚开始其第一个镇长任期的头几个月。等到那年年底,不久前还担心自己会坐牢的洛根已经被任命为警察局局长。

时至今日,小镇上的人还会说起洛根的事,就跟当年那些黑帮游魂一样。很多人,包括米尔德里德·宾斯托克在内,都认定洛根确实干了这事。也有很多人觉得他没干,整件事不过是小镇一系列黑幕交易的一个例子罢了。据内森·莱恩说,一直在市议会占一席之位、直到二〇〇

---

① blue wall,即警察一旦在正式的调查程序中被问及有关其他警察的不当行为时,应声称自己一无所知。——译者

八年因患癌症去世的小镇前镇长吉恩·瓦因曾经提醒过拉里·墨菲，叫他把洛根撵走。瓦因说，无论有罪还是无辜，洛根就是个大麻烦。县检察官韦恩·索埃也是这个意见。内森说，所有人都认为"任命杰里米·洛根出任奥尔温警察局局长简直是疯了"。话虽如此，洛根对制造冰毒的人可从没心慈手软过。

据洛根说，奥尔温警察局只对该镇占地四平方英里的国家所有土地（incorporated area）拥有司法管辖权，在二〇〇二年，即他担任警察局长的第一年里，警察局每个月捣毁两个冰毒实验室。这些实验室形式各异，有的是一间设在地下室里且安装了比较复杂的设备的房子，也有的是一个男人和自己的老婆在棒球场球员休息席后的临时厕所里搭起的单批次制毒装置。但无论这些实验室安在哪里，身穿常规警察制服的奥尔温警察们就完全暴露在有毒废弃物和有害烟雾中。洛根告诉我，直到二十世纪九十年代末，警方都不知道该如何处置这些实验室，最后只能看着它们化为灰烬。其他时候，当他们得知清理这些实验室所需的费用后，就直接自己放火把它们烧了。

自二十世纪八十年代以来，全国各地传闻四起，说在去冰毒灾难现场的一线救援人员当中，癌症发病率一直在上升。比尔·鲁扎门蒂是美国缉毒署一名前特工，现为加州中央山谷"高发毒品走私地区计划"[1]的主任，他喜欢跟人讲起自己在二十世纪九十年代捣毁圣地亚哥的冰毒超级实验室后，浑身臭到他妻子不得不让他在车库脱下衣服，然后一把火烧掉的故事。鲁扎门蒂说他手上留下的乙醚就像猫尿一样奇臭无比，而且怎么洗都洗不掉，以至于他们每过一个月就要把家里的电话给扔了：因为听筒和拨号键上的味道难闻得让人没法继续再用。

---

[1] 一九八八年，美国政府根据国会《反毒品滥用法》提出了"高发毒品走私地区计划"（High Intensity Drug Trafficking Areas, HIDTA），该计划认为应当向联邦、州、地方以及部落地区执法机构的行动提供情报帮助。这是美国情报融合的案例之一。——译者

最终，美国缉毒署联手美国国家环保局于二○○三年通过立法，为所有从事冰毒实验室拆除工作的人员提供标准化的操作流程。而所需的培训只在联邦调查局位于弗吉尼亚州匡蒂科的总部提供。洛根说，很难凑到足够的资金派人前去参加培训，但他认为要是不派人去培训的话情况会变得更糟：他手下的一个人在身患癌症后打了好几年的官司。洛根刚坐上警察局局长的位子后，立即要求派奥尔温镇上的一位警官前去受训。二○○三年，那位警官学成归来时，镇上那些瘦四和大头蛋们的冰毒问题早就发展到让人难以置信的程度：洛根和他手下的警官们平均每四天就要摧毁一个冰毒实验室。而小镇为清理这些实验室所支付的成本为平均每个六千美元。

只要一说起冰毒，洛根手上有太多酿成灾难或几乎要酿成灾难的故事可以拿出来讲。他这人多少也有点愤世嫉俗，还能从这些事件中看到很多人无法体会到的幽默之处。有一个故事是关于一位海军陆战队前神枪手的，此人同时也是个高产的冰毒制造者，他跟自己十多岁的女儿相依为命，洛根说那个女孩还是奥尔温高中的学习尖子。二○○三年的时候，这位前海军陆战队员越来越相信自己制造冰毒一定会东窗事发，于是把家里所有的窗户都敲掉了，然后用黑色垃圾袋沿着窗框贴了个严严实实，这样人们就没法从外面向屋里张望。对房子来说，这些黑色塑料袋还有一个很好的防御作用，因为他可以在袋子当中开一些洞，只要有人过来拆他的实验室，他就可以通过这些洞往外开枪。在窗子旁边，他放了十九把不同规格的枪，还有七千发子弹。洛根说，这个故事最可笑的地方既不是这位前海军陆战队员因为大白天穿着内衣在街上跳舞而引起邻居的怀疑；也不是事发时他女儿就在家里学习；更不是这个男人在看到警察过来时试图躲进街上的混凝土阴沟里，以为这样就能不被发现。让洛根捧腹大笑的是，这个男人把大部分武器，包括两支 AR‐15 全自动突击步枪、一支雷明顿 12 型霰弹枪以及七百发子弹，全都堆在他女儿房间的窗户边上，那里是整个房子的制高点，开枪射击的最佳位置。洛根笑着说："要是他没有决定躺进阴沟躲起来的话，我们这帮人可能全都死在他的枪口下了。"

自二○○四年起，在内森·莱恩的祝福下，洛根要求他的手下只要一看到内森所称的"任何一个可以让我们检查车辆的细小违规行为"，就把车拦下，比如：碎了一个尾灯的；车速超过限速规定的每小时五英里的；车牌脏了的；或者前大灯坏了的。除此之外，洛根还教他的手下要利用自己跟被查人相熟的优势，并利用过去发生的事以及常识来收集信息，这样一旦有人撒谎就可以立马识破。用不着什么礼节性的客套，对那些喝了很多酒的人也不必手下留情。要搜查每辆车。要假设每个人都是嫌疑人，对他们施压，让他们神经紧张。洛根还鼓动大家拿坐牢时间作为交换来发展线人，希望能让这些线人供出跟他们一起制造冰毒的同伙。至于你是跟这人一起上的高中，还是你就在他家隔壁的农场长大，别再放在心上了。这就是一场战争。

对一些人而言，这样的做法虽然合法，但有违小镇生活的一些基本信念，在这里，大家都是抬头不见低头见、乡里乡亲，这是他们生活的全部。洛根的态度给人一种城里才有的尔虞我诈、互相算计之感。米尔德里德·宾斯托克称洛根为"纳粹"。她说，洛根本人才是罪犯。米尔德里德并不是唯一持此看法的人。有天早上，我在枢纽城市面包房无意间听到一个年过八旬的老农对和他一起喝咖啡的人断言，要是在早些年，洛根这样的人早就被干掉了。

但对另外一些人来说，洛根这个人简直就是上帝的恩赐。他们觉得对付那些吸毒者没有比他更合适的人选了。尽管争论激烈，人们反应截然不同，但洛根的举措还是产生了效力。被捣毁的制毒实验室的数量稳步下降，在二○○五年的最后四个月里，奥尔温警察局一间冰毒实验室也没有拆除。此时，市议会已经通过了一项法令，要求对废弃房屋实施爆破，其中大部分都被改建成了冰毒实验室。小镇推出销售税的优惠政策，好让住在那些不符合新建筑规范的——而且也没办法按新规范改建的——破旧房屋周围的人把它们买下来。要是那些房屋没人买的话，市议会就会依据"增加绿色空间"的政策将它们推平。有人说，墨菲和洛根这么做就是在把人赶出小镇，同时欺负那些最无力反抗的人。罗兰德·贾维斯指责墨菲是在穷人最无助的时候，通过牺牲这些人的利益来缓解奥尔温所面临的经济困境。

我把贾维斯的观点转告了内森。他沉默了，然后说，每一天，他都亲眼看到小镇的转型给镇上的一些人造成的痛苦。他的女朋友洁米在做社工工作，希望可以"收拾残局"。内森说，最后人们得明白，"你必须把地翻一翻，才能种好庄稼"。

二〇〇六年春末，奥尔温开始进入拉里·墨菲提出的小镇复兴计划的第二阶段。墨菲常说，大多数男人到了五十多岁的时候会造一栋新房子，买一辆新车，或追求一个新的女人。但他不一样，他宁愿把自己的时间花在重建一座小镇上。第二阶段的工作包括彻底拆除奥尔温的一些地方，好让小镇重新开始。

这项工作要开展起来并不容易。甚至奥尔温人口结构的统计数据也不支持这项计划的实施。小镇居民年龄的中位数为四十一岁，这使它成了艾奥瓦州人口年龄最老、就业基础最薄弱的社区之一。而且这里还有一大堆其他事情需要投钱，比如镇上百分之二十的儿童生活在贫困线以下，百分之八十的幼儿园孩子符合享有免费或减价的学校午餐的资格。根据二〇〇五年美国国家环保局发布的一份报告，该镇收入的中位数相当于州平均收入的一半。正如墨菲所看到的那样，奥尔温徒有一张空头舞票。他说，如果小镇不尽快打扮一番找到舞伴的话，舞会很快就要结束了。

第二阶段的工程首先是改善镇中心的七个街区。按照计划，先要把街道打开，然后在下面建新的下水道、水管和排水沟，以缓解冬天对奥尔温的百年老街造成的萎缩和破坏。此外，墨菲还想排上全新的路灯，在沿街种上灌木和树，希望这样能让小镇看起来更精神焕发一些。他还想铺上全新的人行道；旧的人行道高低不平、坑坑洼洼。墨菲算过，所有这些花费加在一起不低于四百万美元。

其次，墨菲想通过建造一个新的污水处理系统，鼓励企业搬到奥尔温来。小镇现在的那个老污水处理系统还是一百年前安装的，在二十世纪五十年代期间扩容过，但早就不符合当前的卫生法规了。它甚至跟不上这个人口正在萎缩的小镇的使用需求，更不用说当一个像呼叫中心这样的企业进驻小镇带来人们所希望的工业化以及人口增长时它会怎样了。小镇的市议会想要建一个一千二百万加仑的溢流污水处理系统。它将不仅符合环保要求，成本效益也高，普通芦苇污水处理池可以将最初由老系统处理的废物自然堆肥。随后这些堆肥可以成为农民地里的肥料。建造一套这样的新系统将耗资九百万美元。

在整个两年的镇长任期里，墨菲和市议会都在努力筹措资金。正如墨菲有天晚上对市议会所说的那样，他们要么全力以赴地前进，要么无可避免地向后退。而这就是奥尔温在全球化经济形势下面对的两个选择。墨菲基本上利用他所能筹到的资金数额作为他参加下一任选举的筹码，向人们兜售理论上的希望，即只要情况真的有所改善，企业最终是会入驻奥尔温的。他申请了"艾奥瓦愿景"（Vision Iowa）拨款，奥尔温拿到手是三百四十万美元。他和市议会成员，包括因为墨菲而离职的前任镇长吉恩·瓦因在内，为重新评估奥尔温镇上的六十五个商家的房地产税奔走游说。墨菲花了三个星期的时间，跟镇上的每个商家进行了单独沟通，一次次登门拜访他们的家或者商店，请求他们同意一项能增加税收但无法保证会增加他们个人营利的条例获得通过。他恳求小镇居民进行全民投票，同意一项提高销售税的提案以及一个价值二百五十万美元的学校债券；最终，前者在二〇〇五年下半年获得通过。此外，墨菲还和五位市议会成员从奥尔温镇上的一些殷实之家筹得了三百四十万美元的私人捐款。

值得注意的是，墨菲和市议会筹措到的资金已经超过了他们的改建计划所需的金额，多出来的部分足以建造一座可提供上网服务的图书馆。从某种程度上讲，筹措资金还算容易。难的是下一步怎么办，奥尔温么受到经济复苏的提振，要么进一步衰败下去。二〇〇六年五月，街道复兴项目一破土动工，人人就都开始猜测接下来会发生什么。也许一年之内商铺都会租出去，呼叫中心的项目会被批准，空置了很久的唐纳森工厂连同位于发动机车间后面的占地十六万平方英尺的主要工业用地也将找到新租户。也许洛根会继续控制吸毒者的数量，并且阻止新的制毒者进入小镇。也许独立镇不再把奥尔温作为它的贫民窟。墨菲呼应了在中西部盛行的康德哲学传统，而墨菲就是通过它像克雷·豪贝格和内森·莱恩一样了解了世界，墨菲说，他唯一的愿望就是提供奥尔温迫切需要的开端。二〇〇六年的春天，奥尔温正在——一如康德所描述的那样——尽其所知和所处环境的极限内采取行动。无论实际进展如何，只有信心的飞跃才能带动这座小镇从那个起点向前发展。假如奥尔温失败了，那么下一代人将不得不去解决同样的问题。墨菲说，最起码，奥尔温只要尽力了，就会重新赢回失去多年的东西：小镇的尊严。

第八章　滑铁卢

自从二○○一年搬回艾奥瓦州之后，内森就一直为他所谓的"女孩问题"纠结。"女孩问题"的出现，是在他爱上了来自印第安纳波利斯的詹妮之后，他们两人在上法学院时相识，然后她跟着他一起搬到艾奥瓦州的滑铁卢，他在当地法官的手下做文员，而她是当地的公共辩护人。内森的父母对他俩一起住在滑铁卢这事非常生气，因为对他们而言，婚前同居是一种罪过。因为不想受到上帝的诅咒，内森的父母就不再跟他说话了。而兜了一大圈之后，正是这个让内森重回奥尔温镇的"女孩问题"，把他置于了一个为重建自己的家乡出力的位置。从另一个角度讲，"女孩问题"代表了一个曾经棘手的难题——就像奥尔温的冰毒问题——似乎突然就迎刃而解了。

或许内森因为他父母对待詹妮的态度而气得发狂，但他再怎么生气也改变不了一个事实，那就是他从小就被教导要尊重父母的看法。而且，如果他跟父母之间的关系破裂了的话，那么参与到他们共同的生活核心——自家的那片农场——的希望就会荡然无存，内森被夹在两股强大的引力之间，一边是愤怒，一边是尊敬。他利用自己从哲学中学到的智识工具向这个问题发起进攻，但无济于事；这个问题就像一座堡垒，拥有坚不可摧的城墙。他求助于自己的本能，但他内心的想法其实也模棱两可，因为他并不觉得自己是可以结婚的那种类型。他和詹妮可能永远不会让他们的爱去请求法律的认可，但这一点并没有把他觉得他对这个搬到艾奥瓦州跟他一起住的女人所负有的义务减到最低。他的内心不断纠结，变得越来越缩手缩脚，也日渐沉默寡言。就这样差不多过了一年，还是没有答案。他深陷于本能和欲望彼此撕扯的鸿沟里无法自拔，摧毁他生活的威胁并非混乱无序，而是不断的消磨。

转眼到了二〇〇二年，拉里·墨菲打电话给内森，给了他一个费耶特县助理检察官的工作。他搬回奥尔温，而詹妮留在了滑铁卢。他说他还爱着詹妮，她也依然爱他。但两个小镇之间一小时的车程总让人感觉越来越漫长。渐渐地，一声不吭地，内森开始在农场待得越来越久。他的父母也绝口不提当年的争执，这种默默的理解在彼此之间达成的默契，增加了他的家庭对他的吸引力。什么都不需要说，就这一点让他有了一种重新回家的感觉。而在詹妮这边，他说一切都要讨论、争辩。他和詹妮说话的时候，就像两个律师在辩论。尽管他知道沉默会让人有种心虚的感觉，但内森宁愿不说话也不想去争论。内森也跟别的女人约会，其中一个在公共服务部从事社会工作，但他没办法跟人确定关系。他在奥尔温第三行政区买了一栋两居室的小房子。接着，二〇〇五年的六月，内森同母异父的哥哥大卫因心脏衰竭在旧金山去世，年仅三十八岁。

大卫是内森最亲密的知己；他俩在农场的那栋房子里一起长大，这让他们彼此相知。当年大卫为了前途鼓足勇气离开了艾奥瓦州，正是因为他，内森才明白背井离乡其实并非一个理想的解决方案。也正因为内森有勇气重新回到父母的身边，大卫才有了人替他在跟他关系紧张的生母和继父面前说话，更不用说跟他从小长大的那个地方建立起联系了。大卫的离世让内森感觉崩溃。

内森的父母没有钱去加州参加葬礼。于是，内森一个人去那里把大卫的骨灰带回了艾奥瓦州。埋葬自己的哥哥，是内森·莱恩这辈子做过的最难的事。几天后，他说他还得过好一阵才会"缓过神来"。三年后，他说他还是没缓过来。

但大卫的离世也让内森找到了那个"女孩问题"的解决办法。他没有叫詹妮跟他一起去参加葬礼——而是让公共服务部的那位名叫洁米·波特的社工陪他去的。尚不清楚他是出于什么原因这么做。他说，或许大卫的死让他重新审视了自己的人生。葬礼后，内森向洁米坦陈了他二十八年来埋藏的所有秘密。至此，当奥尔温镇开始在冰毒流行病的废墟中重建家园时，内森也在自己哥哥离世的痛苦中涅槃重生，开启了人生的新篇章。

洁米·波特比内森小一岁。站在内森身旁时看上去那么小鸟依人，尽管她的身高有五英尺七英寸。她有一头齐肩的金发，蓝眼睛上覆着又细又长的睫毛。她面颊红润，皮肤宛如瓷器般细嫩光滑，脸红红的看起来很健康的样子，像是一个刚从冰天雪地走进屋里的人。她是在艾奥瓦州韦弗利附近的沃特堡学院上的大学，在校期间，她在全美高校明星垒球队打二垒。到现在她依然有着健壮有力的腿，宽阔的肩膀，完全不失当年打全垒打的那股神勇之气。她对炖野鸡了如指掌，在伏尔加河边某处支一顶帐篷，她就能完全像在家里一样过得舒舒服服。十二月下旬是用弓箭射鹿的季节，洁米会爬上内森那间用柴火取暖的车库上方堆干草的棚屋，并在转门边坐下。从那里她可以俯瞰一小块地，地的一边是尚无法人资格的一片树林，另一侧是邻居们的屋舍；内森住的这条街是个交界处，是奥尔温镇的尽头，也是乡野的起点。洁米身穿厚重的绝缘迷彩连体服，一手拿着书，一手捧着茶，坐在柴火炉子散发的热气里，等着白尾鹿从地里穿过。她身旁放着一把弓，是内森在他们俩一起过的第一个圣诞节时买给她的。到那天为止，她已经从车库的窗口射杀了三头鹿了——两头公的，一头母的。

洁米拥有心理学学士学位。从二〇〇六年的年中开始，她一直是艾奥瓦州公共服务部的合同工。这个岗位会接到法院派给的案子；而他们的大部分工作就是进行家访。通常情况下，洁米一天的工作可能是完成三个家访：一个是报告自己遭受了虐待的孩子；一个是其母亲或父亲因为制毒而坐牢的孩子；还有一个是最近刚转到位于西尤宁镇的中途之家的假释人员。除了艾奥瓦州东北部行为健康诊所之外，并没有太多其他工作机会提供给奥尔温镇上的社工，而前者也只雇了六个员工。

在公共服务部工作，洁米基本上就像个自由职业者，这让她感觉自己正竭尽全力地帮助那些没有得到过任何帮助的人。她说这份工作让她感到沮丧，一部分是因为这些人当中有很多人她会反复见到。有些家庭——比如贾维斯他家——似乎总是麻烦不断，他们家的人接二连三地出现在监狱、中途之家或者洁米的家访预约名单上。至于让她沮丧的另一部分原因，洁米则以严谨的经济学术语来概括。每一年，艾奥瓦州的农村地区变得越来越老旧，面积也逐年消减，但洁米接手的案子的数量一直相对稳定。当地的贫困状况意味着会出现更多有问题的行为，而帮助这些行为的经费却变得越来越少——尤其是针对洁米所说的像贾维斯家那样的家庭所需要的、能够改变其现状的长期帮助。

拉里·墨菲说，在财政危机期间，像公共服务这类非创收型项目总会面临更大的被削减开支的压力。费耶特县和奥尔温镇就跟任何一家企业一样，也是要讲赢亏的，眼下这两者都处在只赔不赚的状态。这也再次印证了社会学家道格拉斯·康斯坦斯提出的"我们的文化其实是一种心理学而非社会学"的观点是正确的。洁米大部分的工作都是跟冰毒造成的破坏打交道；在瘾君子以及制造瘾君子的体系之间，如果非要选一个进行谴责的话，人们很难去谴责前者。二〇〇五年夏末的那段时间，贾维斯这个五口之家里有三个人——包括罗兰德、他的母亲以及他的兄弟——因为与毒品有关的指控而锒铛入狱。他的兄弟被关押在联邦监狱，得再过五年才会获得假释。这些事会让洁米心生疑惑，有些人你是否真能帮到他。

无论艾奥瓦州对贾维斯这家人提供怎样的干预和帮助，他们都不会有所改变，这种本能的假设或许可以解释，为什么从二〇〇五年的年中到二〇〇六年的年中这段时间，洁米失业了一年多。洁米的一位同事的说法是，跟以前任何时候相比，随着艾奥瓦州各地的钱越来越紧张，而且人们对毒品成瘾者的同情心日益消退，州政府现在比以往任何时候都不费力地看到像罗兰德·贾维斯这样的人承认失败。那位同事说，就在那一年，在艾奥瓦州东北部，百分之九十的社工都丢了饭碗。因此，洁米只能抓住她唯一能找到的工作，到距离奥尔温东北方向二十英里的一个名叫草莓角的小镇当酒吧的调酒师。洁米就是在这段困难时期搬去和内森一起住的。她一周只能去酒吧几次，而且还都是白班；那个上夜班的女人是不会把这间小镇酒吧唯一一个可以赚到钱的班次拱手让给洁米的。而内森的政府工作薪水并不高，两人手头都很紧，洁米大部分时间都在屋里，她尽量让自己忙碌起来。她和内森的争论完全可以拿来作为财务状况低谷期如何考验两性关系的案例分析。在内森看来，他无法理解为什么洁米没能振作起来去做更多的事情——但是，他也不清楚她到底还能做些什么。而从她的角度来看，她已经出去找了一份事做了，尽管这份工作让她感到不堪；以她的教育背景，在酒吧工作，更别说还是个上下班来回得跑四十英里的地儿，已经够委曲求全的了。她都已经放下尊严、尽心尽力了，这样他还觉得不够吗？她一次又一次地告诉内森，她比他更痛恨自己手上有大把的时间却又无处打发。

与此同时，内森依然跟往常一样，白天去办公室上班，晚上到自家的农场。他的父母很喜欢洁米；他们在大卫的葬礼上第一次见到她就打心眼里喜欢。内森的父亲还不知道他俩已经住在一起了，所以总问他最近有没有跟洁米联系或者见面。他想知道为什么内森晚上来农场的时候没把她一起带过来帮忙，也想不通为什么内森不带她到家里一起过感恩节和圣诞夜。这是个很有意思的问题，连洁米自己都很想知道答案究竟是什么。毕竟，她跟内森一起住的这个小镇，镇上的人彼此相熟又都爱嚼舌根，他们住的地方离内森父母家也就只有十二英里而已。他俩相爱而且婚前同居这事，就像纸包不住火一样，是不可能一直瞒下去的。内森的父母也许是勒德分子①，但他们并非生活在火星上。既然内森坚持认为，洁米在找到下一份社工工作之前做什么都比去酒吧打工要强，那他为什么不带她去农场帮忙呢？那是一份内森尊重的、推崇的好工作，而且还能帮他家里赚到钱。他这么偷偷摸摸的又是为什么呢？

内森对此的回答是，无论现在他父母看上去对洁米多感兴趣、多友善，他们最后还是会在背后指指点点。他说，他们从来都是如此：先把人家女孩子哄得好好的，然后又对人家怎么看都不顺眼，最终彻底毁了内森的恋情。正因为比起跟其他女人的关系，他更珍视跟洁米的这份感情，因此，这次他绝不会再让这样的事情发生。他说他终于学乖了，不会再让洁米被他父母审查了。除非有什么事发生——究竟是怎样的事，内森也没说——否则他和洁米只能对他父母隐瞒他俩正在同居这件事，而且洁米也不会陪他去农场。

对内森而言，这是他爱情生活中的一次真正的"政变"。即使他无法跟洁米表白，但他的确坠入情网了。他和她一起生活，对她很满意，而且他父母那里也没因为什么不开心而不理睬他。最终，洁米也开始适应了这样的状态。她学过心理学，这让她比大部分人更能同情内森的难处，而且也真的能够帮到他。反过来，在她不得不去草莓角小镇的酒吧打工的这段时间，也让她感觉到自己对内森的依恋。她的家人也很喜欢内森，逢年过节的时候，内森独自一人去自己父母那里，到了下午或晚上回家再跟洁米和她父母一起过感恩节或吃圣诞大餐，对此，洁米的父

---

① Luddites，十九世纪英国工业革命时期，因为机器代替了人力而失业的技术工人。现在引申为持反机械化、反自动化观点的人。——译者

母也没想太多。于内森而言，他跟这个女孩的恋情称心顺意，没有比这更好的了。问题圆满解决。

差不多在内森的哥哥去世的那阵子，克雷·豪贝格的人生进入了一段坎坷期。一天晚上，克雷在一间名叫"老鹰栖息地"的酒吧演出，酒吧位于艾奥瓦州的黑泽尔顿镇，就在奥尔温往南五英里的地方。跟往常一样，克雷演出的酬劳基本上就是酒吧招待的啤酒。在众人的起哄中返场了几次之后，克雷跟酒吧老板，也是他从七十年代起就认识的老朋友，一起坐下来喝起了酒，一直喝到酒吧打烊，他才把自己的乐器装到丰田汉兰达 SUV 上，开车回家。克雷很清楚自己喝醉了，所以他没有直接上南弗雷德里克路往北开，而是沿着镇边的小路，经过乡村小屋咖啡馆和奥尔温湖，然后左拐进入西南第十街。当他开到他家所在的那条 Q 大道时，他知道自己安全了，因为在大草原上开了两条交叉的大路后，Q 大道的评级就往下了，现在只是一条农场公路而已。但开了几百码后，克雷睡着了。他错过了右手边自家那条铺满小碎石子的长长的车道，车子跃过灌溉沟和围栏，咣当一声扎进了自家的玉米地，撞得惨不忍睹。

但真正给克雷敲响警钟的，是在二〇〇五年年底——也就是他母亲死于车祸的两年后——发生的事。当时，克雷还是在黑泽尔顿镇上表演；还是在酒吧里待到很晚，然后喝得醉醺醺地开车回家。只不过这次，奥尔温的一个警察在他刚开到费耶特县边界北边的时候就把他拦了下来。在他母亲出车祸之后的两年多时间里，克雷一直认为县检察官办公室在造成他母亲惨死的车祸事故处理上显得漫不经心，甚至认为他们根本就是事件的同谋，为此一直耿耿于怀。二〇〇三年八月的一个晚上，一个阿米什人的佩尔什马从自家围栏的缺口钻了出来，在一五〇号公路上溜达。当克雷的母亲开车路过时，马受了大灯的惊吓，发足狂奔，狠狠地撞上了车子，让她丢了性命。而折磨着克雷的是，眼前的拖车司机正是当时拖走他母亲的车的那个，单单是上个月，他就拖了四辆车了。克雷说，毫无疑问，正是阿米什人的疏忽大意造成了他母亲的惨死。但是，县检察官拒绝起诉——在克雷看来，更糟糕的是——甚至都没有对阿米什人处以任何罚款。

而且，在警察对待镇上一个名叫艾伦·科夫曼的冰毒瘾君子的事上，克雷也极为不满。克雷和塔米的儿子小时候跟艾伦是最好的朋友，因为艾伦的父母从不在他身边，克雷夫妻俩还差一点收养了艾伦。现在艾伦二十岁了，在镇上找了份当焊工的好差事。他开始制作冰毒，在第一次被捕后，被迫成了奥尔温镇警察的线人。每天晚上艾伦都得戴上窃听器，去奥尔温的各个酒吧转悠，试图跟警察通缉名单上的那些毒品生产商进行交易，好让警察听到这些信息。克雷说这些毒品生产商和毒品贩子中很多人都是艾伦的朋友，一旦发现他戴着窃听器就会杀了他。如果艾伦能帮警察给这些人定罪，那么对他的指控就会撤销。假如办不到，他就得去坐牢。这就是奥尔温在冰毒问题上强硬立场的一部分。克雷认为这是对公民权利的严重侵犯，不过他厌恶的是警方而不是针对他的朋友墨菲和内森的。

因此，当克雷从黑泽尔顿镇开车回家，因为醉驾被警察拦下来的时候，他忍不住把一年来积压的各种挫败情绪一股脑地发泄了出来，对着那个警察破口大骂。最后，这事也没给他什么好果子吃，克雷说那个警察不仅口头羞辱他，而且还以肢体对他进行了威胁。克雷说，现在回想起来，被警察拦下来是压倒他的最后一根稻草，让他把这些年来不断积压的冲动和仇恨都释放了。奥尔温镇上的事不尽人意。医院那边也是如此。他的同胞兄弟搬去锡达拉皮兹住了，母亲也去世了，孩子们都长大成人开始独立生活。保险费率使行医更加困难，医院面临的预算削减使得克雷更难获得他工作所需的那些最基本的医疗用品。为了赚钱，他不能再做个老派医生了，就像他一直以来以及他那位从医五十年的父亲一样。也就是说，他不能再在病人身上花大把的时间了；对每个病人他只能用十五分钟问诊和确诊。但克雷医生没办法在十五分钟内解决每个人的问题。这让他难过得要命。

因为这次酒驾事件，克雷被起诉了，他对自己醉酒后驾驶车辆的行为供认不讳。费耶特县在他卡车上装了一个点火联锁装置（Intoxalock）①，它由一根长管连接着转向柱上的呼吸分析仪。克雷必须先对着联锁装置呼气，确保他呼出气体中的酒精含量在合法范围内，才能启动他的车子。他还必须参加戒除酒瘾的互助会。为此，他选了艾奥瓦城的一个戒酒匿名小组的活动，那里距奥尔温西南方向有两小时的车程。正是这些他每周去一次、相对匿名地参加的由艾奥瓦州最大的城镇之一举办的活动，对克雷产生了深刻的影响，到了二〇〇六年五月，他开始脱胎换骨了。

二〇〇六年春天，我在奥尔温停留了两个星期，见了克雷、内森、贾维斯和墨菲，并到独立镇见了"少校"和他的儿子巴克。奥尔温镇改建工程的第二阶段也在如火如荼地进行当中。街道的路面被挖开，埋进泥地里的全新下水道管上用系着橙色缎带的木桩做了标记。小镇处处洋溢着有所期待的情绪，尽管很多人心存不安和怀疑，如果不把这说成是彻头彻尾的玩世不恭的话，认为奥尔温为了吸引企业进驻而花了那么多钱。毕竟，墨菲和市议会此次为完成小镇改建筹集到了一千万美元的资金，但如果奥尔温下一次再想做点什么事，还能筹到钱吗？春季雨水多，改建工程进展缓慢，效果微乎其微。实际上，主街的很多地方看上去就像是被入侵的军队夷为了平地。问题很明显：如果是墨菲错了怎么

---

① 美国 Intoxalock 公司的一款酒精检测科技产品，通过了 NHTSA（国家公路交通安全管理局）认证。——译者

办？假如通过加税、全民投票和发行债券等一系列举措，他把大家都动员到了一条船上，结果却投资不利，那该怎么办？那样的话，奥尔温到底能做些什么呢？

一天晚上，就像一年前一样，我跟着克雷参加了一个派对。只不过，这次并不是在克雷家举办的独立日庆祝活动，而是在他邻居的农场上举办的星期六之夜方形舞舞会（hoedown）。几十来个人一起聚在谷仓，围着一张巨大的、摆满了各家带来的饭菜的餐桌吃吃喝喝，尽管每家准备的菜看着各不相同，但食材无非就两样：猪肉和土豆。人们在抽完烟、喝光酒之后，很快就开始在扬起的灰尘、泥土和干草糠中跳起舞来。克雷做好了登台的准备——这一次不是跟查理一起。这本身就是一种进步的表现，克雷好像变得更独立了，不仅是独立于他的双胞胎兄弟，也不再受过去的自己支配。这会儿，他坐在一张野餐桌边，喝着健怡可乐。还是老样子，他正拿出自己最喜欢的理论之一——沃尔夫假设——在纸质餐盘的背面画出一些同心圆，来说明他如何重新定义自己的生活的。

戒酒之后，克雷的脑子不会被酒精麻痹了，这让他能更自由地听到自己生活当中各种压力带出的不同节奏，这种清晰的声音帮助他理顺了思路，知道如何照顾到自己的需要。克雷找到了自我。由此带来的一个好处是他变成了一个很棒的音乐人；当他站在舞台上的时候，他不再是那个自私的醉醺醺的人，而是开始学会如何超越自我，去成为一个更伟大的东西的一部分。

克雷说："我已经意识到现在我不再需要不断地把酒填进肚子里了。我正在重新学习如何跟人沟通。沃尔夫假设这套鬼东西还真管用，你信不信？"

当克雷和我坐在谷仓里聊天的时候，我突然想起差不多一年前发生的一些事，当时是内森最后一次见到詹妮。那也算是一次理清头绪吧——在一件事的开头和另一件事的结尾之间划出一条明确的线。那次，内森和我一起去滑铁卢看挖掘出来的一具谋杀案被害人的尸体。事后，内森到詹妮坐落在东区一个公园旁三楼的公寓里跟她匆匆见了一面。谋杀案的两名涉案人分别叫托尼·巴雷特和佐尼·巴雷特，二十多岁，是滑铁卢当地的一对双胞胎兄弟。佐尼因谋杀未遂而入狱，事发前才刚刚出狱；根据托尼前一晚对奥尔温警察的供认，他受佐尼指使杀死了自己的女朋友玛丽·费雷尔。玛丽最近才搬来奥尔温，住在镇中心一栋老房子的二楼，就在电影院的街对面，"利奥的意大利餐厅"的斜对角。内森说，玛丽是在滑铁卢的一位公共服务部社工的鼓励下搬到奥尔温的，至于她搬家的理由，正是很多人——包括内森、洁米和墨菲——都不喜欢听到的：低税收和低生活成本。显然，玛丽曾背着托尼跟别人有染。

托尼悄悄潜入了玛丽位于奥尔温镇主街上的小公寓，用棍棒将其打死。然后，在双胞胎兄弟佐尼的指点下，托尼用毯子把玛丽的尸体卷起来，开车运到了滑铁卢。在那里，他把她藏在一长排被拆开的半挂式卡车拖车下面，这些拖车在废弃的 Rath 肉类加工厂外面已经无人问津了十年甚至更长时间。他挖了一个浅坑，把裹着毯子的尸体放了进去，盖上一个旧的木质运输托盘。四天后，开始下雨了。

等到我和内森赶到滑铁卢时，玛丽的尸体已经被挖出来，在一百零五华氏度的高温下躺了差不多一个星期的时间。而前一天晚上这里还下了大雨，降雨量达五英寸之多。在托尼坦白的录像中，他说自己"想念"女朋友了，想去"看一下"，他也的确去了两次，但显然每次都只是趴在半挂式卡车下面待一个或两个小时而已。其中一次他还趁着六月闷热的夜晚，在平板车的掩护下，在坟边拉了屎。大便的臭气——夹杂着雨水、潮热以及女尸腐烂后内脏发出的恶臭——简直没法形容。布坎南县的警探们在鼻子底下擦着薄荷膏，准备把尸体挪走，而这股恶臭也引来了九只秃鹰，齐刷刷地栖在包装厂屋顶的横档上。

或许这么近距离地看到尸体让内森有所感悟。毕竟，一个星期前他才刚刚安葬完自己的兄弟并向洁米·波特表白。说不清内森究竟为什么会一头钻进他那辆白色的大众捷达，驾车离开玛丽·费雷尔尸体的挖掘现场，直奔詹妮的公寓而去。当然，玛丽的案子最终他下了一番功夫打赢了。

詹妮刚洗完衣服，家里闻起来有一股织物柔顺剂的香味。詹妮靠着沙发脚，跪坐在地板上，身边堆满了大大小小的盒子。内森走进屋子的时候，她起身站了起来，两人就这样面对面站了一会儿。这个定格挺尴尬的。随后，身高五英尺三英寸的詹妮拥抱了内森——或者更确切地说，是消失在他近七英尺高的身躯里。两人就这样默默地拥抱了一会儿。接着詹妮开口说道："我差不多弄好了。"

内森环顾四周，点了点头。在詹妮挂她照片的墙上，每隔一段都留着钉子；旁边是室友的照片，还没来得及拿下来。那间兼作餐厅的小厨房里有一个开放式的柜子，一眼可以看到里面的四排架子，其中两排上面一个盘子和杯子都没有，空空如也，而另外两排放了满满当当的东西。就好像整个地方都被一分为二，那空荡荡的一半塞满了悲伤。

詹妮抬眼看了看厨房入口的墙壁，中间的位置上以前挂过一套三个装饰用的盘子。其中两个已经打包装箱了；但第三个，就是挂在最高位置上的那个，还在原地。要想把它拿下来，詹妮得找一把梯子来才行，但就算爬上梯子，她恐怕也未必够得到。内森一眼就注意到了她停留在墙上的目光，他一句话也没说，径自拉长了身子伸长了手，轻轻地把盘子从墙上的两个挂钩上拿了下来。

内森把盘子递给了詹妮。他说："我看我还是不多打搅你了，好让你把剩下的活干完。"他弯下腰，吻了一下她的脸颊。然后他弓着身子走了出去。他话不多，但已经把要说的都说了。然后，他一路驶回了奥尔温的家。

第九章　内陆王国之二

从一九九一年到一九九九年，当洛芮·阿诺德在西弗吉尼亚州的阿德森坐牢时，嘉吉公司和泰森、阿彻丹尼斯米德兰、斯威夫特以及康尼格拉这些公司兼并了越来越多的肉类加工企业——以及整个食品行业。跟那些医药巨头一样，不断增加的赢利加强了食品行业的游说能力，也为其手上的政治杠杆增加了筹码。肉类加工厂开始公开招聘墨西哥移民——这些人当中很多都是非法移民，没有身份证明而且行踪不定，几乎无法予以监控。（根据二〇〇一年《纽约时报》的一篇报道，一项政府研究表明，有百分之四十的美国农业从业人员为非法移民，而根据移民及归化局的估计，在中西部的肉类加工厂里，每四名工人当中就有一名是非法移民。）鉴于肉类加工厂以极其低廉的工资雇佣非法劳工，像奥塔姆瓦这样的地方的经济遭受的损失更大了。与此同时，在医药企业强有力的游说下，美国缉毒署始终无法对冰毒予以成功的打击。

约两千五百英里长的美国和墨西哥边境，基本上被墨西哥贩毒组织分成了好几段，每段五百英里，每个组织控制一段，随着非法移民辗转进入美国各地的包装厂打工，移民路线不断被开辟出来，这些组织可以对此加以利用。五大贩毒组织在这些非法移民中建立了一个零售和分销体系，因为非法移民本身很难被追踪，执法部门对此也无计可施。二〇〇一年，美国哥伦比亚广播公司的《星期三六十分钟》（*60 Minutes Wednesday*）节目中有一则新闻报道，明确指出，位于内布拉斯加州的斯凯勒（Schuyler）的嘉吉公司工厂里，百分之八十的工人都是西班牙裔，而且百分之四十都是非法劳工。只需花上一千三百美元，哥伦比亚广播公司的两名记者就能买到被盗的社会保障卡和出生证明。

这就是洛芮·阿诺德所说的，她在一九九九年出狱时意识到自己要面对的环境。她的丈夫弗洛伊德在莱文沃思服刑，不久在那里死于心脏病。她的儿子乔什已经十八岁了，高中毕业后在 Foot Locker 鞋店找了份工作。八年来，奥塔姆瓦的墨西哥人口从零增长到全美的最高水平，据洛芮说，这主要归功于嘉吉-艾克赛工厂，那里的工资固定在每小时五美元。她和父母住一起，并在厂里找了份切火腿的活。穿着五十磅重的钢丝网防护工作服的洛芮要在十秒钟之内将二十五磅重的猪后腿的脚圈或后臀肉切掉；剔除脂肪；将火腿抛到她头顶上方的传送带上；然后在下一个火腿过来之前把刀重新磨好。厂房里的温度控制在刚过冰点，她那双脚在钢质靴子里冻得不行。洛芮不停地将热水倒在靴子上，想尽量让自己的脚指头恢复知觉。每个八小时的班，她在中间可以休息两次：一次在早上，十五分钟；还有一次是午餐时，三十分钟。为了保证工厂能继续开下去，厂里的工会很早就被解散了，因此她没有保险，万一受了伤也拿不到什么赔偿。洛芮刚刚结束了七年的牢狱生活，当年还曾因为要躲避拿着点四四口径马格南左轮手枪的弗洛伊德的射杀而抱着刚出生的儿子藏在自己的车里，但她从没像现在这样感到生活如此艰难。

洛芮到嘉吉-艾克赛工厂上班后不久，就开始评估起当地冰毒市场的情况。自洛芮进监狱后，就不再有上等的毒品从加州——以及她的超级实验室流入奥塔姆瓦了。没了洛芮，很多蓝领白人瘾君子只能依赖那些自制"纳粹冷"的本地毒贩，因为这些人每次只能制几克或几盎司的量，供不应求也是家常便饭。与此同时，来自艾奥瓦州得梅因和南达科他州苏瀑市的墨西哥毒贩们早就跃跃欲试，想要接管相对无法无天的奥塔姆瓦，作为自己的一个能赚大钱的分销点，源源不断地将红磷和伪麻黄碱合成的甲基苯丙胺带进市场。红磷和伪麻黄碱合成的毒品，或者说晶体冰毒，是在墨西哥人经营的毒品实验室制造出来的。这些实验室有些位于加州的中央山谷，有些位于墨西哥中西部的米却肯州，后者会通过像亚利桑那州的诺加利斯这样的入境点运进美国，分销至美国西部和大平原地区，而且越来越多地销往美国东南地区。

想当年洛芮的毒品帝国尚处于鼎盛期的时候，即二十世纪八十年代末，墨西哥人经营的超级实验室每两天就可以生产十至二十五磅的冰毒。到了一九九九年，得益于美国缉毒署针对红磷和伪麻黄碱的立法失败，这些超级实验室每天生产的晶体冰毒可达一百磅，且纯度高达百分之九十五，因而比之前洛芮卖的那些纯度更高、效果更强。这样的纯度会让吸毒者在彻底的狂欢——出现妄想症、类似帕金森症的颤抖以及精神分裂症的幻觉——之后逐渐平静下来，因此人们普遍认为它要比麻黄碱制成的冰毒容易对付。由于其半透明的晶体外观看上去像石英一样，一改冰毒过去给人留下的"看着显脏"的印象，因此美国缉毒署的很多人认为它也让更多的人被冰毒吸引。（最终，这款人称"克丽斯"[chrissy]的毒品成为纽约和洛杉矶的都市同性恋人群的首选。）正如洛芮所言："晶体冰毒是瘾君子和毒贩都梦寐以求的东西。"

尽管如此，墨西哥毒贩想要完全控制冰毒的零售市场还是相当困难的。不管是否吸食冰毒成瘾，奥塔姆瓦的许多白人非常讨厌那些只为了赚那么点儿工钱而在肉类包装厂打工的墨西哥人；人们说，艾克赛工厂给的薪水之所以一落千丈——奥塔姆瓦镇的希望也随之变得渺茫——都是这些墨西哥人一手造成的。在人们眼里，墨西哥人就是入侵者，因而对他们的不信任甚至公开歧视相当普遍。再加上语言沟通上存在的障碍，所以尽管墨西哥毒贩采取了免费赠送少量高纯度冰毒让人上瘾的策略，就跟洛芮早在一九八四年第一次贩卖冰毒时一样，但他们还是很难找到顾客。

按照洛芮和一个曾经在艾克赛工厂工作过的墨西哥人的说法，到一九九九年时，奥塔姆瓦的艾克赛工厂已经成为非法移民的集散中心。就在那一年，嘉吉-艾克赛工厂在华雷斯和蒂华纳①这些贫困的边境工业小镇的当地报纸上刊登广告，招募那些能够从墨西哥前往奥塔姆瓦的工人，并承诺可以免掉两个月的房租。对于嘉吉公司以及其他那些肉类包装企业集团而言，雇佣非法移民显然是所有选项之中的上上策，其原因很简单，那就是这些工人没有合法身份，因此从技术层面上来讲他们根本不存在，因此也毫无权利可言。尽管迄今为止，这个行业的员工受伤率在美国依然保持各行业之首，他们也还是不会对恶劣的工作条件提出异议。二〇〇一年，对位于田纳西州谢尔比维尔的泰森工厂提起的联邦刑事诉讼失败了，这表明公司基本上不用对雇用或招募非法移民到工厂务工承担责任。尽管联邦调查人员查到两名谢尔比维尔的管理人员在四个月的时间里从人贩子那里要了五百名无身份证明的黑工，而且还有录像为证，但泰森公司的辩护律师团队成功地让法庭判定，泰森的员工实在难以确定这些人当中哪些是合法移民哪些是非法移民。这项裁决也促成了这样一种思维定式，即非法移民的雇主不必向其他公司那样必须给工人以同等的权利，原因很简单，因为他们不知道——而且也无需知道——谁在为他们工作。话说回来，对那些掩饰自己身份的人执法怎么可能会有希望呢？根据在奥塔姆瓦当地的嘉吉-艾克赛工厂工作过的两名雇员（他们都是非法滞留美国的人员）的说法，二〇〇五年时，花一千美元就可以在厂里搞到一张被盗的社会保障卡，如果你要的不止一张的话，那些手上资源丰富的证件贩子会给个打包价，不多收任何费用。

一方面，洛芮被自己在一九九九年的所见所闻气得不行。她心想，这些墨西哥人以为自己是谁啊，抢走了美国人的饭碗不说，还要再卖毒

---

① 华雷斯和蒂华纳都是墨西哥境内靠近美国边境的城市。——译者

品给他们？但另一方面，洛芮也清楚地看到，整个价值链的中间环节，即任何经济体当中最具活力的那个部分，根本没有人在做：因为白人瘾君子不喜欢跟墨西哥毒贩打交道，所以这一块完全空白。就等着够胆量、有关系的人去接近被洛芮称为墨西哥黑帮的那些人，着手帮他们把质优价廉的毒品运出来。

但那个人不该是洛芮·阿诺德。洛芮还在缓刑察看期内，看样子她的余生都将如此了。每隔几个星期她就得小便在一个杯子里，让她的假释官将她的尿样送到位于艾奥瓦城的州实验室进行毒品检测。而且在监狱里待了八年后，她得花时间好好去了解自己的儿子。洛芮需要调整的地方还不少，要参加匿名的戒毒互助会，要长时间处于神志清醒的状态，让人们重新建立起对她的信任。而且她还要认识些新朋友——过去跟她一起混的那些人不是进了监狱就是还在吸食冰毒，她很清楚自己绝不可以再跟他们沾上一丁点关系。她得努力工作，这样才能补缴之前的税，或者搬出父母的家。洛芮心想，假如能住在自己的公寓里，也许就可以弥补那些曾经失去的时光——甚至儿子也可能搬来跟她一起住。因此，有一年半的时间，洛芮在傍晚从嘉吉-艾克赛工厂下班后，都去温迪酒吧上夜班，尽量不去想那些十年前让她成为奥塔姆瓦最有名的女人的生意。

一天晚上，洛芮去了一间酒吧。那天是星期五，洛芮刚在厂里切完火腿，感觉必须来一杯冰啤酒好好犒劳一下自己。从她上一次喝啤酒算起，一年一杯的话，其实她得喝八杯冰啤。一个老朋友给了洛芮一点用铝箔纸包得好好的晶体冰毒。洛芮划了根火柴，放在铝箔纸下面，将冰毒烧至液化，然后用玻璃管吸了起来。对于洛芮这样一个在八年前就已经习惯一天吸上八分之一盎司冰毒的女人而言，铝箔纸里包着的这一丁点儿算不了什么。

几天后，有个朋友需要尽快处理掉手上的少量冰毒，于是她一倒手赚了五十块钱，对此她也觉得没什么可担心的。那个星期，洛芮才刚开始自己租公寓住，当时她想的是帮儿子还掉些旧债，作为对他的一种补偿。为此，洛芮辞去了在温迪酒吧的夜班工作，开始贩卖少量的冰毒。随后，她实在没法错过如此大好的机会，于是找到了得梅因的一个墨西哥毒贩跟他做起了生意。到了二〇〇一年，也就是她出狱两年后，洛芮正在从许多毒贩那里进大量的墨西哥制造的冰毒，然后她买下了一家夜总会——这跟她在一九八九年的做法如出一辙——来帮她洗钱。

当时，洛芮自己吸毒也很厉害。她说她不记得自己哪个星期睡觉超过一个晚上。因为她还在缓刑期间，每隔几个星期必须提供尿液去做尿检，于是她每次都会给自己手下一名员工的四岁女儿五美元，拿她的尿去应付尿检。她买了房子，还掉了儿子的欠债，又买了一辆捷豹。还跟一位前男友久别重逢，并打算过些日子就跟他结婚。接着，在二〇〇一年十月二十五日那天，她把四分之一磅冰毒卖给了奥塔姆瓦警察局的一位卧底的缉毒警。之后没多久，洛芮便被逮捕、审判、定罪，再次被判入狱，这次是七年半，在伊利诺伊州格林维尔的一座中等安保级别的专门收容女犯人的联邦劳改营里服刑。

这位十五年前在中西部一手创建了冰毒交易网的女人，如今通过跟几大贩毒组织合作打开了毒品的新纪元，而这些贩毒组织就是从洛芮最初与阿米祖加两兄弟建立的生意联系的一部分发展起来的。这位奥塔姆瓦的十年级辍学生，再次成为一股席卷全国的潮流的引领者。等到二〇〇一年时，已是万事俱备。最新一代冰毒的流行就此全面展开。

美国缉毒署把美国分成七个片区。每个片区的行动，都在一位主管特工的统筹协调下进行，这位主管在缉毒署的工作经验需要广泛覆盖从美国境内的外勤任务到赴国外执行作战行动；所有片区的工作都是秘密开展。这些主管特工都是非常宝贵的人才，对美国乃至世界范围内的近代缉毒史一清二楚——比如，造成洛芮的斯塔克道尔组织跟几大贩毒组织联手的大环境。二〇〇六年的时候，有一点我一直没搞明白，就是这些贩毒组织究竟是怎么这么快就变得这么强大的。虽然，发现工业化生产的冰毒的市场是整个过程的一个重要部分，但仅凭这一点还是无法说明阿米祖加兄弟在一九九六年被捕前建立起的业务是如何演变成这五个大型贩毒组织的。两位缉毒署前主管特工告诉我，具有讽刺意味的是，正是因为对位于卡利和麦德林的几个哥伦比亚可卡因卡特尔的冲击，为这五大墨西哥贩毒组织的形成提供了最终也是决胜的条件。

一九八七年，美国缉毒署在中美洲和南美洲开展了一个代号为"白头蜂鸟"（snowcap）的多国控制可卡因行动。该行动的方案分两个方面：一是没收大量可卡因，二是堵截经过危地马拉的哥伦比亚毒品分销路线。从几乎所有方面来看，"白头蜂鸟"行动——加上对经由所谓"加勒比走廊"向迈阿密入境口岸供应毒品的分销路线所采取的行动——都大获全胜，导致进入美国的哥伦比亚可卡因数量急剧下降。但"白头蜂鸟"行动也造成了一个没有预见到的后果：哥伦比亚卡特尔的可卡因分销路线，被当时还是小打小闹的墨西哥毒贩重新启用了。

早在二十世纪八十年代，危地马拉就有"蹦床"之称。从哥伦比亚来的载有可卡因的飞机会在那里停留，加满油后，"弹"回得克萨斯州、亚利桑那州和加州。从这个角度讲，危地马拉所扮演的角色跟多米尼加共和国、牙买加和巴哈马这些通过加勒比海运送可卡因的国家并无不同。当"白头蜂鸟"行动限制了卡利和麦德林的卡特尔集团向美国输送毒品的两个主要路径之后，哥伦比亚人立马转向墨西哥贩毒集团，后者掌握着长达两千五百英里基本上不设防的美国边境的出入权。哥伦比亚的可卡因和海洛因帝国，多年以来一直依赖与危地马拉和巴哈马的合作，现如今靠上了墨西哥。托尼·洛亚此前是在危地马拉城负责"白头蜂鸟"行动的主管特工，据他说："到头来问题不在于两个恶魔中较小的那个，而是更大的那个。我们在麦德林和卡利的行动取得的成功，让墨西哥人的生意红火了起来，当时墨西哥人在南加州的冰毒交易正在发展，他们已经赚得盆满钵满了。"

从本质上讲，这些墨西哥贩毒组织设立在美墨边境沿线——包括蒂华纳、华雷斯、诺加利斯、新拉雷多和马塔莫罗斯，这当中的每个地方都变成了五大贩毒组织的运营基地——通过控制运进美国境内的可卡因的数量，能够极大地影响可卡因的售价。美国缉毒署的"白头蜂鸟"行动的成功，其实赋予了这些墨西哥贩毒组织收取通往全世界最具价值的毒品市场过路费的权利，与此同时，这些组织还在冰毒交易中建立起了一个既独立又相关的业务。不过，这些组织接下来的动作产生的影响更为广泛。五大贩毒组织允许哥伦比亚人将他们的可卡因运入美国市场，但要求以产品而非现金来支付酬劳。每通过他们的边境线一公斤可卡因，墨西哥人就要求一公斤的回报。

一位被派到位于墨西哥城的美国大使馆工作，同时也参与了"白头蜂鸟"行动的美国官员对于这波操作所造成的后果是这样解释的："通过控制可卡因进入美国的所有入境点，墨西哥人控制了可卡因的价格。哥伦比亚人还能有什么别的方式把他们的产品送到客户那里呢？只能依靠这五大贩毒组织。以可卡因作为支付方式，然后自己来卖，这些贩毒组织靠这个一夜之间就创造了百分之五十的市场占有率。如果你控制了价格，还有一半的零售和分销渠道，这门生意基本上就是你的囊中之物了。"

从哥伦比亚卡特尔到墨西哥毒贩之间的权力交接导致了两个主要后果。首先，这些墨西哥贩毒组织富到足以购买大量的前体用来制作冰毒。其次，美国缉毒署没能适应新的模式。麦德林卡特尔和卡利卡特尔依赖于巴哈马人、多米尼加人和美国人来批发和零售他们的可卡因。按照墨西哥城的美国大使馆官员的说法，那些生意高度集中。他们的行动是可预测的，而且决策都来自大头目——最出名的要数大毒枭巴勃罗·埃斯科瓦尔。这位官员说，相比之下，墨西哥贩毒组织则权力分散且变化多端。他们只用墨西哥同胞来批发和零售他们的产品，这让美国缉毒署更难以渗透到这些组织。因为单独行动的分销商有着更多的决定权，整个组织的行动就变得更难以预测。

从一方面来看，正如二〇〇一年泰森公司案的辩护律师所成功描述的那样，贩毒组织是移民劳动力的一种表现——几乎看不见，又难觅其踪。洛芮·阿诺德嘴里所说的很多在艾克赛工厂打工的非法移民的现实生活——使用假身份、在各个小镇和肉类包装厂之间打游击——听上去非常像我在一九九九年跑遍全国试图追踪冰毒的踪迹一样：明明就在那里，但又像雾里看花一样总看不真切。

根据皮尤拉美裔中心（Pew Hispanic Center）在二〇〇五年发布的一份报告，美国境内有一千两百万的非法移民。该报告还发现，除了每年新增非法移民八十五万人，美国所有的农业工作中有百分之二十五都是非法移民完成的。农业、肉类包装和非法移民之间的关联不言而喻。正如密苏里大学社会学家威廉·赫弗南所说的，"打击非法移民就会损害（食品生产）体系"。事实上，墨西哥贩毒组织雇用的非法移民在全美的非法移民中仅占很小的比例。而讽刺的是，在合法移民不断扩大且人数占绝对优势的情况下，这么一小部分人反而让警察更难管理。

但在冰毒、移民和食品行业之间还存在着更微妙的联系。有一种自负的观点认为，毒品就像病毒一样攻击那些体弱的宿主。换言之，毒品和贫困——连同克雷·豪贝格所描述的丧失希望和住所——是会互相强化的。

想想艾奥瓦州的奥尔温小镇的过去，就是二十世纪八十年代和九十年代食品生产链上的每个环节几乎都被大规模整合之前的日子。像詹姆斯·莱恩和唐娜·莱恩这样的玉米种植者，会从当地的种子公司购买种子。等到玉米收获了，就会倒进当地带有升运设备的谷仓。之后再被运到位于内布拉斯加州、怀俄明州、佛罗里达州或亚利桑那州的某个小农场去喂牛；或者运去密苏里州北部的乳品场，印第安纳州的某个养鸡场，或者堪萨斯州的养猪场。各种情况都有可能，总之整个市场充满了活力。和那些养着猪、牛、鸡的农场一样，运载粮食的驳船、卡车或火车也极有可能是独立经营。在每一个环节上，随着多个潜在客户之间竞争产品，价格就会在市场环境中保持"真实"或者说公平，这样一来价格也就不得不"出现"了。

最后，用奥尔温产的玉米喂养的母猪，以猪肘子的形式返回奥尔温，由像罗兰德·贾维斯那样的艾奥瓦州火腿厂的工人进行切分、包装，然后运出去。从那里又进入一个同样复杂而多面的全新市场，经过分销后，再进入零售渠道，有可能就到了曾经属于利奥家的杂货店（如今那里属于独立零售商联盟①旗下）。詹姆斯和唐娜·莱恩夫妻俩应该是这个充满活力的系统中必不可少的组成部分，在这个系统中，每个阶段的变动成本都会对农村社区所谓的"社会资本"有所贡献。套用血液循环的术语，即使在毛细血管中也有血液流淌。

一九八七年，艾奥瓦牛肉制品公司首开先河，收购了荷美尔公司在奥塔姆瓦的工厂——之后吉列公司收购了艾奥瓦州火腿厂——美国食品行业的大部分企业开始被少数几家公司所控制。时至今日，一些像赫弗南这样的社会学家认为，对市场至关重要的活力早已消失殆尽，因为再也没有了具有多面性的环境。不再有价格发现；价值链也被少数几个实体所控制。种子不拿来卖了；而是由孟山都这样的公司通过生物基因工程技术开发制造，孟山都还于一九九八年与嘉吉公司成立了合资公司。

---

① Independent Grocer Alliance，是一个成立于一九二六年的以特许经营方式运营的超市品牌，集团总部位于芝加哥奥黑尔。——译者

嘉吉公司并不是农民，却拥有地里种植的玉米，因为以往为自己的作物挑选买家的农民，已经跟嘉吉公司签订了独家销售合同。在伊利诺伊州和俄亥俄州的河谷，当地配备升运设备的谷仓和其它农作物的储存设施中，有一半都归嘉吉公司所有。嘉吉公司拥有牛肉包装行业百分之八十三点五的市场份额，剩下的比例则由泰森公司、斯威夫特公司以及国家牛肉包装公司瓜分。嘉吉、荷美尔、康尼格拉以及卡莱罗纳火鸡公司这几家拥有火鸡生产和包装行业的百分之五十一的市场份额。嘉吉公司是面粉加工业的龙头老大；其生产的乙醇和动物饲料在业内排第二，年产量达九百万吨；大豆粉碎方面则居业内第三。从宾夕法尼亚州到艾奥瓦州，只要你是种植玉米的农民，无论你身处何地，你都很有可能通过其中某种方式为嘉吉公司工作。在艾奥瓦州费耶特县似乎看不到嘉吉公司的身影，但即使在这样的地方，家庭农场也必须达到巨大的发展规模才能参与竞争。这就把几乎所有的人都挤出局了，剩下的只有像莱恩一家那样积极乐观的人，即使贫穷也坚持到底，绝不放弃自己的生活方式。

道格拉斯·康斯坦斯引用卡尔·马克思批判亚当·斯密提出的政治经济学的那一套理论来描述美国农村正在发生的变化。康斯坦斯说，当众多买家和卖家同时并存时，就会有一套相当完美的竞争体系而无需政府的干预。从理论上讲，斯密的"看不见的资本主义的手"会影响到每一个层面，从而产生最大的经济流量。康斯坦斯说，然而事实却是，马克思的那套完全相反的理论在现实中反而被证实更富有洞察力。背负着"不发展就毁灭"的使命，企业一直被鼓励进行你死我活的竞争，直到众多买家和众多卖家共存的局面终结，取而代之的是众多买家面对数量日益减少的卖家这样的新格局。资本流动就此中断。康斯坦斯说，一旦竞争消失殆尽，最终生存下来的公司比如嘉吉，就会发挥它们强大的游说能力开始对政治决定施加影响。政府不会在不受任何阻碍的情况下开展治理工作；而是会如马克思所预言的那样，和各大公司唇齿相依。不到一百年前，西奥多·罗斯福因为提出要跟过于强大的信托机构"分道扬镳"而名声大噪。而那些"信托机构"大部分都是二十世纪初的肉类加工企业，这并非巧合。

就其对政府决策过程的影响力而言，美国的食品及医药行业跟五大墨西哥贩毒组织并无二致。不管是"指定用途的拨款"（earmarks），还是"政府在资助地方产品或工程项目上的开销"（pork barrel spending）①，这两个被约翰·麦凯恩和巴拉克·奥巴马在二〇〇八年总统大选前夕经常挂在嘴上的流行语，其实跟罗斯福时代所说的"信托机构"一样，暗示了联邦政府与来自食品业、石油业以及国防工业的大公司之间关系之深之不健康。

一位在墨西哥待了八年的美国缉毒署前官员告诉我，这些贩毒组织因为其财富实力、暴力倾向以及直接或间接雇用的人员的绝对数量，所以比该国任何一家合法企业都具有更强的游说能力。所幸的是，墨西哥城试图遏制毒品交易而引发的难以控制的暴力，使得人们不再比较毒贩跟食品行业在影响政府决策方面的能力。不幸的是，美国的移民政策在为食品行业提供理想的廉价劳动力的同时，也让这些贩毒组织的经营得以持续。换言之，这些贩毒组织对美国政府并没有直接的影响力。并没有专项拨款给到阿雷拉诺·菲利克斯贩毒组织或海湾卡特尔，但是通过直接对墨西哥政府施加影响，它们连同另外三个贩毒组织，实际上已经在美国政治中扮演了一定的角色，因为它们的利益诉求与嘉吉、阿彻丹尼斯米德兰这些公司完全一致。同样，贩毒组织的利益因为不受限制的自由贸易而受惠，至少在《北美自由贸易协定》签订之后，自由贸易已经成为两国政府共同关注的重点。当初乔治·W. 布什和墨西哥时任总

---

① pork barrel 是美国大选之年新闻里常用的习惯用语。直译就是装猪肉的木桶，百年来被用作俚语，被批评人士指称依靠公款发展的项目，既浪费钱又没必要，却是政客得心应手的政治手腕，立法人员互相行方便，今日投桃明日报李。——译者

统文森特·福克斯一起亮相，共同呼吁建立一个更加开放的边界时，他对墨西哥裔美国人的吸引力成为他在二〇〇〇年首次当选的一个关键因素。从蒂华纳到马塔莫罗斯，五大贩毒之都的街头肯定有人因此而欢呼雀跃。

到二〇〇六年时，有一点非常清楚，那就是《打击甲基苯丙胺泛滥法案》需要两个要素才能发挥作用。首先，墨西哥政府必须加大进口散装伪麻黄碱的难度来打击五大贩毒组织。其次，美国政府必须限制大型农业公司雇用非法移民，同时强制大型医药公司使用伪麻黄碱之外的原料制造感冒药，以此对两者进行反击。

有意思的是，在二〇〇五年和二〇〇六年站在席卷整个美国政府的移民政策争论中心的那个人，恰巧就是单枪匹马推动《打击甲基苯丙胺泛滥法案》的那位国会议员：来自印第安纳州的共和党众议员马克·索德尔。与此同时，索德尔也正在参与冰毒立法的相关工作，并直言不讳地支持布什总统所提出的通过对包括眼睛扫描和无人机等技术战略进行大量投资来解决"边境问题"的计划。在索德尔的政治主张中，差不多可以一清二楚地看到冰毒流行所具有的几乎所有的讽刺且复杂的情况。

在二〇〇五年十月，我前往华盛顿特区拜访了索德尔议员。索德尔的选区包括韦恩堡在内，那里位于印第安纳州的东北部，也是泰森公司经营的几家养鸡场的所在地。该地区与奥塔姆瓦和奥尔温一带的情况非常相似：以农业为主，只有一种主要的就业类型，以及不少自二十世纪八十年代中期以来经济上一直在苦苦挣扎的小地方。正如索德尔所说，人们对印第安纳州第三国会选区的认知也是"基于冰毒的问题"。

当时正值《打击甲基苯丙胺泛滥法案》正式通过的前一年，索德尔担任分管刑事司法、毒品政策和人力资源的国会小组委员会主席，同时也是国土安全委员会的成员。因此，他所关注的主要有三个方面：冰毒、移民和恐怖主义。关于移民政策的辩论，在共和党内已经达到白热化的状态，甚至布什总统都着手拟定了一项政策，并准备在他二〇〇六年一月发表的国情咨文中正式提出。布什建议通过技术应用和国民警卫队——同时结合修建围栏——来确保墨西哥和美国之间基本无人居住的无形"边境线"的安全。跟两党的很多议员一样，索德尔坚持认为总统的主张是正确的：技术能够阻止非法移民进入这个国家。

索德尔认为，美国对非法劳工的依赖是理所当然的事——也就是说，大公司的支出必须尽可能地少，才能适应全球化的经济发展。同时，索德尔也非常担心共和党会因为移民问题这个争议性的分歧而内部分裂。我在他办公室的那天，索德尔是这样来形容共和党日益增大的分歧的：在一些共和党人看来，移民不好但也是必需的，而另一些人的观点，用索德尔的话说，就是"我们不要他们在这里"。站在第一阵营里的包括肉类加工厂在内的企业。站在另一边的则是索德尔口中的那些认为墨西哥的非法移民和其他移民抢走了美国人饭碗的人。索德尔说："这些人并不一定是种族主义者，但就是不希望身边有移民。"

要想问出索德尔个人对于移民问题持有怎样的看法是很难的。他一度说道："我的立场是移民在这个国家干的一直都是最糟糕的工作。"之后，他讲了他那位从德国移民到印第安纳州的名叫艾丽的姑婆的一个故事来阐述他的观点，即两个不同的人在看待同一事物时会有截然不同的认识。但在我的一再追问下，索德尔通过两步来构建他观点的框架，先是指责美国工人不愿意做艰苦的工作——可他并没有提供任何证据来支持这个观点——然后是突出大公司在引入外国劳工方面所具备的实力。他是这么说的："美国人也许会去干那些工作，也许不会，而我们必须让墨西哥人和非墨西哥人来干这些活。无论是这两者中的哪一种人，都没关系，因为如果我们要求公司支付更高的薪资的话，它们就会将公司搬到海外。就那么简单。当这种情况发生的时候，我们不仅会失去六美元时薪的工作，而且还会失去十二美元时薪和二十五万美元年薪的工作。那就是现实。"

当我提出一套老生常谈的解决方案，就是建议对雇用非法移民的公司进行罚款以及对在海外建厂生产的产品大幅增税时，索德尔并未对我的话做出回应。他引用了自己记得的一些统计数据，都是在二〇〇五年全国上下针对移民问题进行辩论时的一些论据：每年穿过墨西哥边境的非法移民有三十万人；在美国至少有一百万的无证移民（皮尤中心的研究则显示这个数据是一千二百万）；身份盗窃相当猖獗；由于给那些无法支付医疗费的人进行医治而不堪重负走向破产的医院。索德尔说，他——连同共和党，而且还得到许多民主党人的支持——正在倡议通过对眼睛扫描和计算机化的指纹图像的大量投资，从而对进入美国的人进行追踪。他说这将确保雇用外来员工的公司能够更好地追踪他们的雇员。他还重申了对红外传感器和无人机的需求——这些是由艾奥瓦州的时任州长、民主党人汤姆·维尔塞克以及密苏里州的共和党参议员吉姆·泰伦提出的，最近我也对这两位进行了采访。

二〇〇五年，我在去了亚利桑那州的诺加利斯之后更加确信：认为绝望到足以冒着生命危险穿越沙漠的非法入境的外国人会在检查站停下来进行眼部扫描的想法，简直是荒谬至极。考虑到检查站之间的距离以及地势的险峻，就不难理解"边境检查站"这个术语是多么自相矛盾。那种认为有人会在这样的环境中一路长途跋涉就为了被检查——或者被围栏所阻挡——的想法毫无道理可言。更何况，我跟移民和海关执法局的特工私下交流后，更加深了对使用无人机向该局特工发送移民的地理坐标的怀疑，因为当时该局的人员配备严重不足。而实际上，在艾奥瓦州花时间跟非法移民打过交道之后让我深信，只要还有地方在招工，人们就一定会穿过边境找上门。这么看来，想要让关于增加边防技术的讨论听上去像那么回事——而且多少还带点愤世嫉俗的意味的话，只有最终去除这个吸引人们穿越沙漠的真正动力才行，那就是奥塔姆瓦的嘉吉-艾克赛工厂一直在源源不断招人。

索德尔议员坦承自己从未去过亚利桑那州的诺加利斯，但他本人确实是美国缉毒署和执法部门的坚定支持者。在我们交谈的那天，他说自己对五大贩毒组织的情况了如指掌。他也一直在看史蒂夫·索在《俄勒冈人报》上连续发表的文章，那些报道暗示了冰毒的兴起跟墨西哥贩毒组织的发展之间的紧密关系。索德尔对史蒂夫大加赞赏，还用他的报道作为支持自己观点的依据，在国会提出必须对冰毒采取措施，甚至突然采取更广泛的党派路线，公开接受了布什总统任命的"缉毒沙皇"约翰·沃尔特斯的任务。从这个角度来看，索德尔跟美国政府的任何成员一样，对冰毒的问题有着相当充分的了解。我想，假如连他都不愿意或者没有能力看到这个问题的复杂程度，那还有谁能做到呢？采访快结束时，我拿着一开始问过的问题又问了一遍，即他在印第安纳州的第三国会选区那样的地方是否看到了在移民政策、小城镇的经济、冰毒问题以及大型农业公司之间存在的任何关系。

索德尔停顿良久，开口说道："我的选民告诉我，印第安纳州北部存在着两个问题：冰毒和移民。至于这两者之间是如何产生关联的，我并不清楚。我只是处理交到我手上的事情。正如我一直在说的那样，我仅仅是一个风向标而已。"

第十章　拉斯-弗洛雷斯

二〇〇六年圣诞节过后不久，奥尔温的主街像是搭建的电影外景，一副小镇昔日的模样。镇长墨菲的改建计划的第二阶段工作已经结束了。这条街的路面在六个月前被挖开，现在看着既整齐又新鲜。焕然一新的人行道路面平整，覆盖白雪后显得相当洁净。街道两边都种上了树苗，虽然冬天里光秃秃的，但它们一定会在春天绽放新生。在树苗的上方，翻新后的街灯裹着红色的天鹅绒丝带，上面还挂着圣诞花环。人行道沿线空置已久的商铺里至少有九家新店开张，包括秋天就已开业的名叫拉斯-弗洛雷斯的这家墨西哥餐厅。

拉斯-弗洛雷斯的北面是电影院，南面则是"必来客栈"，正对面则是冯·塔克的比耶豪斯酒店。一天晚上，我跟拉里·墨菲、内森·莱恩和克雷·豪贝格一起在拉斯-弗洛雷斯吃饭。他们三个人有好几个月没见过面了；大家都过得忙忙碌碌，然后一转眼到了节日季，又开始为准备过节忙开了。作为改头换面后的奥尔温小镇宣告重出江湖的庆祝活动，小镇刚举办的二〇〇六年度圣诞庆典据说也已经顺利落幕。眼下，在艾奥瓦州漫长而寒冷的冬日里，生活再次放慢了脚步。我们聚餐的那天晚上六点，艾奥瓦州立银行的停车场上的大型数字温度计显示气温为七度，但刮着冷风，让人感觉是零下二十四度。

我是和内森一起去的拉斯-弗洛雷斯餐厅。整个下午，我俩都在香蒲林和小溪的谷底打野鸡，这两块地方把镇上一个大家都叫他"胖子"

的农民的土地一分为二。等我俩到餐厅的时候，克雷和墨菲早就在一张卡座上坐下了。在艾奥瓦州北部，冬天把室内温度保持在可以忍受甚至不太舒服的程度，似乎是一个值得骄傲的特点。因此，餐厅里面很冷——不至于冷到能看到自己哈出的气，但足以让墨菲、克雷像其他十几位顾客那样，依然穿着自己的皮大衣，拉链拉到胸口，露出里面厚厚的羊毛衫。

除了偶尔在达乐超市和凯马特超市的货架过道注意到奥尔温镇的墨西哥移民人口不知不觉中在不断增长，拉斯-弗洛雷斯餐厅是唯一一个明显的迹象。根据当地 Re/Max 房产中介的一个专做租赁业务的经纪人的说法，在一些小区，尤其是内森居住的小镇西南角，几栋两居室的小房子里住了三十或四十个墨西哥人。他们中大部分人在位于滑铁卢的约翰·迪尔工厂打工，不过直到二○○六年一月，仍有几十人在奥尔温镇上的泰森肉类包装厂工作，如今这个工厂已经不复存在。自从皮里洛兄弟和利奥一家分别在小镇开了面包房、餐厅后，一个多世纪以来，奥尔温镇上的移民一直以美食作为融入新环境的杠杆。的确，移民带来的美食加上美国人的好奇心是我们文化当中的一种主要社交力量，旧金山的唐人街曾经就是这样，今天美国各地的小城镇也一样，随着墨西哥移民人数的不断增加，人们也越来越爱吃玉米饼（taco）和墨西哥肉菜卷饼（fajiata）了。

拉斯-弗洛雷斯餐厅的菜单上选择很多，仿佛是要想尽办法取悦本地人和墨西哥工人。这里有各种口味正宗的墨西哥菜，包括几道用酸橙汁腌制后以自制酱汁炒制的鱼类菜肴；在得州—墨西哥美食（Tex-Mex）的类别下，菜名都是以 gringo 一词结尾（比如 taco gringo）；还有专门的墨西哥肉菜卷饼区。墨西哥肉菜卷饼区的条目最多，选择也最少，这种广告牌似的菜单设计显然是要大声宣告这样一个事实：用埃德华多的话来说，每做一道蒜香罗非鱼（tilapia al ajillo），他就会卖出一百份"烤鸡肉"(chicken sizzlers)。

墨菲、内森和克雷一致认为奥尔温镇发生的变化是非常好的,至少从餐饮的角度来衡量的话是这么回事。墨菲一边看着酒单上各款不同的玛格丽特鸡尾酒,一边用镇长的口气略带夸张地说:"在本县——甚至整个艾奥瓦州——你哪里还能找到这么一个地方,让你在同一条街上吃遍墨西哥、中国和意大利的美食呢?"

克雷一边抽着万宝路特醇,一边翻看菜单,他的头微微侧着,试图让眼睛跟他那副双焦点眼镜的老花镜片连成一线。他的眼睛从镜框上方看过来,说道:"嗯,老墨,你听说过得梅因吗? 如果我没搞错的话,它不也在艾奥瓦州吗?"

"这里甚至还有希腊菜呢。"墨菲说道,又强调了一下自己的观点。他说的希腊菜就是往北一个街口的"两兄弟希腊菜馆",餐厅窗户的霓虹招牌上打出了牛排和披萨的广告。可翻遍菜单也找不到希腊酸奶黄瓜、红鱼子泥沙拉,甚至连一个希腊卷饼的影子都没有。

"打什么时候开始,索尔兹伯里牛肉饼①算作希腊菜了?"内森说道。

尽管他脸上的笑容颇有些讥讽的意思,但墨菲并没有太在意。"对我而言,这个小镇上的种族多元化已经到了令人难以置信的程度了。"

"书记员,"内森冲着我说,"我猜墨菲希望你把这句话记下来。"

能在奥尔温保留下来的东西并不是想当然的;在一种以季节变化为基础的农业文化中,历史在某种程度上就是那些必须紧抓不放的东西。然而,那天晚上聚在拉斯-弗洛雷斯的爱尔兰人、德国人和挪威人,却真心实意地庆祝着墨西哥人涌进他们的城镇。也正因如此,拉斯-弗洛雷斯开在奥尔温镇上历史最悠久、最漂亮的建筑之一的底层,似乎再恰

---

① Salisbury steak, 是以切碎的牛肉(有时候则是猪肉或者是两者混合使用)制成,通常会以油煎或者烧烤的方式烹制,搭配牛排酱或者肉汁作为酱汁。——译者

当不过了。这栋楼有四层高、手工铺设的石头外墙和拱形入口，也是整条街所有楼里最有意思的一栋，加上沿街墙面上几近黑色的窗户，给这个地方增添了时尚而现代的美感。餐厅本身面积为一千六百平方英尺，足以容纳十四张桌子和九个卡座。吸烟区貌似会随着客户的变化而伸缩。从踢脚线到壁灯之间的内墙是仿砖设计，再往上则是刷了浅黄色的混凝土墙面。并没有什么特别的规律，但墙上每隔几英尺就会挂上某种手工制作的纪念品———一件花哨的雨披，一顶大到夸张的阔檐帽，一张照片，上面是一个光着脚的农民在一头小毛驴旁边弹吉他。这样装饰略有做作，但并没有破坏这里的真实性。相反的是，那些让拉斯-弗洛雷斯——在这样一座有年头的美国小镇上的有年头的建筑里——开了这么长时间的东西，某种程度上反而证明了它的新颖。

我听人们说，墨西哥移民吃苦耐劳的刻板形象在奥尔温被视为最高形式的赞美。他们有着棕色的肌肤，说话语速飞快，就跟二十世纪初刚来的意大利人一样，对镇上说起话来总是慢条斯理的人们而言，需要花点时间才能习惯。可以肯定的是，人们对他们是尊重的，但这种尊重也有一定的限度。正如房地产经纪人告诉我的那样，"没有多少房东排起队来等着把房子租给墨西哥人"。认为这些新移民抢走了当地人饭碗的想法还有待商榷，而且似乎还没有——反正在我看来——像各地报纸有时候描写的那样，到了一触即发的地步。另一方面，克雷说，移民缺乏医疗保险这一事实对已经不堪重负的当地医院而言也的确难以承受。然后，还有毒品问题，尤其是冰毒。杰里米·洛根说自《打击甲基苯丙胺泛滥法案》生效以来，墨西哥毒贩们就愈发忙碌了。

尽管如此，不仅没有人对此展开追捕行动，而且知道了也不点破。围坐在这张桌子边上的每一个人——医生、镇长、检察官——都知道拉斯-弗洛雷斯餐厅的老板埃德华多极有可能就是一个非法移民，但他们都觉得没有查明事实的必要。正如内森说的那样，你不必深挖任何人在这些地方的历史，包括他自己在内的历史，就能在其他时间找到类似的故事。他本能地抓到了索德尔议员没能捕捉到的一点，那就是如果你鼓励人们到你的国家来，那么他们真的来了你就不能提出反对。作为检察官，内森根本不会去问人们的身份。这样一来，他就不用强迫有些人"从那扇门走出去"，套用他的话说，"那扇门是永远敞开的"。

拉斯-弗洛雷斯吸引人的地方之一，是从一个透明的塑料机器中倒出来的六十四盎司玛格丽特鸡尾酒，那个塑料机器中有三个装了大型机械刮刀的桶，分别搅拌着红色、绿色和黄色的雪泥。墨菲点了不加盐的草莓味玛格丽特，内森则要了一杯盐加量的普通玛格丽特。趁着他们点酒的时候，克雷点上了一支烟。他面前放着一瓶二十四盎司的健怡可乐，倒在一个放了碎冰块的棕色塑料杯子里。克雷已经滴酒不沾五个月了，而且还在继续——他车上装的那个检测酒精的联锁装置也早就被拆除了。

作为慈心医院的医务主任，克雷也在医院遇到了些烦心事。点完了玉米饼和莎莎酱、酥炸墨西哥卷（chimichangas）和墨西哥肉菜卷饼后，克雷引用自己最近非常崇拜的艾弗拉姆·诺姆·乔姆斯基的那些反企业理论，开始抱怨起医院的所有者——惠顿方济会医疗集团，墨菲和内森则在一旁洗耳恭听。克雷是一个虔诚的卫理公会教徒，但他不参加教会，只以自己独特的方式敬仰上帝，对教堂——特别是天主教会——更是心存怀疑。用他的话来说，惠顿方济会医疗集团从技术上讲是教会的一个非营利组织，他们已经"把对人类生活的不尊重系统化"到了一个克雷不是主动辞职就是被炒鱿鱼的地步。让他大为恼火的是，医院设备不到位的原因竟是为了节约成本，病人的检测化验内容通过电脑发到澳大利亚和印度，由那里的医生读取并进行分析后，再通过电子邮件把诊断结果发回来。

"我的意思是这他妈算什么？"克雷说道。"不可以这样，对不对？

要不然说我不相信某个身在孟买的人来看我这边乳房的 X 光检查报告？我不是说他们没有当医生的天分，"他继续说道，"而是因为他们并不在这里。医生的职责还包括让你的同事对他们的工作负责。如果在印度的某个人误读了我病人的活体组织化验，而我的病人最终死于癌症，那么当我在民事听证会上被吊销行医执照，还被告得倾家荡产时，你认为那个印度人也会丢掉饭碗吗？"

克雷两眼盯着内森，内森则目光呆滞地望着他。当周围的事情——比如克雷的脾气——变得高涨起来的时候，内森的心跳似乎明显慢了下来。

"这不可能啊。"克雷自顾自地答道。

"对。"内森说道。

墨菲则激动地说："这绝对想不到啊。"

正如克雷所看到的那样，医院和保险系统缺乏严格的监督。比如，惠顿方济会医疗集团近期开始派遣医生（大部分来自印度）到美国农村医疗服务欠缺的地区。就像在屠宰场工作的墨西哥人那样，这些印度医生的工资要比美国医生低。克雷说，问题在于很少有轮岗的外国医生会做满整整两年的时间，因为印度的文化环境和奥尔温这个地方格格不入。克雷说，这些医生缩短轮岗时间会导致医疗质量的下降，而且造成员工的不稳定。过去十八个月的时间里，慈心医院已经有三位医生提前结束工作离开，让急诊室完全陷入混乱。雪上加霜的是，保险公司以医务人员高流动性为借口提高了医院保险费的标准。克雷说，在奥尔温行医变得日益困难，而且医生的士气也日渐低落。

墨菲深表同情地点点头。他说："保险公司都是些垄断企业。你能做什么呢？"

克雷正考虑辞职。用他的话来说，他计划做些"兼职"，在郊区的一些急诊室做小时工。

"我只有在那种地方才能发挥作用，"克雷说，"我是说，谁会比一位星期二下午两点到急症室的没有保险的老太太更需要你呢？"

"那是什么让你还没采取行动呢？"内森问道。

"我父亲，"克雷回答，"这家医院——我父亲在这里行医达半个世纪。我们的诊所就是我们的家。整个小镇差不多就是我们的诊所。我不知怎样才能抛开这些一走了之。"

"这就是问题所在。"内森说。

"没错，"墨菲附和道，"的确就是这样。"

尽管如此，那年十二月还是有不少让这帮男人感到高兴的事。克雷有两个女儿，其中一个跟她丈夫住在加州萨克拉门托，他们的第一个孩子刚刚降生。内森赢了对托尼·巴雷特和佐尼·巴雷特这对双胞胎兄弟的定罪，因为在二〇〇五年杀害玛丽·费雷尔，前者被判一级谋杀罪，后者被判同谋罪。老墨的改建举措在小镇周围获得了不错的反馈。新建的图书馆大获成功，这里的常客很喜欢那二十四台能享受免费高速上网服务的电脑。奥尔温高中非但没有破产，而且还在二〇〇六年实现了过去十年以来学生人数的首次增长——多了三名学生。尽管呼叫中心的谈判陷入僵局，但墨菲和市议会已经说服了艾奥瓦州东北社区大学在工业园区建立一个校区。区域数学与科学学院也打算搬过来，就建在社区大学的西边。墨菲和市议会决定在剩下的那块地上建一个技术中心，以吸引更多的企业入驻，尤为有利的是这里如今建有一个全新的污水处理系统。而艾奥瓦州的第二大乙醇工厂最近也终于在小镇西边七英里的地方落成；这让当地的铁路交通有所恢复，奥尔温的好几家企业也因此大幅节省了运输成本。多亏有了这家工厂，每蒲式耳玉米的价格已经上涨了五美分。大家都希望一切会变得越来越好。

若以被拆除的毒品实验室的数量来衡量的话，或许最令人鼓舞的标准是甲基苯丙胺在奥尔温一带几乎不再是一个问题。事实上，差不多从主街翻建启动的那一周开始到现在的近六个月里，警察局连一个报告制毒实验室的电话都没接到过。而且，奥尔温镇周围的感觉真的跟我第一次来的时候很不一样。二〇〇五年六月，我们深夜开车的时候，汽车前灯经常可以照到骑着自行车在小镇外四处乱逛的制毒者，他们的车上绑着单批次的瓶子装置。仅仅一年半之后，这里的街上就不再危险了，或者说，如果你在一个错误的地方、错误的时间发生汽车爆胎的话，不会有一种不知道接下来会发生什么事的不确定感。也没有房子会在大白天里爆炸，没有人打电话给警察报告邻居车库飘出强烈的乙醚气味。甚至连必来客栈也让人隐约感到（虽然令人有点遗憾）安全。

事实上，到二〇〇六年圣诞节的时候，奥尔温已经代表了全国数千个小城镇的希望，这些城镇已经见证了被捣毁的制毒实验室的数量下降。《打击甲基苯丙胺泛滥法案》已经生效六个月了，全国性报纸基本上已经不再有毒品流行的报道了；美国的农村地区也不再像二〇〇四年以来那样被描绘成笼罩在阴郁的林奇主义①之光下的画面。而这一切的确都值得坐在拉斯-弗洛雷斯餐厅的卡座上，望着窗外飘落的雪花，好好庆祝一番。

《打击甲基苯丙胺泛滥法案》的基本功能是：限制消费者在美国所能购买的感冒药数量；对未能阻止伪麻黄碱和麻黄碱进入非法市场的国家，允许美国国务院撤销对其进行的援助；对美国制药公司所能进口的伪麻黄碱和麻黄碱的数量实行配额制。从某种程度上讲，《打击甲基苯丙胺泛滥法案》实现了早就从美国缉毒署退休的吉恩·海斯利普近二十五年来一直认为的与冰毒斗争的最重要方面：对前体的进口和出口进行监控。

---

① Lynchian，美国导演大卫·林奇的电影作品风格诡异，多带有迷幻色彩，如《蓝丝绒》《橡皮头》，其风格被影评家称为"林奇主义"。——译者

《打击甲基苯丙胺泛滥法案》规定的配额引发了经济事件的连锁反应，恐怕连海斯利普做梦都无法想象。出于对伪麻黄碱管控的担心，全球最大的感冒药生产商、同时也是"速达菲"的制造商辉瑞公司，开始用一种叫做苯肾上腺素的化学品来制造其百分之五十的感冒药。美国食品药品监督管理局于一九七六年批准的苯肾上腺素，是无法被制成甲基苯丙胺的。辉瑞公司的这一调整导致全球九家伪麻黄碱供应商减产，从而减少了毒贩可用来制造冰毒的伪麻黄碱的数量。根据史蒂夫·索为《俄勒冈人报》撰写的最后一批有关冰毒的文章中的一篇，二〇〇六年，美国制药公司的伪麻黄碱进口量减少了三分之二以上，从上一年的一千一百三十吨减少到了这一年的二百七十五吨。美国国务院说服了墨西哥政府将伪麻黄碱的进口量减半，并将中间商排除在进口过程之外，这导致二〇〇四年至二〇〇六年间，北美的冰毒主要前体的进口总量下降了百分之七十五。史蒂夫·索的报道指出，根据美国缉毒署的统计数据，冰毒的平均纯度从前一年的百分之七十七下降到百分之五十一。他写道，质量下降是一个确知的迹象，表明生产出来的冰毒要少得多。不仅奥尔温的夫妻老婆店小作坊的冰毒产量下降了，全国各地都是如此。

还是在二〇〇六年，"缉毒沙皇"约翰·沃尔特斯公布了一项扩大毒品法庭的计划，其中，吸毒者将被司法程序监督十八个月，并获准从事工作。（作为毒品法庭计划的长期支持者，内森·莱恩说毒品法庭计划的存在本身承认了对待吸毒成瘾者的标准程序——把他们关进监狱一小段时间，提供很少甚至根本没有任何咨询——不但没有发挥作用，而且还导致了高累犯率。）沃尔特斯拨款在全国各地做了反冰毒的电视广告，它们在许多州都显示出了巨大的希望，特别是蒙大拿州，当地居民在二〇〇五年自掏腰包资助反毒品活动。沃尔特斯还承诺由美国缉毒署对高级别的贩毒活动直接提起诉讼。他正在努力——如今国会也开始对冰毒采取措施——赶上这一趋势的事实，其本身就是一个让人对举国上下正在发生的事情感到高兴的原因。而放眼世界范围：联合国麻醉药品委员会提议对国家和伪麻黄碱制造商之间进行经纪交易；总部设在维也纳的国际麻醉品管制局则计划从二〇〇七年开始叫停非法获得的前体的运输。

两份报告似乎证实了冰毒的撤退，这使得所有的好消息都受到了进一步的鼓舞。国家药物滥用研究所（National Institute of Drug Abuse）每四年发布一份报告，名为《全国药物使用与健康调查》（*National Survey on Drug Use and Health*）。国家药物滥用研究所是美国卫生与公共服务部旗下的国立卫生研究院的一个部门，也是国家药物管制政策办公室（Office of National Drug Control Policy）的实际研究机构，这个办公室由总统的"缉毒沙皇"直接领导。因此，国家药物滥用研究所隐含在其研究中的建议，跟美国其他政府机构的报告相比，对毒品立法政策更具指导性。国家药物滥用研究所的报告发表在二〇〇六年奥尔温的圣诞节庆典来临之前，称二〇〇二年至二〇〇六年间，整个美国的冰毒使用量稳中有降。美国第二份最具影响力的毒品调查报告是由密歇根大学资助的，名为《监测未来》（*Monitoring the Future*），其中有一些更令人鼓舞的东西：一九九九年至二〇〇五年间，高中生吸食冰毒的比例急剧下降。约翰·沃尔特斯二〇〇六年八月在接受《俄勒冈人报》采访时指出，这些研究结果实时地反映了政府政策变化所带来的效果，美国正在"赢得"打击冰毒的战争的胜利。

更让人意外的是，沃尔特斯还暗示了一件迄今为止让人难以想象的事：冰毒流行全面结束了。他在接受史蒂夫·索的采访时说："冰毒在这个国家的某些地区是一种流行病吗？没错……那么这是最严重的毒品问题吗？是不是到处都在流行呢？答案是，否。"

但有些问题必须在那个十二月的夜晚、在拉斯-弗洛雷斯搞明白，如果一切看起来都如此大有起色，那么为什么内森·莱恩接手的冰毒案子数量并没有下降呢？为什么克雷·豪贝格那里的病人因为冰毒造成病痛的埋怨并没有减少呢？要回答这些问题就必须理解什么才是真正的药物流行，以及《全国药物使用与健康调查》这类报告是怎么形成的。但最重要的方面是理解为什么奥尔温的冰毒问题会像克雷那晚说的那样，变得似乎"不见踪影"了，这其实是麻醉品市场近来的一个转变。就像从吉恩·海斯利普那个年代起到现在的二十年里发生的事情一样，冰毒并没有远遁或被根除，而是基因重组了。

如果去问任何一个药物流行病学家"什么是药物流行"，答案很有可能是"我不知道"。药物流行病学家无法解释自己的专业名称的具体定义，这似乎有违常理，但考虑到病毒流行病学相关领域的难度，这似乎也情有可原。假如你向医生询问这些基本问题：什么是流感？它究竟是从哪里来的？到底会对人有什么影响？怎么会产生那样的影响？我该采取什么措施？这种措施的结果会如何？而你的医生所能做的最好的事情，就是给出一点点对流感已知的确凿无疑的信息；把它和常识、奇闻逸事、理论结合起来；同时推荐一个不保证一定成功的解决方案。而药物流行病学跟这个并无区别；也是绝对不可量化的一个概念。

让我们再来回顾一下斯克里普斯研究所的神经药理学家乔治·科布的观点。作为药物成瘾方面的专家，他所提出的"冰毒是地球上最糟糕的毒品"的观点只有一部分能得到证实。人们可以科学地测量出，像吸烟一样使用毒品——而不是通过进食、鼻吸、注射或者置入肛门①——是能最快传递到大脑的方式。人们进一步推测，药物的释放速度会影响药物的成瘾性，尽管这一点尚未经过证实。因此，鉴于冰毒可以被吸入，它（像尼古丁，但不同于酒精）进入"最容易成瘾"之列。在阐明

① 因为直肠里面的黏膜更容易穿过，吸收也更快，更过瘾。——译者

这一点之后，科布的陈述变成了直觉和常识的混合体。科布关于冰毒的"独特危险性"的大部分证据都源于他对药物的社会身份的理论。在科布看来，冰毒的危险之处很大程度上在于它对美国社会所珍视的社会文化和社会经济概念的长期有效性，这些概念中很多都源于通过努力工作来追求财富。

现在拿全国性的毒品研究来说，虽然这个词意味着技术上的精确性，但是要知道有多少人对毒品——包括冰毒——上瘾，是根本不可能的。同样不可能的是有多少人正在吸毒，包括成瘾地、有规律地、偶发地或异常地。更进一步讲，并没有设置吸毒者的人数或百分比来表示一种冰毒"流行"。正是由于缺乏一个可量化的基础，使得任何诚实的药物流行病学家无法界定一种药物的流行。说哪个地方有冰毒流行就跟说哪个地方冰毒流行结束了一样，都是无从证实的。作为对史蒂夫·索的报道以及《新闻周刊》和《前线》（Frontline）上面的报道的回应，一些报纸专栏作家开始以这种怪异的方式在二〇〇六年年中宣称从未出现过冰毒流行（称那是一个发明、一个神话），这在一定程度上是正确的。

问题在于，我们还是不可避免地利用测试作为手段去理解药物的使用情况，尽管对于通过测试来导出真相心存怀疑。而如果确认的手段容易被质疑，你就无法辨别一些事情的真假。我们可以来看一下《全国药物使用与健康调查》是如何每四年给出一次美国的冰毒成瘾者的人数的。首先，调查人员要求雇主向他们的雇员发放有关药物使用的调查问卷。该调查会询问这些雇员一生当中、去年以及/或者过去六个月内是否使用过安非他命（而不是特别指出甲基苯丙胺）。第一，吸毒成瘾者似乎不太可能去做这种非强制性的调查问卷；就算他们做了，也不太可能如实作答；甚至，他们根本就不太可能去上班——反而更有可能在家制毒。进一步地讲，既然甲基苯丙胺只是安非他命大家族这么多的兴奋剂中的一个而已，那么，针对一种安非他命的问题的肯定回答不能拿来套在另一种安非他命的问题上。然而，从调查的角度出发，凡是回答在过去六个月里使用过任何一种形式的安非他命的人都被认为是"安非他命成瘾"，而且他们当中一定比例的人被视为冰毒成瘾者，至于这个比例是怎么得来的却无从得知。正是依据这样一套体系，国家药物滥用研究所宣称冰毒在二〇〇六年消亡，与此同时，约翰·沃尔特斯已在为此庆祝了。

但在科布博士看来，毒品能被买到才是它的厉害所在。无论奥尔温的警察是否在捣毁制毒实验室，有一点很明确，那就是小镇一带依然有大量的冰毒，因为内森发现自己接手的案子数量并没有减少。突击搜查制毒实验室去除了毒品的最显而易见的元素：气味难闻的房子、火灾、病恹恹的孩子。但事实证明，拆除制毒实验室跟消灭毒品或者由毒品造成的那些问题完全是两码事。如今冰毒是从哪里来的，又是怎么进入奥尔温的；为什么《打击甲基苯丙胺泛滥法案》无法阻止它——这些都是必须回答的新问题。

在拉斯-弗洛雷斯的那个晚上让我想起了一年前跟佐治亚州调查局的特工菲尔·普莱斯的一次交谈，那之后他就退休了。当时，普莱斯在同时调查十一起以处决方式被谋杀的墨西哥人的案件，这些案件全都发生在宁静的亚特兰大郊外空置的座座豪宅里，而且都跟冰毒有关。在谈起这些谋杀案的时候，普莱斯就已经预言了《打击甲基苯丙胺泛滥法案》最致命的缺陷，那时离该法案通过还早着呢。

他操着一口浓重的佐治亚州北部口音说道："瞧，我这么说是自找麻烦，但是你看，《打击甲基苯丙胺泛滥法案》到头来不过是毁了那些用本生灯①和百威瓶组成的化学装置制造毒品的蠢蛋们的生意，然后交到了唯一深谙制毒之道的人——墨西哥五大贩毒组织——手上。"

---

① 著名德国化学家发明并以其名字命名的一种灯，以特定燃气如甲烷或天然气为燃料，可调节火焰高度和施焰角度等。——译者

他继续说道："人们会为政府欢呼喝彩，事情也会变得大有改观，但也就是一段时间而已。记住我说的话：在那之后，一切只会变得更糟。因为这跟毒品毫无关系，而是跟政府体系和经济体系有关。《打击甲基苯丙胺泛滥法案》只会凸显我们的移民政策有多么狗屁不通。但是没有人会看到这一点。他们看到的只有对冰毒的短期胜利。"普莱斯总结道："当这些毒品卷土重来的时候，政府和媒体早就对此不再关注了，而我们将陷入比以往更糟的境地。"

第三部分

二〇〇七年

第十一章　阿尔戈纳

在往返于奥尔温的三年半时间里，我告诉自己，我是在寻找冰毒对于美国小城镇的意义。这当然是事实。但我觉得自己同时也在寻找小城镇对我的生命以及我的家族历史所具有的意义。当我跟我父亲说起在艾奥瓦州亲眼所见的翻天覆地的变化时，他肯定会很想知道他是否还能认出自己的故乡。

美国乡村依然是我们这个民族创造神话的摇篮。但它也变了——变得更险恶、更难定义。冰毒是否改变了我们对美国小城镇的看法，或者仅仅揭示了美国小城镇的很多事情已经大变样了这一事实，从某种角度讲，这些都无关紧要。在我讲述的故事里，与其说冰毒一直都是变革的推动者，倒不如说它更像是变革的征兆。故事说的是一种生活方式的终结；而毒品就是向整个国家发出的信号，表明终结已然到来。

事实是，在我驾车前往伊利诺伊州、肯塔基州、亚拉巴马州、佐治亚州和密苏里州那一带的几个星期里，任何一个小镇就我停留的那一两天的观察来看，都足以写出一本有关冰毒的书——冰毒已经是所有这些小镇生活的一部分。平心而论，我从二〇〇五年开始关注艾奥瓦州，并不是因为这个州有着创纪录的制毒实验室数量，也不是因为我跟克雷和内森迅速建立起来的关系，而是因为艾奥瓦州是我父亲所在的雷丁家族的这个分支自十九世纪中叶以来一直生活的地方。事实证明，我父亲的生活陷入了甲基苯丙胺与美国乡村之间的关联所造成的复杂难解的问题，这并不仅仅是因为他来自艾奥瓦的阿尔戈纳，而且因为我开始认为，在像阿尔戈纳和奥尔温这样的地方所面临的种种困难的背后有一股力量，而它正是我父亲从事了四十二年的那个行业：大农业。

我的曾祖父尼古拉斯·雷丁于一八六八年离开普法战争时期的卢森堡大公国，来到阿尔戈纳。跟随他一起过来的，包括他的第二任妻子（他的第一任妻子已经去世）以及他在两次婚姻中生下的十五个孩子。在得知当地的教师用英语授课后，我的曾祖父创办了自己的学校并自任教师，为的是能用德语教育自己的孩子们。

路易斯·雷丁出生于一八九九年，是尼古拉斯最小的孩子。路易斯的一生都在阿尔戈纳度过，并在当地的国际收割机工厂担任拖拉机配件员。他在一九七九年离世。我的祖母爱丽丝出生于艾奥瓦州的卢文市（发音为"Laverne"），那里离阿尔戈纳的南面十二英里。她的母亲一共生了八个孩子，如果跟雷丁家族的生育能力相比的话，还是稍稍逊色些。爱丽丝身高五英尺；在艾奥瓦州州立银行做了五十一年的出纳。她于一九八九年去世，享年八十八岁。

我的父亲跟他的祖父同名，也叫尼古拉斯·雷丁，他出生于一九三四年十一月，是家里四个孩子中最小的一个。他的姐姐罗茨年纪最长，中间还有一对双胞胎简和乔。我父亲幼时个头瘦小，长着一头金发和一双深棕色的眼睛。在大萧条时期和战争期间，我父亲和他哥哥的任务就是猎野鸡，抓鸽子或松鼠来给大家当晚饭。冬天，他们就打长耳野兔，这意味着他们要在夜里跑到田里去，躲在卡车后面，袭击那些被卡车头灯照得暂时蒙掉的动物。我的父亲和伯伯打下的兔子能把他们带的小木桶装满，在第二次世界大战的食品配给时期，苏城的食品罐头工厂和道奇堡的餐厅就是用这种方式搞到肉的。到了夏天，他们在得梅因河的东部支流里钓鲈鱼和鲶鱼，得梅因河绵延三百二十英里，流经洛芮·阿诺德曾经住过的那间位于奥塔姆瓦的小屋。

一九五二年，我父亲去位于埃姆斯的艾奥瓦州立大学上学。那一年他十七岁。当时，他的头发开始逐渐变成黑色；他跟他的母亲一样身材矮小，大学一年级的时候体重只有一百一十磅。要不是他获得了三份奖学金，恐怕最多只能读到高中。他用自己的棒球奖学金支付住宿费，用化学工程奖学金支付伙食费，然后用那份预备役军官训练团（ROTC）的奖学金支付书本费。他在大一时拍过一张照片，比起站在一起的艾奥瓦州立大学棒球队的大部分球员，他要矮一个头。那张照片总让我百感交集。一方面，我因为自己的父亲能够最终走出艾奥瓦州的阿尔戈纳而倍感自豪。另一方面，我有一种难以置信的滑稽感，因为照片上的父亲站在队伍的末尾，跟身旁一排高大魁梧的年轻人相比是那样的稚气和渺小。让人意外的是，他甚至挨过了残酷的冬天，更别说他挥动的那根三十四英寸长的木质球棒非但没把他撂倒，而且还打出了每小时八十五英里的快球。在这之后，他一步一步走向辉煌的人生，这一点至今仍让人不敢相信。

等到了大二的时候，我父亲已经长到了五英尺九英寸，体重也增加了三十磅——这些算不上什么传奇，但足以让他开始成为球队的中外野手，这也是当时大学棒球队的领军位置。艾奥瓦州立大学在那一年的大学世界系列赛中荣获亚军——而我父亲获得了"最佳球员"称号。他还创下了全国大学体育协会单场比赛的盗垒①纪录——他在一场比赛中盗垒六次，包括一次本垒——该纪录保持了好几年。到那个赛季结束的时候，十九岁的他在首轮选秀中同时被纽约洋基队和圣路易斯红雀队选中，而当时这两支球队为他展开的争夺成为竞技体育运动中历时最久、最富传奇的大战之一。

---

① 即跑垒者在投手投球时提前离开原垒包成功占领前方垒包的动作。可分为单独盗垒、双盗垒、本垒盗垒、牵制盗垒等。——译者

但是，我父亲坚信体育并不是走出贫穷的康庄大道。尽管在大三的时候他再次被洋基队选中，但他还是留在艾奥瓦州立大学继续他的学业，取得了化学工程学位。一九五五年，他在位于密苏里州圣路易斯的孟山都公司得到了一份工作。他带着两件衬衣、两双鞋子、两条领带和一套西装，只身去了圣路易斯，住进了一家招待所。在孟山都公司，他认识了我的母亲，她在公司担任秘书。我的外祖母米尔德里德·维奥拉·尼科尔森离开密苏里州的埃博已经有二十年了，在见到我父亲后，立刻心生欢喜。她在这个男孩身上看到了一种与她相似的精神，出生在农村，一路打拼到一个美国大城市，希望自己能出人头地。米尔德里德的第一任丈夫抛弃了她，还有我的母亲和姨妈，因此米尔德里德的大半生一直都扮演着单身母亲的角色，一开始给人帮佣，然后在市中心的一家名叫赫林小姐的自助餐厅做厨师。我的父母在一九五八年结为夫妻。

　　我父亲在孟山都工作了四十二年后，一九九八年从副董事长职位上退休。在他工作的几十年里，孟山都发展成了一个强大的农业集团，收购了几家种子公司，申请了除草剂专利，更重要的是，开拓出了农作物转基因工程领域。到一九九六年，孟山都已经强大到跟嘉吉联手创办了合资企业。正是以这种方式，美国农村小城镇兴起的大农业反映了我的家庭和我父亲的生活。同样通过这种方式，事物的复杂性和颠覆人性的一面变得显而易见。一方面，孟山都公司某种程度上扮演了摧毁美国小镇生活的角色——这些地方正是我父亲和外祖母的老家。另一方面，孟山都的农业工业化并不是毁灭性的，而是利用技术和科学对一个非常困难的职业进行革命性的改造——换言之，孟山都跟嘉吉、阿彻丹尼斯米德兰和康尼格拉一起，让农作物的种植变得简单高效和现代化。

　　起初，在二十世纪七十年代期间，美国农民效率的提高证明了这对美国小城镇的好处。拥有过剩的所谓"石油美元"①的石油输出国组织正在为世界各地——主要是中国、苏联、拉丁美洲——的工业提供资金支持，这跟今天国际货币基金组织和世界银行的做法如出一辙。因为迫切需要实现其工业和基础设施的现代化，这些国家将较少的资金用于粮食生产方面，促使美国农民——在如今臭名昭著的农业部长的号召下——去"养活全世界"，"遍地种满庄稼"。美国的粮食产量创历史新高。然而，差不多十年之后，石油危机已经缓和，石油输出国组织开始减少放贷的资金，那些为了向阿根廷或苏联出售粮食而过度扩大耕种面积的美国农民则不得不失去他们土地的抵押赎回权。二十世纪八十年代初期的农场危机由此诞生，随之而来的是大规模的农村人口外迁。

农村社会学家威廉·赫弗南把他大部分的研究工作都集中在一九七〇年至二〇〇〇年这段时期。赫弗南在自己的论著中经常提到"三大食物链集群的形成"对美国农业——以及由此对美国农村地区——造成的影响。其中一个食物链集群，指的就是嘉吉-孟山都公司。根据赫弗南的观点，到一九九六年，也就是我父亲退休前的两年，依靠孟山都公司及其旗下一批种子公司的支持，嘉吉公司控制了几乎所有食品相关市场的大部分份额。它在牛肉和猪肉加工企业、肉牛饲养场、火鸡养殖以及乙醇生产企业中名列前五。在动物饲料加工以及谷物仓储企业中排名第一，在面粉加工、干玉米制粉、湿玉米制粉以及大豆压榨企业中位居第二。嘉吉公司也野心勃勃地进入了运输业，包括河流驳船、铁路机车以及货运公司，同时还收购了杂货业连锁店。这种集中化的结果，用赫弗南的话来说，就是"大部分农村经济发展专家低估了农业对农

---

① 指上世纪七十年代中期石油输出国由于石油价格大幅提高后增加的石油收入，在扣除用于发展本国经济和国内其他支出后的盈余资金。石油美元是一种流动性资金。——译者

村发展所做的贡献"。也就是说，无论你是在谈论艾奥瓦州的奥尔温、阿尔戈纳，还是奥塔姆瓦，在一九八○年至一九九五年期间，这些城镇的生命之源不再向它们提供同样的生活，而这种生活它们到此时已经提供了超过一百年——差不多就是从我曾祖父从卢森堡来到这里之后算起。

赫弗南的分析显示，在相当短的时间里发生了惊人的巨变。他指出，就在二十五年之前，"当家族生意在农村社区占主导地位的时候，研究人员谈到的乘数效应①为三或四"。这意味着詹姆斯和唐娜·莱恩在奥尔温所赚的每一块钱都会转手三到四次之后才会离开当地社区。然而今天，赫弗南指出这个数字已经下降到了一。从历史上来看，农业社区是农村经济健康的典范，而那些位于阿巴拉契亚山脉的采矿社区则是行将瘫痪的集权化体系的一个标志。如今，农业社区和采矿社区已经没什么区别，奥尔温和阿尔戈纳跟西弗吉尼亚州的埃尔克加登市却被统计数据联系到了一起。

从奥尔温开车到阿尔戈纳，大部分时间是行驶在十八号公路上的。在到处都是州际公路的时代，十八号公路让人有一种穿越到过去的感觉，它以威斯康星州的霍雷布山为起点，穿过艾奥瓦州和南达科他州的大草原，直到怀俄明州的穆尔溪交汇处，整条公路跟保养得不错的乡村公路相比并没有好太多。十八号公路沿途经过的印第安保留地（两个）和国家级大草原（也是两个），面积是人口超过一万的小镇的两倍大。事实上，从艾奥瓦州的梅森市往西，加油站之间通常相距二十或三十英里，而当地有高中的小镇之间的距离开车的话也要一个小时或更久。这的确是美国道路中更具怀旧色彩的一段——时光似乎在此定格，但显然

---

① multiplier effects，是一种宏观经济效应，也是一种宏观经济控制手段，指经济活动中某一变量的增减所引起的经济总量变化的连锁反应程度。——译者

这一切已不再如此。

我去阿尔戈纳主要是为了找我父亲住过的老房子，还有他跟我伯伯乔曾经一起打球的临时棒球场。当时的高中没有自己的棒球场，因此，二十世纪四十年代和五十年代期间，阿尔戈纳斗牛犬棒球队都在外面打比赛。我父亲说临时棒球场在沿着铁轨向东的某个地方，天冷的时候附近会有野鸡晒太阳，顺便啄食从途经奥尔温和滑铁卢开往芝加哥的货车上掉落下来的谷物。

我一边听着父亲在电话里给我指路，一边开着车在小镇上转了起来，我去了他小时候住过的家，一栋建于一九一九年的三居室木屋。他想知道每一个细枝末节：木外墙和屋顶的颜色；门廊是否还在；那棵桑树是否还在前院。在我向他汇报完毕之后，很显然，近六十年来唯一改变的只是门廊的颜色——从绿色变成了灰色。作为阿尔戈纳的门脸担当，国道街基本上还是他记忆中的模样，除了艾奥瓦州州立银行早已不复存在，银行所在的那栋红砖楼依然屹立。还有一点没有改变的，那就是早在第一个尼古拉斯·雷丁就开始的雷丁家族人口兴旺的传统。在镇上的咖啡馆，给我端来一份法式三明治和一杯咖啡的女招待告诉我，她妹妹和表妹都嫁给了姓雷丁的人。"等到春暖花开时，"她说，"小镇上满大街都是叫雷丁的人了。"

吃过午饭后，我又打电话给我父亲，让他帮忙一起找那个老棒球场。这是件吃力不讨好的事，因为放眼望去，整个草原都被八英寸厚的积雪所覆盖，积雪下面还结了一层坚冰。但是，短期内我不会马上再回阿尔戈纳，我想要靠近那块我父亲曾经分外珍视的场地，在那里，他跟我的伯伯乔一起学会了击球、防守以及盗垒。

我沿着十八号公路旁边的铁路轨道步行向东，经过连续一周的暴风雪，这里的天空清澈、湛蓝而又冷峭。我目光所及之处，山峦起伏间，看着似乎全被皑皑白雪所覆盖。在我眼里，山脉的美无处不在。但我怎样都无法被它们感动。大海、沙滩以及河川也是如此。哈得孙河以及密西西比河是大自然的奇迹；蔚然壮观，丝毫没有谦卑之意。大草原则低调谦卑。那种与世隔绝的感觉——因为隔了数百甚至数千英亩土地才会见到一栋农舍可能带给你的一种错觉——让人既兴奋又害怕。那天一眼看到如此开阔的乡村，我的整个胃就像被什么东西啃噬了一样难受。从艾奥瓦州到蒙大拿州，这些零星散落在平原上的小镇都以哈维、梅尔文、莫里斯、达娜、博蒂和布里特等名字来命名——都是些再普通不过的人名——没有比这更富有人情味的表达方式了，它反映出了人们为了在一个地方生存所付出的努力，而这个地方从未打算维持我们对永恒的宿命和最终不可能实现的渴望。然而，我们依然在阿尔戈纳和塞林德出生和老去，在查尔斯堡和道奇堡盘坐，吃着法式三明治，沿铁轨散步，期待晚上跟内森·莱恩和他的女朋友洁米·波特一起围坐在柴火炉边。一些社会学家认为我们应该打包走人，说直白一点，与其拿农业补贴人为地资助他们，不如把平原上的这些小镇都清理掉，把这些土地归入国家公园，让水牛重返此地：这种观点从某种程度上讲完全讲得通。内森·莱恩的父母每晚都在为如何度过下一个冬天而焦虑不安。然而，我们还能去哪里呢？如果不做这个，我们自己到底还能做什么呢？

即使我能对我父亲遗留下来的东西评头论足，我也没法不对他所取得的成就感到无比骄傲和自豪。他的故事完全跟社会学背道而驰。一个坚持以一己之力实现个人伟大成就的典范：是美国梦重要的组成部分。尽管如此，这么做不是没有后果的。有时候，美好的初衷不一定会得到应有的结果——就好比甲基苯丙胺，二十世纪三十年代的神奇药物，今天却成了梦魇。当公司发展到一定规模的时候，就不再尊重依赖其产品改善自己生活的人，拒绝向工人支付体面的工资或提供健康保险。即使在这样的情况下，人们还像从前一样努力隐忍。为了坚持下去，他们中的一部分人向谎称能让他们坚持到底的毒品寻求帮助。

　　那天，我沿着铁轨一路走着，不敢相信自己居然找到了三只野公鸡在寒冽的正午日头下，啄着掉在地上的谷粒。再往东去一点的地方，覆盖在白雪下面的正是那个棒球场。一切都如我父亲说的那样。

第十二章　埃尔帕索

到二〇〇七年年初，《打击甲基苯丙胺泛滥法案》已经正式实施有半年的时间了。曾经负责佐治亚州调查局的前特工菲尔·普莱斯在两年前就预言，该法案增加了购买感冒药的难度，也确实减少了美国各地那些制毒散户的实验室的数量。但是，瘾君子的人数并没有变化。这就意味着那些依赖家庭制毒作坊制作的毒品的吸毒者——根据二〇〇五年美国缉毒署的预估，占吸毒者人数的百分之十五至百分之二十五——现在开始跟五大贩毒组织打交道，也就是说美国人消费的冰毒，有百分之九十五甚至百分之百都来自墨西哥人经营的制毒实验室。针对往墨西哥进口大量伪麻黄碱的难度，这些贩毒组织也很快做出调整，转而通过日益增加的中间商进行采购——这些中间商大部分来自中国，但来自非洲的也越来越多了。这反过来导致了毒品产量的增加。

还有一点也恰如菲尔·普莱斯所预言的那样，到二〇〇七年中期的时候，美国媒体已经完成了对这场毒品流行的剖析，按照"缉毒沙皇"约翰·沃尔特斯的说法，毒品现在已经基本销声匿迹了。除了史蒂夫·索以及另外几个人的报道之外，媒体在二〇〇五年和二〇〇六年期间对冰毒的狂热报道将这种药物视为一种制毒小作坊现象。如今，从亚利桑那州到新泽西州，这种小型实验室的数量已不断减少，州政府官员、杂志、报纸以及晚间新闻主播将此视为毒品流行得到控制或彻底结束的唯一标志。从另一个角度来看，一旦冰毒不再是在全国各地的拖车、厨房水槽和浴缸里上演的美国道德剧，媒体就失去了报道它的兴趣。而且在很多情况下，事件结束后的余波往往变成了秋后算账，博主和报纸专栏作家们首先会质疑冰毒流行是否真的存在过。作为《俄勒冈人报》的主要竞争对手，波特兰的《威拉米特周报》（Willamette Week）在二〇〇六年三月发表的一篇文章中，直截了当地道出了这种怀疑。这篇文章的标题是《冰毒的癫狂：俄勒冈人如何炮制了这场疫情，政客买账却让你买单》，它针对史蒂夫·索和《俄勒冈人报》的诚信提出了一系列质疑。《威拉米特周报》甚至指责州政府官员和联邦政府官员利用冰毒故事来捞取政治利益。

正如《威拉米特周报》的那篇文章总结的那样，批评的要点在于冰毒是由看起来存在疑问——如果不说是似是而非——的数字和统计数据支撑起来的媒体现象。比如，《威拉米特周报》点名批评了一份题为《马尔特诺马县的冰毒税》的报告，该报告是由一家名为ECONorthwest的经济研究公司撰写的。这份报告经常被史蒂夫·索、俄勒冈州乃至全国的政治家拿来引用，而且最终被诸如阿肯色州的本顿县这类社区的类似公司所效仿，它声称马尔特诺马县的每户家庭每年要支付相当于三百五十美元的金额来抵偿由冰毒造成的社区问题。也就是说，在这个人口稠密的包括波特兰在内的地区，每户家庭要拿出相当于他们一年所付的州税的金额，来支付因为吸食冰毒者激增所造成的寄养费用、警察加班、财产损失以及误工时间等成本的增加。

《威拉米特周报》的那篇文章认为，这份报告采用的数据是由事实与逸事混合得来，因而该研究本身就相当荒唐可笑。比如，波特兰的一位警察局长说他所在地区被捕的人员有百分之八十跟冰毒有关，但他无法解释自己是如何得出这个数据的。这篇文章还说，"冰毒税"这个提法也不严谨，因为在统计"冰毒造成的财产损失"的成本时并不能证明这些真的可以跟毒品联系起来。根据《威拉米特周报》的说法，《俄勒冈人报》采信了"不实数据和危言耸听的言论……扭曲了真相（并且）或许在没有任何正当理由的情况下重新调整了政府开支的优先排序"。

对此，《华尔街日报》《纽约时报》和《迈阿密先驱报》上的专栏作家们表示认同。《纽约时报》的约翰·蒂尔尼哀叹道，拜冰毒所赐，政治家们已经"忘记了自己的职责所在"。《迈阿密先驱报》的格兰·加文称《俄勒冈人报》的报道为"无稽之谈"。克雷格·瑞纳曼在其所著的《美国的裂缝》（*Crack in America*）一书中，对里根政府应对"快克"这种可卡因流行的做法提出了批评，他在接受《威拉米特周报》的采访时表达了自己的担心，认为《俄勒冈人报》这类报纸对冰毒的大肆报道导致政府进一步将资金引向执法和监狱，反而"远离了造成人们所处之困境的潜在根源"。对全国各地的冰毒报道批评得最厉害的要数 Slate.com 的杰克·谢弗，他在每周发布的专栏里竭尽所能地反驳每一项支持冰毒流行论点的研究。谢弗最喜欢反驳的数据和观点包括，每年印第安纳州因为冰毒造成的成本预计达上亿美元；全国县级协会（National Association of Counties）的一项调查显示，二○○五年因为吸食冰毒而被送进各地急诊室的人比其它任何一种毒品都要多。

一家报纸如此高调且戏剧性地指责另一家报纸装腔作势，这么做要多讽刺有多讽刺。抛开这个不说，《威拉米特周报》还提出了一个极其有理有据的论点：药物研究和数据统计本质上是有缺陷的，只要所谓的定量数据主要基于道听途说、观察和常识，尤其是常识取决于个人立场，这些可能看似有共性，也可能没什么共性，还可能全都解释不通。但不幸的是，《威拉米特周报》——以及其他包括 Slate.com 的杰克·谢弗在内的大多数评论家——同样以说不通的理由作为他们的论据。该周报和谢弗引用的由国家药物滥用研究所与密歇根大学出具的报告本身也是漏洞百出，这些报告声称，在二○○四年到二○○六年间，美国的冰毒使用量保持稳定或有所下降。本质上，这样一个定量分析可被证明跟其它的报告一样站不住脚。

与此同时，鉴于《威拉米特周报》试图通过引用密歇根大学的报告来反驳 ECONorthwest 公司的报告的发现，看来很有必要好好了解一下，《打击甲基苯丙胺泛滥法案》通过后冰毒市场近期变化的真正影响到底如何。这部法律——以及缺席的媒体——对洛芮·阿诺德的老家奥塔姆瓦镇到底意味着什么？要回答这个问题，我就得说一下前一年两次到那里去的经历。

二〇〇五年万圣节的那个夜晚，我在奥塔姆瓦镇郊外一座废弃的小机场的一间小会议室里，跟一个前墨西哥毒贩和他的顾问会了面。这位现年二十四岁的前毒贩让我称呼他"鲁迪"。他出生在墨西哥的华雷斯城，后来跟他的母亲和哥哥一起跨越边境，去了华雷斯城的姐妹城市——位于得克萨斯州的埃尔帕索。在埃尔帕索一起加入黑帮，开始贩卖可卡因，那年他十三岁，他哥哥十五岁。十六岁的时候，鲁迪每次从华雷斯城回埃尔帕索，双肩包里都会背上重达十五公斤的可卡因。鲁迪说，这两座城市之间的格兰德河①常年干涸，而且在那些远离繁忙的跨国大桥的地方几乎无人防守。鲁迪跟他哥哥会选一个安全可靠的地点，下到河床里，然后爬上对岸。一旦被人发现，鲁迪和他哥哥就回到墨西哥那一边，喝上一罐可乐打发一下时间，然后走上几百码或者几英里另外找个地方想办法到对岸去；他说这样的办法他们屡试不爽。

最终，鲁迪和他哥哥开始为墨西哥联邦警察的一位长官工作，主要是运送大麻。后来有一天，他哥哥在墨西哥出了车祸，搞丢了很多毒品，因而遭人谋杀。鲁迪只能靠着小腿上的文身认出了哥哥的尸体——他哥哥被子弹打成了筛子，整张脸都没了。为了保全自己的性命，鲁迪

---

① 位于北美南部，全长三千零三十四公里，是美国第五大河流，作为美墨边境的那一段有两千公里长。——译者

答应从墨西哥边境带一百磅的甲基苯丙胺到欧扎克山去。那是一九九九年的事了。据鲁迪说，他不知道冰毒是什么东西，甚至不知道自己在阿肯色州罗杰斯市郊外的密林遍布的小山里交到那几个留着长胡子的白人手上的东西到底是什么。从那里出发，鲁迪开始在几家肉类加工厂打工，先是在密苏里州，然后去了艾奥瓦州。这期间他一直都在贩卖冰毒，有时候这些毒品会邮寄给他，每次一磅到五磅不等，有时候则是毒贩把大批量的一次性交到他那里，分装后再拿到包装厂去卖。

鲁迪称墨西哥贩毒组织对肉类加工厂的渗透是基于一个"完美的体系"。他说越境后，首先要做的就是去偷别人的驾照。或者在肉类加工厂买一个被偷的驾照也可以。（当鲁迪说到这里时，他的顾问——来自奥塔姆瓦警察局的一位名叫汤姆·麦克安德鲁的警官——笑出声来，他补充说奥塔姆瓦的警察每个月至少接到一个从加州、得克萨斯州或亚利桑那州打来的电话，电话那头的第一代墨西哥裔美国人往往一副丈二和尚摸不着头脑的样子，搞不清为什么会收到一份随着自己被捕而来的搜查令，它由艾奥瓦州发出但尚未执行，可艾奥瓦州这个地方他从来就没有去过。）鲁迪还说，毒贩们为了掩人耳目，也会像其他工人一样在工厂里长时间地工作。就像他说的那样，美国的执法人员习惯了毒贩们打扮显眼还不工作的形象。墨西哥毒贩们采取了融入移民工人当中去的策略，在北至密歇根州、东至宾夕法尼亚州的区域迅速拓展市场。事实上，墨西哥贩毒组织对冰毒市场的控制和扩张已经达到了如鱼得水的地步，在他第一次送货到阿肯色州的两年后，鲁迪重新回到埃尔帕索，快克和可卡因已不再是毒贩们的首选了；冰毒才是。

后来，因为一张驾车超速罚单招致的移民调查，使得鲁迪被迫成为当时的移民归化局的线人，该部门二〇〇一年之后改称移民及海关执法局，隶属于国土安全局。移民及海关执法局的特工告诉鲁迪，如果能帮他们拿下足够多的"土狼"——即那些将大批非法移民带过边境的人贩子——对他们提起诉讼并定罪，他将会得到一张绿卡作为奖励。鲁迪答应了，但他在边境两边都捞好处：许多土狼也会走私毒品，因此，鲁迪利用他在移民及海关执法局的关系来打击他在埃尔帕索毒品市场的竞争对手。当移民及海关执法局没有兑现给他绿卡的承诺时，鲁迪离开了得克萨斯州，再次前往艾奥瓦州。他听说奥塔姆瓦的嘉吉-艾克赛工厂在招人，觉得当地的警察和治安部门没有埃尔帕索的美国缉毒署那么有经验。

　　二〇〇二年，鲁迪来到了奥塔姆瓦。至于他究竟怎么会成为线人的，他不肯明说，尽管可以肯定是因为某些违法行为——要么是因为贩卖冰毒，要么是因为非法移民身份——而达成的交易。有一点很明确，那就是艾奥瓦州非常迫切地需要鲁迪。汤姆·麦克安德鲁是艾奥瓦州东南区缉毒联合行动小组的主任，该小组囊括了来自州内、当地以及联邦政府反麻醉品部门的特工。而麦克安德鲁正是二〇〇一年一举端掉洛芮·阿诺德的毒品帝国的那名卧底警察。如今，麦克安德鲁称鲁迪是艾奥瓦州被用得最频繁的线人，事实是，除了为美国缉毒署工作之外，鲁迪还"被本州的每个警察部门和治安部门借用，甚至还要在其它几个州有需要时过去帮忙"。这么做是有充分理由的。据美国缉毒署的人说，哥伦比亚和墨西哥毒贩之间最主要的区别在于，哥伦比亚人只能依靠美国人运送和贩卖他们的产品。墨西哥贩毒组织则不尽然，他们所依靠的是行踪不定的墨西哥走私团伙和毒贩建立起来的庞大网络。单单是语言的障碍——尤其是在农村地区，那里可能有大量移民，但是会说英语的几乎没有人愿意跟自己的同胞对着干——让美国缉毒署的特工们很难渗透到贩毒组织中去。而且，根据鲁迪的说法，即使是母语为西班牙语的特工，也依然需要跟华雷斯城或埃尔帕索、马塔莫罗斯有正当的联系才能获取信息。通过与鲁迪交谈，不难看出墨西哥贩毒组织的狭隘独断——通过对手下毒贩留守在墨西哥的家人采取暴力来威胁其就范——

让他们变得如此强大而可畏。

麦克安德鲁说，鲁迪是本州仅有的三位能讲西班牙语的线人之一，其工作是跟当地众多的墨西哥贩毒组织的成员接头。我们谈话的那天晚上，麦克安德鲁时不时地走到我们所在的这个机场房间里唯一的一扇窗户边，从窗帘后面窥视窗外的夜色。据麦克安德鲁说，他之所以最终答应让我和鲁迪交谈，是想让大家知道他和他的手下——以及艾奥瓦州的其他执法部门，不管是得梅因的美国缉毒署特工，还是锡达福尔斯的麻醉品执法局的特工，或是奥尔温镇的警察——是在跟什么打交道，他们的资源在面对贩毒组织时是多么捉襟见肘，而对方在组织能力、效率并且日益在武器装备上都达到了军事单位的级别。正如麦克安德鲁说的那样，鲁迪已经做得很好了，"我们有能力处理的小打小闹的毒品交易他都能帮我们拿下"。但他永远渗透不进那些组织当中。他们对外人防备太严。从某种程度上讲，这让麦克安德鲁对墨西哥贩毒组织接手之前、洛芮·阿诺德当道的那些日子心生向往。在洛芮那里，麦克安德鲁混得可是相当地游刃有余。

麦克安德鲁指着鲁迪说道："伙计，就这么着了。并不是我不爱你，哥们儿。但你我联手对付他们——这才好玩。"

二〇〇八年五月十二日，《纽约客》上发表了一篇文章，马尔科姆·格拉德威尔在文中表示，那些改变世界的想法往往更多是出现在相似的集群中，而远非每次只发生在一个人身上。格拉德威尔指出，尽管贝尔是公认的电话发明者，但伊莱沙·格雷在同一天也申请了同一项电话发明专利。牛顿和莱布尼茨分别发现了微积分；而达尔文和阿尔弗雷德·拉塞尔·华莱士则差不多是在同一时期构思出了进化论理论。对格拉德威尔来说，"所有这些都不是单一事件，这只能说明一点：在某种意义上，发现一定是不可避免的"。

洛芮·阿诺德在其鼎盛时期确实对奥塔姆瓦乃至大中西部的广大地区产生了巨大的影响。但谁知道除了她之外，还有多少人——能或不能借助于一座隐藏在马场里的超级制毒实验室——在全国其它地区率先开辟出了贩毒渠道。来自奥尔温的杰弗瑞·威廉·海耶斯虽然没有洛芮的格局，但他基本上也在尝试做同样的事。要不是因为一些事情的走势不尽相同，他很有可能在他的鼎盛时期成为洛芮·阿诺德那样的人物。如果是那样的话，在冰毒的"太阳系"中，奥尔温和奥塔姆瓦就会互换角色，前者如同行星，后者则变成了卫星。冰毒的故事肯定还有数不胜数的版本，不仅对艾奥瓦州的洛芮·阿诺德和加州的阿米祖加兄弟而言是如此，对与他们同时代却不为人知的人们而言亦是如此。

格拉德威尔总结道："那些既有头脑又有意志力的人总会有好点子。"一旦有了，好点子之间会彼此促进。这个道理也可以拿来形容鲁迪以及其他许多人来到奥塔姆瓦并在那里做冰毒生意的事：洛芮开创，其他人跟进。

因为奥塔姆瓦的现状，尽管汤姆·麦克安德鲁已经在奥塔姆瓦工作了十五年，但他从没想过要把他的家人从七十英里以外的密苏里州卡霍卡搬过来。他解释说，他会担心妻子和女儿们的安危。我们在机场见面的那个晚上，鲁迪也是这么说的："以前我认为埃尔帕索是世界上最糟糕透顶的地方。现在我认为这里才是。"

说卧底警察和毒贩根本是一丘之貉之类的话，早已是陈词滥调。然而，在麦克安德鲁和鲁迪这两个人身上——一个是乡村男孩，一个是街头恶棍，后者被麦克安德鲁形容为"不过是个上了年纪的软蛋"——你完全可以看到这种刻板印象的基础。鲁迪爱极了把墨西哥小毒贩送到麦克安德鲁和美国缉毒署手上的那种快感。他说他的工作基本上就是"在艾奥瓦州四处转悠，跟人搭个讪、搞个关系什么的"。对他而言，深入虎穴就跟吸毒一样。而对麦克安德鲁来说，跟那些毒贩玩猫捉老鼠的游戏也跟吸毒一样让他上瘾；他太喜欢突袭那些毒贩了，就这么简单。

这两个人对彼此的需要是相当显而易见的：麦克安德鲁需要鲁迪的人脉和西班牙语；鲁迪需要麦克安德鲁的监管，这样才能抵消他的违法行为，不用去坐牢。万圣节那晚，在我们交谈的两个小时里，他俩都心知肚明地点着头，你一言我一语地说着。在这样一个地广人稀的地方，极少有人能渗透到毒品圈子里，而他们就是这少数人中的两个。所以，虽然他俩是互相警惕、互不信任的朋友，但对彼此也有一种令人好奇的尊重。麦克安德鲁显然不喜欢墨西哥人，鲁迪也从不掩饰自己不喜欢白人。即便如此，他俩还是像眼镜蛇和猫鼬一样，离开了对方又能去哪里呢？那天晚上在我们开车返回小镇的路上，麦克安德鲁的话一语道破了他们俩之间的这种动态关系：他想知道，一旦鲁迪帮麦克安德鲁和美国缉毒署抓到足够多的小毒贩之后，鲁迪最终是否会调转方向干回老本行，去做冰毒生意。"要是我就会这么做。"麦克安德鲁说。

在机场的时候，鲁迪详尽地描述了奥塔姆瓦的本地人和不断增加的移民之间互不信任的现状。麦克安德鲁说这些他都明白，接着又冷冰冰地补充道，因为镇上有那么多的墨西哥人，他感觉自己不受待见。麦克安德鲁和鲁迪同时笑了。随后，麦克安德鲁的神情变得严肃起来。他说，墨西哥的冰毒贩子最近开始跟踪他的手下。就在几个星期前，艾奥瓦州缉毒局的两位特工进了主街上的一家药房，并被两个年轻的毒贩盯上了。这两位特工被警告要停止调查某一宗案件。如果不听话，就要了他们妻儿的命。为了证明这话不是随便吓唬人的，毒贩们把这两位特工各自家人的日常进进出出的各种生活细节报了出来，言下之意：他们一直都盯着呢。（并不只有墨西哥毒贩才使用暴力。几个月前，一位冰毒瘾君子带着猎枪来到主街，朝着商店橱窗、灯和路人扫射了十分钟，直到麦克安德鲁的手下将他击毙。麦克安德鲁自己也在最近的一次冰毒突袭行动中被车撞了。）

所有这些，鲁迪之前在埃尔帕索的时候都见识过。他亲眼见过毒贩火拼时发生的事，以及当情况变得严重时，几大贩毒组织是如何把"你见过的最可怕的人派上场的——这些人做的事就跟那些人对我哥哥做的一样"。（巧的是，就在一个月前，墨西哥新拉雷多的新任警察局长在宣誓就职四小时后就遭毒贩枪杀。）鲁迪说，只要不发生导致几大贩毒组织想要进一步去巩固市场、争夺地盘的事，奥塔姆瓦应该没什么问题。"但如果发生这种情况，"鲁迪说，"就得小心了。"话音刚落，麦克安德鲁再次起身看向窗外。

　　颇具讽刺意味的是，从某种程度上讲，对几大贩毒组织视而不见，反而有利于美国乡村地区的警察部门和治安部门，因为如果直接跟他们对着干肯定是会以失败收场。在奥尔温镇，警长杰里米·洛根在打击本地的冰毒生产方面大获全胜。当我问他打算对几大贩毒组织采取什么行动时，他很干脆地回答："谁知道呢。"除了奥塔姆瓦发生的那起毒贩威胁当地警察的事件之外，那些受雇于主要贩毒团伙的人在这个小镇上的移民当中并不显眼。正如鲁迪指出的那样，墨西哥贩毒组织之所以成功，部分原因是他们的手下都不引人注意，他们在厂里也会加班加点地干活，而且还保持着高度的机动性。菲尔·普莱斯曾经说过，毒贩们恰到好处的拿捏对其中每个人都有好处。他说："如果乔·布洛烧了他妈妈的房子，你必须对此做出回应。但假如聪明的毒贩们神不知鬼不觉地运送数百磅毒品，根本没人看见，你就真的没必要揪着这事不放了。你就是小镇上的一个警察而已，要想找联邦政府的人帮忙的话，他们都远在两百英里之外的州府。是聪明人的话，你就会睁一只眼闭一只眼了。"

　　在七月的一个闷热的夜晚，奥尔温就其将如何应对——或者不去应对——正在迅速成为冰毒流行的一个更新的、更加暴力的阶段，做了一番令人好奇的展示。汤姆·麦克安德鲁正好监督了为训练瓦佩洛特警队而设计的三场演习的最后一场，它旨在教会特警如何应付冰毒实验室以及那里全副武装的人员。当时已是晚上十一点了，我们坐在夜色中，周围是得梅因河岸边数百英亩的齐胸高的玉米地。我扮成了制毒者，麦克安德鲁则假装是当地的药剂师，还有一位扮成从附近的埃尔登镇过来的消防员。跟特警队一样，我们手持彩弹枪，头戴摩托车越野赛头盔，一旦特警队向我们的位置靠过来，我们将尽可能地顽抗、拒捕。我们不清楚特警队什么时候对我们采取行动，就这么干坐着，等他们来进攻使我们焦虑不安。尤其想到当天的前两场演习——一场在一座旧谷仓，另一场在位于林子里的一个废弃的制毒窝点——在进行过程当中变得越来越气氛紧张的事。大家原本只是演习一下就行了。但天气闷热，四下又空无一人，再加上肾上腺素飙升，差一点就变成了两场肉搏战。这支十四人的特警队对待演习相当认真，他们全副武装，彩弹枪也设计成了自动步枪的样子。抓捕、戴手铐都是全速进行。假如我们当中有人"打死"了特警队任意一人，就算他们彻底失败。

眼下，我们已经在从河底升腾起的热浪里等了两个小时，与此同时，特警队正穿过玉米地朝我们这个方位匍匐前行，却未被发现。我们在那一小片假想成我们制毒实验室的空地上点起篝火，围坐在一起，当疲惫感袭来，我们身体里的肾上腺素和恐惧感变得愈发强烈。于是，坐在草地折叠椅上的麦克安德鲁把彩弹枪横放在大腿上，摩托车越野赛头盔掀起贴在额头，开始给我们讲故事。

第一个故事是关于奥塔姆瓦当地一个有名的制毒者，他三十五岁，跟二十岁的女朋友一起住在一栋漂亮的三居室房子里。那是二十世纪九十年代末，当时麦克安德鲁的小组平均每四天就捣毁一个制毒实验室。（行动组中有一位成员，名叫道格·赫尔利，在艾奥瓦州东南部地区工作的头九年里，他亲手拆除的制毒实验室就达一千五百个。）

麦克安德鲁和他的手下在这栋房子的厨房里找到了一个典型的"吸

毒者实验室"：一张电热垫，一些化学实验用的玻璃器皿和试管，一台可以把一整板感冒药片从包装背面的铝箔纸里一次性挤出来的小装置，几个装满液氨的煤油桶，还有一些科勒曼灯的燃料。这些东西一次足以制作三到五克冰毒。但如果操作不当，也能不费力地把房子炸上天。

麦克安德鲁说，客厅里有三个装满了人类粪便的老式瓷浴缸。成堆的粪便整齐地堆在一起，好像是为了保证最后能堆成从长宽比例来看，类似于玛雅遗址或阿兹特克遗址那样的形状。

"这何止是粪便，"麦克安德鲁说，"这简直是建筑。"

而那些整齐地放在纸质文件夹里的数百张照片，麦克安德鲁用平静而缓慢的语气称之为"简直难以置信"。大体上，这个制毒者和他的女朋友喜欢通过静脉注射冰毒获得快感。随后，制毒者会让他女朋友把从商店买来的灌肠剂塞进他的肛门。接下来，为了防止灌肠剂流出来，她会再塞上几个杂货店卖的那种袋装的冷冻热狗面包。根据他那像科学笔记一样详尽的记录，此人的最高纪录是有一次肛门里塞进了整整一磅的冷冻热狗面包。还有一次，他的女朋友给他塞了七个吹箭飞镖、一根点着的雪茄烟和一个被麦克安德鲁形容为跟可乐罐一样大的假阳具。从他的日志内容来看，这个男人能够坚持两天不排便。当他实在憋不住了，就去其中一个浴缸排便。如果他吸入了足够的甲基苯丙胺，只消睡几个小时就可以重新开始这整个过程。

麦克安德鲁说，当年家庭作坊制造的冰毒占奥塔姆瓦大约四分之一的冰毒市场时，如此怪异的场景并不少见。但这个故事真正要说明的一点是，在麦克安德鲁看来，这个在家制毒的人和跟踪他手下的那些毒贩之间没有什么区别。麦克安德鲁既不是会挑人干架的人，也不是会临阵脱逃的人。他和手下在打击当地冰毒市场、处置吸毒人员方面做得相当不错。但现在他们所要面对的情况不一样了，而且也不清楚麦克安德鲁到底知不知道他的装备有多糟糕。

午夜时分，麦克安德鲁差不多要讲完他的故事了，他隔几分钟就停顿一下，把目光投向篝火以外的黑暗中。药剂师和消防员相当安静，而且一脸愁苦，闷不作声，似乎思考着自己这会儿到底身在何方。并不是因为他们蹲在玉米地里干等特警队的袭击，而是因为他们在艾奥瓦州，一个连他们都不再认识的地方。后来，药剂师开口问那个制造毒品的人下场如何，麦克安德鲁说他被判了六年徒刑，但最后在监狱里待了九个月就被放出来了。

还有一件事也让麦克安德鲁的故事就此打住了：随着手榴弹发出一声巨大的轰响，特警队从四面八方迅速地把我们团团包围，他们手持武器，穿着防弹衣，戴着夜视镜，大声叫着："警察！警察！都跪下！"

跟当天的前两场演习不同的是，这次他们根本没等我们开枪就先动手了。

第十三章　断连国家

托马斯·P. M. 巴内特和摩西·纳伊姆是后冷战时期的两位思想家，他们近年来非常有名。阅读他们的著作为理解奥塔姆瓦和奥尔温融入世界——以及最终，冰毒成为当地生活固有的一个组成部分——的变化方式提供了一个框架。巴内特是美国海军战争学院的教授和研究员。他在其题为《五角大楼的新地图》（*The Pentagon's New Map*）一书中阐述了自己的世界观之一，即国家可以分成两种类型："功能核心"国家，以及"非一体化隔阂"国家或称"断连"国家（disconnected states）。前者包括八国集团，加上墨西哥、巴西、澳大利亚以及其他类似的工业化国家，它们在基于全球政治和经济一体化的一个"规则集合"上运行。后者在巴内特看来，包括全球大部分的国家，都是些长年战乱、经济和政治遭受重创、实行独裁统治的，此外还有其他松散随意的实体。非一体化隔阂国家依赖于一套单独的规则集合，该规则基于黑市和物品、服务的流动来进行预测，但对功能核心国家而言这些恰恰会威胁到国家的稳定。

全球毒品交易本质上倾向于在法律、政治和传统经济的范畴之外进行。不过，正如冰毒交易所显示的那样，这并不能阻止毒贩一边在政府政策和稳定的金融体系框架下运作，一边又找它们的空子钻。有人可能会说，麻醉品的制造商和经销商运作起来就像一个断连国家，无论它们是功能核心的还是断连的——全球化的还是边缘化的，都在各国的地理边界内和文化中产生了巨大的影响。一如来自非一体化隔阂国家朝鲜的甲基苯丙胺会出现在像日本和澳大利亚这样的功能核心国家，伪麻黄碱也可以从印度这个功能核心国家被运到墨西哥（另一个功能核心国家），在那里被制成冰毒后再送往美国（也许算是个功能核心国家）。而这一切的发生正是通过一个松散的市场力量网络来实现的，这些力量将深植在同一边界内的有连通性的和有差异分歧的想法联合在了一起。墨西哥的米却肯州就是一个例子，新拉雷多、华雷斯、诺加利斯和马塔莫罗斯等城市也是如此，即使是墨西哥军队也无法对这些地方加以控制。

但是，美国境内的情况又是怎样的呢？比如说，加州的中央山谷，或者艾奥瓦州小小的奥尔温镇上人称"冰毒房"的那一小片区域，或者比它更小更宁静的位于伊利诺伊州的本顿市？还有阿尔戈纳和卢文市，以及索德尔众议员所代表的家禽业发达的印第安纳州东北部第三行政区，这些地方的情况又是怎样的呢？这几个地方跟美国其它地方以及整个世界到底有多少关联呢？从某种程度上讲，这种关联是显而易见的。比如说，你今天吃的大部分东西，无论是鸡蛋、牛肉、枣子，还是橘子或者生菜，可能来自中央山谷。而你昨晚吃的鸡肉，极有可能来自印第安纳州韦恩堡附近方圆一百英里的某个地方。

不过，从另外一个角度来看，美国乡村的许多小镇跟这个国家的其它地方之间是相当断裂的。贫困率更高，达到中等教育水平的人更少，而药物滥用跟美国城市相比更普遍。值得注意的是，你晚餐的食材之所以能从平均一千五百英里之外的地方来到你的盘子里，是因为泰森、嘉吉和康尼格拉这些公司选择的产地——或者确切地说，多个产地——是由公司根据它们能在当地支付最便宜的劳动力成本来决定的。巴内特假设，当一块地方不再是整个系统的一部分时——也就是说，当其与标准规则相脱离的时候——个个都是脆弱的。奥尔温或许看上去跟独立镇完全不一样，但奥尔温的问题还是会影响到它的邻居。奥尔温的弱点就是艾奥瓦州的弱点，同时也是美国的弱点。

作为委内瑞拉前贸易和工业部部长，现任《外交政策》杂志主编的纳伊姆在他的《谁劫走了全球经济》（*Illicit*）一书中提出的观点与巴内特的不谋而合。他没有以国家为例，他所列举的受害者更有可能是深受中国仿冒零件之苦的底特律的汽车制造商，或者是被巴西、巴拉圭和阿根廷这个金三角组合的 DVD 黑市交易所打击的好莱坞。对纳伊姆而言，在任何一件东西抵达消费者手中之前，本质上就已经被盗走了，那么没有人可以真的免受这个混乱的"系统"的波及。现在，把好莱坞 DVD或者汽车换成奥尔温、奥塔姆瓦、格林维尔以及古丁这些小镇上的工作。当这些小镇陷入困境时，纽约市郊的斯卡斯代尔和密苏里州的拉杜镇——分别是美国第二富和第四富的城镇——也好不到哪里去。这一点，从那些在农村的小转运点停留后最终抵达纽约或圣路易斯的冰毒里头能找到证明。

假如纳伊姆或巴内特是流行病学家的话，他们有可能会倾向于核糖核酸病毒（RNA viruses）方面的研究，比如流感。普通流感的威力在一定程度上依赖于所谓的抗原漂移，也就是说，当人类产生抗体以抵御感染时，病毒会使其蛋白质发生变异，从而使抗体不再与病毒表面结合。换言之，这相当于你造了一把锁，而病毒打了一把钥匙。钥匙一转动，你就会生病。这些核糖核酸病毒会自我"重组"，平均一个生命周期内只发生一次。正因如此，人们对 H5N1 病毒——通常被称为禽流感——充满恐惧，包括疾控中心和世界卫生组织在内的这些地方正对此进行密切监测。人们担心的是，这种特殊的流感病毒株会"弄明白"如何接受（或选择）同一种常规的陈旧性感染的基因特征，这种感染会导致世界上大量的人在每年的几天或一周内呕吐并感到虚弱。H5N1 病毒通过重新排列或者重新分配其核糖核酸，理论上可以利用普通流感从鸡和鸭传染到人类身上。一旦人类感染了这两种流感，这两种病毒就能够同时复制在同一个细胞中，从而导致抗原转移。只要你愿意，打开你的免疫系统的钥匙会在几天或几周内随着世界各地的每一架飞机和每一个办公室里的每一个喷嚏、每一次咳嗽一起传递。正如加州大学洛杉矶分校的一位教授在他关于病毒流行病学课程的开篇讲座中所写的那样："这太糟糕了！"

毒品交易跟普通流感很像。在一个相当封闭的系统中，它一直保证会周期性地变异。毒品贩子们通过给政府的锁配钥匙而得以保全，有时甚至是在人们还没想到有锁这个东西的时候。这就是当墨西哥几大贩毒组织开始通过伪麻黄碱生产冰毒时发生的事，是因为它们预计到了一九九六年吉恩·海斯利普所提出的立法草案，而不是出于对那个立法的反应。但是，纳伊姆说，在过去二十年里，毒品交易变得更容易了，或者至少是跟踪起来难度大很多了。毒贩们就像核糖核酸病毒一样，始终影响着抗原漂移，毒品像传染病一样来来去去，每十年就会流行一波：七十年代是 LSD[①] 和 PCP[②]，八十年代是可卡因，九十年代初是"快克"，此后直到现在是冰毒。一种毒品想要变异的话，所需的只是一个政治体；当这个政治体极其赢弱时就会发生这种变异，因为此时失业率高、普遍贫困，并且人们省悟到自己被边缘化或者意识到他们处于与"核心"脱节的"断连"状态。发生这种情况的地方不仅仅是巴内特想象中的那些"流氓国家"[③]，比如也门、塔吉克斯坦和厄瓜多尔。而"功能核心"国家自己在奥塔姆瓦和奥尔温、塞林德和阿尔戈纳、埃尔帕索等这些地方也有漏洞。

---

① D-麦角酸二乙胺，也称麦角二乙酰胺，简称 LSD，是一种有强烈致幻作用的精神类药物，号称迷幻药之王。——译者
② 苯环利定，又名普斯普剂，俗称天使灰尘（Angel Dust），是一种有麻醉作用的致幻类药物，可烟雾吸入，也可口服、静脉注射。——译者
③ rogue states，也称无赖国家。二十世纪七十年代美国便使用这一称谓，通常指称那些"内部统治令人憎恶的国家"。——译者

纳伊姆在书中这样写道：自"二十世纪九十年代初以来，全球非法贸易已经开始发生巨大变化。这种变化就跟基地组织或伊斯兰圣战组织等国际恐怖主义组织的变化一样。所有这些组织都已经从固定的等级制度转向分散的网络；从全权控制的首领，转向多个联系松散、分散的代理人和小组；从僵硬的控制和交易线，转向机会所决定的不断变化的交易。这种变异是二十世纪九十年代的政府几乎无从知晓的，而且无论如何都不能指望去模仿的"。

当我读到这段文字时，它让我想起了当为写这本书做调研时多次听到的一种担忧：毒贩们有朝一日将会与恐怖组织联手。或者说，最起码会利用社会结构中存在的弱点，即那些已经被阿雷拉诺·菲利克斯组织和海湾卡特尔成功利用过的东西。事实是，这种事至少已经发生过一次了。

二〇〇一年，曾负责一九八七年危地马拉"白头蜂鸟"行动的托尼·洛亚，在从美国缉毒署退休后，出任"国家甲基苯丙胺化学行动计划"（National Methamphetamine Chemical Initiative）的主任一职。他的工作是代表司法部追踪冰毒交易情况，并预测墨西哥几大贩毒组织的下一步行动。洛亚注意到，那些售卖汽水、香烟和基本药品（比如感冒药）的、被他称为"停车打劫点"的加油站，正在买入数量相当巨大的片状伪麻黄碱。此外，加油站老板们有一种特殊的机器，可以把一整板伪麻黄碱药片像给大蒜头去皮一样从泡状包装中一次性挤出来。在中央山谷，特工们在被拆除的实验室附近发现了垃圾场，里面到处散落着数以千计的空泡袋。

洛亚一注意到这个情况，立即着手调查美国其它地方是否也有类似的事情发生。果然：新泽西州的便利商店也在做同样的事。而且调查发现，新泽西那边便利店的老板是也门人，他们不仅大量进口感冒药，还非法进口粉状的伪麻黄碱并运送给贩毒组织。在美国缉毒署动手查封了他们的生意后，这些也门人搬去了加拿大，主要是多伦多和蒙特利尔这两个地方，那里在监管大批量进口伪麻黄碱方面没有相关的立法。洛亚对此也是鞭长莫及。

到二〇〇二年时，跟世界各地的执法人员建立了联系的洛亚，接到美国缉毒署特工的消息，称墨西哥毒贩中的大人物们将定期去底特律。洛亚从其他联系人那里获悉，中央山谷的冰毒产量呈指数级增长，由此推断墨西哥人将在离也门人的地盘比较近的底特律与也门人接触，寻求合作。凭着个人直觉，洛亚让人对加拿大入境点那里偏远的道路进行夜间监视。他说，那些地方通常晚上连一辆车都没有，但在他们拍到的画面上居然有几十辆十八轮大货车。经搜查发现，好几辆货车的挡泥板下面藏有大量的伪麻黄碱。

洛亚说，不久之后，有迹象显示墨西哥几大贩毒组织和也门人之间的关系变得比以往更加牢固，也门人开始到墨西哥人的后院——拉斯维加斯去看望他们的墨西哥伙伴。

"他们大排筵席，"窃听过这些晚宴的另一位美国缉毒署前特工称，"喝了好多酒——那场面简直太情意绵绵了。之后，我们从窃听设备中取回录音带，听到墨西哥人打电话给在加州的朋友说：'要不是为了钱，我会杀了这些异教徒摩尔人狗杂种。'而也门人在他们酒店的房间里给多伦多那头打电话说：'要不是为了钱，我早把这些婊子养的臭天主教徒给宰了。'"

与此同时，窃听到的谈话也显示也门人正向恐怖组织哈马斯输送数亿美元。托尼说，他能将出这些线索全凭运气。

到头来，任何针对墨西哥几大贩毒组织的行动都只是小打小闹而已，因为毒品与恐怖主义之间真正的联系在巴内特提出的"断连"国家和纳伊姆的"无形的边界"的概念中可见一斑。墨西哥几大贩毒组织只消自我重组一下，将毒品制造从位于加州中央山谷的偏远农场转移到墨西哥的米却肯州，因为道理很简单，正如一位美国缉毒署前特工所描述的那样，"政府也只是对其所在地周围的一带进行有限的控制，你离政府越远，就越能无拘无束，并且想怎么无法无天都行"。米却肯州跟墨西哥首都墨西哥城相隔好几个州。这位美国缉毒署前特工说："我们甚至都不会派特工去米却肯州——因为他们一旦去了立刻就会没命。就算是墨西哥的联邦警察也无法进到那里。那个地方像是墨西哥境内的一个独立的城邦，所有主要的毒品交易点——比如华雷斯、诺加利斯等——都是如此。没有办法对它们进行集中管治。"这种缺乏控制的情况延伸到了边境以北，遍及美国所有贫穷的分散脱节的地区。在奥塔姆瓦，汤姆·麦克安德鲁正在努力想办法确保他的手下都能一家老小性命无虞。

在跟鲁迪见面前的两周，因为卡特里娜飓风的缘故，我一直在佐治亚州和亚拉巴马州待着。我之所以去那里是因为据托尼·洛亚说，在过去几个月里，从得克萨斯州东部边境流入该地区的冰毒数量达到了历史最高纪录。在兄弟城市拉雷多和新拉雷多①附近，毒品卡特尔的暴力活动有所增加，这使得美国各大报纸的头版对此断断续续地报道了好几个星期。作为回应，墨西哥政府派出了军队。毒枭们的反应则是加倍地互相攻击。为此，他们开始雇用人称"泽塔斯"的黑帮，这些人是前墨西哥特种部队成员，受过美国人的训练。

一天早上，我和美国缉毒署特工、时任亚特兰大办公室负责人的雪莉·斯特兰奇交流了一下。根据她的说法，在她管辖的七个州里冰毒市场非常火爆，以至于很多"泽塔斯"成员利用自己在监视、武器和反情报方面的专业知识，自己做起了这桩生意。

"墨西哥几大贩毒组织控制了亚特兰大，"斯特兰奇说，"而他们控

---

① 拉雷多是美国得克萨斯州的南部边境城市，新拉雷多是墨西哥的边境城市，两地隔（格兰德）河相望。——译者

制这座城市的方式，在我这样一个二十五年来负责过各种不同地区、具有实战经验的人看来，是令人恐惧的。以前我们就对付墨西哥人，抱歉我用这个词，我指的是一小撮人，但确实当时所有的大毒贩都是墨西哥人。那时，这些墨西哥人还只是相当小的联盟，无非就是几个想在一年里赚够钱然后回家养老的人而已。如今，在过去八个月里，这里发生了天翻地覆的变化。我们所面对的毒贩，无论是在情报搜集、逃脱技能，还是武器使用方面都训练有素，与我们旗鼓相当。他们太可怕了。说真的，我只要走在街上——这在不久之前发生过——就知道接下来会发生什么。如果你知道自己要找什么的话，你就会一眼看到，然后满脑子想的是：'天呐，我的上帝啊。'"

二〇〇五年晚些时候，我去亚拉巴马州北部的家禽养殖地区与胡佛警察局的亚历克斯·冈萨雷斯警官会面。作为禁毒专员，他的工作是示意小车和卡车靠边停下，然后对其进行搜查，冈萨雷斯和他的搭档也是托尼·洛亚那张巨大的人脉网络的一部分，这些人的存在使得洛亚能对正发生在毒品世界边缘的情况进行评估。关于自己和毒贩之间的关系，冈萨雷斯是这样描述的："某天，我们截获了一批，可能是发往亚特兰大的冰毒，大概有一百磅那么多；也可能是运回墨西哥的一百二十万美元的现钞。然后当天晚上，毒贩打了个电话到你手机上，对你说：'伙计，干得不错啊！截了好大一票啊！'这话听着好像我们关系很好，甚至是在彼此打趣。然后，他们问起你妻子的事，听上去让人毛骨悚然；而他们就是想让你知道他们对你了如指掌。他们会说：'真是太糟了，趁着你花五个小时处理那一百磅的东西，我们把另外一千磅的货从你眼皮底下运出去了。'那一百磅的货其实只是个诱饵而已。"

他接着说道："他们看着我们监视他们。他们的'反情报'工作比我们的'情报'工作更胜一筹——我甚至不用拿什么废话来强调这一点——这一点根本没什么好争的。你们互相奚落，就好像这是个游戏，但这是个他们总是能赢的游戏。

　　"至于什么不是游戏，那就是，如果贩毒组织不仅能够每天在我们眼皮底下运送大批货物，而且还能知道成功运送的数量，并拿这个来说笑——如果他们真能知道得这么详细——那么，恐怖分子正在做什么呢？我可以告诉你他们明面上不在做的事。对他们而言这不是什么游戏，我觉得他们不是那么想的。假如毒贩和恐怖分子联手的话会怎样呢？他们之前不是没这么做过。那么接下来呢？"

第十四章　康德的救赎

　　我最后一次去奥尔温是二〇〇七年的十二月中旬。当飞机从纽约起飞，一路往西的时候，一场暴风雪正向东挺进。我到奥黑尔机场时正好遭遇暴风雪，机场差不多关闭了一整天；我在那里过了一夜。第二天下午晚些时候，一五〇号公路沿途结冰的地面泛着刺眼的光，令人目眩，天气雨夹雪转雪，之后又转为雨夹雪。我在奥尔温的整个星期都在下雪；最高温度是十八华氏度。而这仅仅是漫漫冬季的开始。到四月份的时候，费耶特县的积雪已经接近八英尺了。莱恩家农场那边地势开阔，风似乎是从上千英里之外吹来的，刮起的雪堆了有四十英尺高，一直堆到屋顶上。

　　在最后这次行程的第一天早上，内森和我一起坐着他那辆白色柴油捷达（这车现在的行驶里程有二十二万二千英里，比我上一次见到他时多了四万五千英里）前往西尤宁县的法庭。内森身着他常穿的灰西装和白衬衫。头发仔细地抹了发胶，还戴了路德学院的班级戒指。洁米重新找了一份公共服务部的合同工工作，不再去草莓角小镇那里做酒吧招待了。他们住的那片地区的情况比以前好了很多。而且，现在洁米处理的大部分案子都在独立镇。也就是说，当她出门在奥尔温镇上四处走走的时候，不会再撞上她客户的家人甚至客户本人了。此外，她和内森也不必担心会影响彼此对某人的看法，比如说之前，当内森对某人提起诉讼的时候，洁米竟然正在试图说服法庭不要将其孩子带走。

从奥尔温到西尤宁，开车要三十分钟。三华氏度的气温在风寒效应下感觉像是零下二十七度，捷达车里打的暖气差不多到行程过半时才慢慢感觉到。我们一边开车，一边看沿途是否有野鸡出于好奇从溪底走出来，啄食从农用车上掉落的谷粒。等看到了它们——三两成群，绿色和红色的脑袋在斜射过来的刺眼灯光下泛着亮光——内森就会记下这些野鸡是出现在谁家的地里。这样的话，我们可以在下午回程的路上征得农民的同意，去他们的地里打野鸡。在经过一处围栏的时候，我们看到了整整一排的鸟，我兴奋地吹起了口哨，双手拍打汽车的仪表盘。

"呃，呃，那是阿米什人的。"内森说道。

阿米什人是不允许非阿米什人在他们地里打猎的，反之亦然。这倒不是说在奥尔温镇上和周边，这两拨人之间真有什么彼此看不顺眼的地方。而是当地有一些用来区分阿米什人和社区其他人群的差异的规定。就算阿米什人来到镇上，在一个更广阔的世界里，他们也总能把自己与人群中的其他人完全区别开。前一天晚上我在 Kum & Go 加油站时，看到一辆超大的蓝色面包车开过来。至少有十五个阿米什人从这辆五排座的车上下来，从技术层面上讲，他们当中没有一个人是被允许操作汽油驱动或电动机器的。猎鹿季的第一天——根据艾奥瓦州北部地区这项运动所具有的半宗教色彩——在日落时分结束。阿米什人那天雇了这辆面包车和司机，带他们到一块位于伏尔加河野生动物管理区的州属土地上打猎；挂在车子后挡泥板上的是一个笨重的、可以用来放托运设备的铁笼子，现在笼子里装了四具已经清除内脏的白尾鹿。这十五个阿米什人当中，从上了年纪的长者到十几岁出头的男孩子，每个人的下巴上都留着大胡子而不是那种留在嘴巴上面的一点点胡须，那几个男孩的下巴上留着绒毛似的细胡子。他们排成一列走进了 Kum & Go 加油站，吃着用微波炉加热过的墨西哥卷饼，喝着装在泡沫塑料杯里的黑咖啡。尽管外面冷得要命，他们穿着有领的白衬衫、深蓝色的厚羊毛西装，脚蹬及膝的橡胶靴。他们按照艾奥瓦州的狩猎规定，每人都在草帽帽檐上罩着猎人的橙色绒线帽，并用安全别针固定。当这些阿米什人离开加油站时，店里排队结账的人都看着他们。然后有人说他们是约德家的人。

"不是的，"收银员说，"他们是邦特拉杰家的，绝对是。"

不管有没有野鸡，我们都不会去请求阿米什人同意我们去他们地盘上打猎的。这跟最后的结果没什么关系，而是因为打猎的主要目的是跟内森多待一会儿，他和克雷·豪贝格一样，都早已被我视为朋友，打猎本身倒还在其次。那天早上开车去西尤宁镇的路上，在说到我两个月前结婚的事之后，内森跟我聊起了他和洁米的关系。内森说他很难想象自己会结婚。一想到这事，就有点像要想象死亡或者来世；当他闭上眼睛仔细思考这件事时，感觉周围都被黑暗所笼罩。他最好还是把眼睛睁着。

他说："我不知道自己是否能够对任何人都这般信任。或者，坦率地说，别人是否能掏心掏肺地相信我。"

内森说尽管他有差不多一年没带洁米去农场了，但他父亲还是会问起她。而他母亲对洁米却只字未提。当父亲的善意询问让内森感到了一丝家庭的温暖与包容时，母亲的沉默却像当头一桶冷水浇下来。最终，内森开始连父亲的询问都懒得搭理，就让那些问题在他母亲的冷漠下渐渐燃尽、消逝。不难想象这样的画面：他们三个人在一个极其寒冷的冬夜，挤在农场的那间狭小的厨房里，裹着羊毛毯站着匆匆吃完晚饭，然后返回谷仓给正在生羊羔的母羊接生。简单来说，他们都眉眼低垂，视线落在斑驳的绿色油毡地板上，没人搭理他父亲提的问题。这样一来，就不难明白内森的父亲最后怎么会不再询问洁米的情况了。

对内森来说，这样也没什么不好的——至少在他找到处理这个问题的其它方式之前。当我问他那会是怎样一种方式时，我俩沉默了良久，装模作样地在结了冰的平原上找野鸡的踪影。最后，内森终于开了口：

"洁米并没有抱怨什么，但是我知道这对她来说并不容易。"

用内森自己的话来说，他是被非理性的恐惧吓倒了，这一点他心里非常清楚。他知道洁米不会一直等他。二〇〇七年时，她已经三十一岁了。她想结婚生子，并且希望那个人是内森·莱恩而不是别人。他俩同居快十八个月了。洁米希望他计划农场的一些事情的时候，可以把她也考虑进去。但是，在内森去他父母家的那些晚上，她仍然独自一人在他的屋子里吃晚饭，或者有时候尽量自己也工作得晚一点，这样他们就可以在同时回到家里。有时候，她不知道自己在做些什么，回到一个不属于她的房子，孤零零地坐在那里等着，而她想嫁的男人此时正在跟自己的家人一起晚餐。但她不知道，除此之外自己还能做些什么。光是说对洁米而言不容易——对内森也是如此——并不能真正解决问题。

"我相信，事情最终总会解决的，"内森说，"在那之前，我们就先这样了吧。"

话音刚落，我们拐进了法院的停车场，捷达车的轮胎在结了冰的地面上擦出像是压塑料纸发出的声音。这会儿正好是早上八点整。内森连外套也没披就在车后站了好一会儿，把公文包放在被冰雪覆盖的后备厢上，翻看着自己的文件，好像一点都不觉得冷似的。

位于西尤宁镇的费耶特县法院大楼建于一九〇五年。楼里有一个大理石砌的中庭，上面有三层楼，还有一个巨大的绿色玻璃的圆形天窗。到处都窗明几净，就连收费亭大小的花岗岩喷嘴式饮水龙头也擦得干干净净。楼梯也是大理石的，内森和我拾级而上来到三楼，经过未成年人法庭外挑高的长廊时，看到那些穿着工作裤和风雪外套的父母们跟自己的孩子一起坐在走廊舒适的长椅上。再往前走，就是一扇旧橡木门，上面有块牌子，写着"法律图书室"。门边的长椅上坐着两个身穿橙色连体囚服的年轻男子，他们的双手被铐在自己腰间拴的链子上，链子的另一端连着下面的脚铐。

"你好。"其中一个男人说。

"又回来了。"内森答道，好像是在跟一个刚离开商店不久，因为忘了买购物清单上的什么东西又折回到店里的人打招呼似的。

图书室是费耶特县的三位助理检察官和各种各样的私人律师、州辩护律师一起喝咖啡的地方，他们还会在这里跟某人再过一遍当天庭审的案件。图书室里都是十二英尺高、抛过光的雪松木书架，几乎没有什么紧张的气氛，部分原因是因为很少有案件真的是在费耶特县审理的。这里处理的大多仅限于辩诉交易①、假释续期以及县监狱监禁等熟练的程序。再加上这些律师中的很多人在过去十年至二十年里，每个星期有五天早上都会到这里来——而且他们还会这样继续下去直到退休为止——因此，在这里大家对彼此的熟悉程度是迈阿密—达德县那种地方无法企及的。精简与对手打交道的策略，不仅能让所有人更快地离开法庭；理所当然，对律师们的个人效率也是大有裨益的。

三层高的法院大楼建在草原的高坡上，从那里的窗户望出去，人们可以看到街对面的第一国家银行和斯蒂格药店，在它们身后，越过周围房屋的屋顶看去，是从西尤宁镇和密西西比闸坝之间向东延伸出的大约三十英里的一片区域，以及在威斯康星河汇流处附近的十号大坝。这一路会经过埃尔金、冈德、圣奥拉夫、法默斯堡、弗勒利希和麦克格雷戈这些小镇。从法院到河这段路一半的地方，地势起起伏伏，随着坡度的不断增加，河谷也变得愈发狭窄，林木和煤炭的数量也大量增加。一万二千年前，一座面积有威斯康星州那么大的冰山把艾奥瓦州的大部分地区压平了，随着冰川的消退，小碎石和石灰沉积了下来，日后形成了今

---

① 在法庭审理之前，控方检察官和辩护律师进行协商，以检察官撤销指控、降格指控或者要求法官从轻判罚为条件，换取被告人的有罪答辩，进而双方达成均可接受的协议。——译者

天所称的密西西比。曾经有段时间，艾奥瓦州的这一小片地区被冠以"小瑞士"之称，在十九世纪五十年代和六十年代，普鲁士人和奥地利人被这里茂密而肥沃的山丘所吸引，最后选择在这些山谷安家落户。

那天早上第一个过审的案件是在走廊里戴着镣铐跟我们打招呼的那个男人的。虽然看上去不过二十五岁的模样，但实际上已经三十八岁了。他有一头金发，胡须也是金色的，长着一双蓝眼睛和一个鹰钩鼻。他用一口极具幽默感的明尼苏达口音表示自己认罪。

这人是费耶特县法院的常客，和罗兰德·贾维斯一样，这么多年来他已经进出监狱好几次了。几个月前，他因为在非法药物的影响下驾驶而被判缓刑，在本案中是冰毒。一个星期前，他在费耶特县东北部的文尼希克县因为行车轨迹飘忽不定而被警察带走。现在他声称自己不知道驾车和离开本县这两条违反了缓刑条款。内森都已经被搞得不耐烦了。半小时前，他小口喝着咖啡填写文件的时候，跟法律图书室里坐得离律师只有几英尺远的法官说过："我最受不了人跟我装傻充愣、自作聪明了。"

"我也是。"法官答道，眼皮抬都没抬一下。接着，内森说他希望最多判三年刑。法官和辩护律师都同意了。其实他们都心知肚明，因为艾奥瓦州监狱系统已经人满为患，这个人应该在六个月后就会被放出来。

在法庭上，重要的是按流程例行公事，向这个男人宣读对他的指控、他抗辩的意义、量刑的基础以及在艾奥瓦州对人实施监禁所基于的哲学信条。法官在他的位子上开始宣读起来。然后，他在填写文件的时候，凭记忆背诵出其余的内容，偶尔才会瞥一眼他的起诉书。这位法官的须发都已经白了，最近才刚退休。本来他和妻子计划驾驶他们的旅行拖车去佛罗里达州的，但县里要求法官回来工作，直到他们招到取代他的人为止。虽然他答应回来了，但他的耐心是有限的。他刚过了七十岁，对寒冷的天气也受够了。

宣读完判决之后，法官抬眼对被告说："你不能指望我相信你这么一个常干坏事的老手会不知道缓刑期是什么意思，对吧？"

"没错，先生，"那个男人说，"我不能。"

法官耸了耸肩，轻轻地摇了摇头。然后重新低下头去，翻阅在他面前堆积如山的文件，说道："那么，祝你好运吧。"

二〇〇六年的大部分日子以及二〇〇七年的部分时间里，克雷·豪贝格都在为奥尔温镇严重缺乏的戒瘾辅导而奔波忙碌。他成功地帮助说服了艾奥瓦州儿童健康专业诊所在镇上开了一间分部，离豪贝格家庭诊所就隔着两扇门。那里有四名女医生，都能为父母吸食冰毒成瘾的孩子提供帮助，这家诊所把一个小镇上可以提供的援助翻了四倍，尽管这是短短三年来的一个长足进步，但对于瘾君子及其家人来说仍然是僧多粥少。不过这是一个开始，通过出一份力让诊所开到奥尔温小镇来，克雷感觉自己参与了小镇的复兴。这也是一种手段，让他减轻因辞去慈心医院办公室主任一职以及越来越想关闭已有七十年历史的豪贝格家庭诊所而生出的内疚。

克雷戒酒已经有十八个月了。他说这使他对事物有了越来越清晰的洞察力，其中有些也让他感到相当痛苦。正如他所说，他认识到自己过去在对待医药方面，用伤害自己的方式来解决已有的问题，真是得不偿失。因此，他决定不去打那两场自己根本赢不了的仗——一场是对保险公司，另一场是对慈心医院不道德的招聘过程——而是卷起袖子，到一线继续基础工作，在一些郊区急诊室做合同工。那里钱多，工作热情高涨，回报也快。克雷不用仓促地给某个因为吸食冰毒或患有癌症而久病缠身的人进行治疗，只需集中注意力帮助某个病人撑过下午，或者确保他活到第二天的早上。这正好呼应了那条救了克雷一命的匿名戒酒会所信奉的哲理：船到桥头自然直。

尽管有了这些进展，但在克雷·豪贝格持续清醒的刺眼的事实映衬下，他的生活看起来跟他酗酒那会儿不一样了。克雷说，有些方面甚至比以前还要糟糕。他的血压已经失控到让他开始担心自己的健康。他还说，戒酒也让他越来越清楚地意识到需要好好经营自己的婚姻。其实他早该那么做了，而他直到现在才意识到这一点。这位提倡沃尔夫语言学说和音乐的流畅交际和声的男人，发现自己已经失去了对跟他结婚二十年的妻子说有意义的话的能力了。他说，他们夫妻俩说话时彼此都有点对牛弹琴的意思。

一天晚上，在拉斯-弗洛雷斯餐厅吃过晚饭后，克雷和我来到街对面冯·塔克家开的比耶豪斯酒店。跟镇上的其他任何一个地方相比，冯·塔克家的这间酒店通过把美国中西部地区的北方饮酒传统提升到了小镇其它地方前所未见的一种优雅华丽的程度，捕捉到了小镇向上流动的那种渴望。就算是一个正在戒酒的医生，也能在那里体会到一种宾至如归的感觉。酒吧最上面一排擦得锃亮的架子上威士忌整齐排列，酒吧里并不喧闹，就算你不认识酒吧招待，他也把你招呼得好好的。我们坐在酒吧里，克雷一边喝着健怡可乐，一根接一根地抽着万宝路特醇，一边跟我说起他最近幡然醒悟的心得。

"我是一个混蛋，行了吧？"他说道。

我以为他还没说完，等了一会儿。但没有下文了。

"没错，这就是我的感悟：我就是个混账，现在我可以不是了。"

克雷说他认识到这一点并不是因为灵光一现。也没有遇到像三年前夺走他母亲性命的那样的车祸。这种理解上的飞跃，并非像佩尔什马那样在夜里从公路边的沟里腾空而出，撞上了克雷思维里的那辆交通工具，打碎了他长久以来一直照着审视自己的那扇情感的挡风玻璃。这可不是一种令人欣喜愉悦的领悟，不像是把他所有的神经递质都放在一个小玻璃杯里一饮而尽的那种。生物化学、水文学、谱系学、物理学、埃及学——对他而言，事实远比这当中的任何一个都要真实得多。

这番觉悟的结果就是他的血压降下来很多。他说："我血压低得就他妈跟蜥蜴似的。"他全心投入急诊室的工作，不担心出什么差错，也不担心要尽力抢救那些甚至都没跨进急诊室大门的人的性命。

"我逼着自己去喝酒，"他说，"我可能把我身边的人都逼疯了。无论是哪一个，这都没关系。我还是我自己。当你一团糟的时候，你把自己当作别人。你为别人考虑。我所要做的就是不再那样了。其余的自然就会好起来。"他又点了一支烟，"问题是我从来没相信过那些。我不知道怎么才能做到。但现在我明白了。"

到那年的十二月，奥尔温镇上有几家店开张，包括开在 J&L 运动器材商店隔壁的卢·安的拼布花园，就在二〇〇五年玛丽·费雷尔被托尼·巴雷特乱棍打死的那栋楼对面。在市议会前一年承诺的减税政策的激励下，卢·安和她丈夫买下了这栋楼，并在里面开班教人做拼布被褥。如今，卢·安不仅把自己的商店开在楼里，还把楼上的两间公寓租了出去。她的拼布静修会要提前三年预约，参加者大部分是中年妇女，她们跟着卢·安一起去明尼阿波利斯、芝加哥或者堪萨斯城待过几天，一起做拼布被褥、看电影、去有名的餐馆聚餐。拼布花园和开在附近的晨益咖啡馆有一些共同的常客。在隔壁这间缝纫和拼贴店的客流带动下，晨益咖啡馆的咖啡和早餐生意也跟着做大了。

工业园区那里，艾奥瓦州东北社区大学的奥尔温校区和隔壁的数学和科学学院的建筑工程即将竣工。学校计划在二〇〇八年秋季开学。当呼叫中心还在为选址印度还是奥尔温犹豫不决时，墨菲已经开始在数学和科学学院大楼的东面建造一个技术规范中心。与此同时，警察局对面占地十六万平方英尺的那片地，过去是唐纳森工厂，在空置了近二十年之后，有两家全新的客户入驻。一家是名为 Sector‐5 的风力发电机公司；另一家是东宾公司的电池制造厂。这两家加在一起雇用了近一百名奥尔温当地人，时薪是十五到二十四美元，远高出该县的平均薪资水平。

拉里·墨菲的努力也得到了回报，二〇〇七年十一月二日，他第四次连任镇长，而他履新后的工作远没有完成；正相反，他的信念爆棚，而且对小镇的投入比以往还要多。他的下一项工作安排是将被他称为"市中心街景"的范围从现在的七个街区扩大到十二个街区。这将包括更多的排水和供水方面的改造工程、翻新绿化以及修复路灯，并将更多的空置建筑改建成具有吸引力的新商业空间。作为他"社区康健"议程的一部分，墨菲计划在小镇的公园里修徒步小径，还要建造两座公办的室内游泳池。他希望那十二个街区配有更高效的地暖和制冷系统，这样可以降低能源成本。他还希望启动多个住房计划，这是对拆除废弃和低收入者出租房的一种委婉说法。为此，墨菲向内森施压，希望他能参加市议会的竞选。在墨菲的指示下，警方已经开始执行土地条例的相关规定。如果内森成为市议员的话，墨菲就会有一个盟友支持他发起的倡议。

叫内森去参加市议会竞选的想法，显然是为了他"有朝一日能竞选镇长"做准备的，墨菲这么跟我说过。内森那边还没有最后决定。一方面，他是一个非常注重自己隐私的人，单就这一点来看，政治根本就不适合他。另一方面，内森喜欢说他几乎不喜欢遇到的每一个人，然而当你看到内森从人群中走过时面带微笑的样子，就会肯定情况恰恰相反。实际上，内森要是保持他在外面那种脾气暴躁说话像吵架似的形象，肯定会让他在竞选中获得胜算，不仅是四月份的这次，克雷·豪贝格断言，哪怕今后竞选州议员也管用。

值得注意的是，内森所具有的一种内在的、乡土气的敏感，体现在他从下意识地拒绝里培养出了一种对外部世界的潜藏的不满。他坚称自己"不喜欢别人"时所展现的那种防卫态度，就跟他习惯说的"这里只是奥尔温；不是纽约"这句话中表露出的向往一样明显。为了更好地决定自己是否参选市议会，内森在预选季（pre-election season）期间在冯·塔克的比耶豪斯酒店办了个公众见面会，看着他忙碌的身影，你就会知道他根本不是不喜欢别人，他喜欢每个人，而且希望自己不会因此变得易受伤害。正是因为他一直渴望别人的认可和包容，才会让他不信任别人。

内森的举止是带有寓意的。十年前，奥尔温沦为杰·雷诺的《今夜秀》上的笑料之一。在这十年间，冰毒是雷诺所说的美国贫困和剥夺公民权的情况进一步升级的象征，也就是说，它是美国农村的象征，最终是这个国家的外来者地位的充分体现。而奥尔温成了这个现状的标杆。在这之后，在骄傲和防备之间小心地保持平衡就成了整个小镇——包括内森这样的人——的一种姿态。

在杰·雷诺说出这个笑话后不久，拉里·墨菲开始着手为奥尔温在一个全新的世界找到自己的定位。为此，墨菲花了相当长的时间让小镇就他的第一个重大举措达成共识，即通过大规模的经济改革来制衡毒品造成的难以撼动的巨大影响。小镇为实现这种制衡所做出的努力随处可见，无论是在小镇中心城区的改建工程中，还是在深夜第三区（Third Ward）黑漆漆的街道上，抑或内森、克雷、贾维斯和"少校"的个人生活中。科尔维特跑车、钱、承诺，洛芮·阿诺德和杰弗瑞·威廉·海耶斯之类的人貌似可以提供的这些东西，都是在二十世纪八十年代末和九十年代初奥尔温镇所没有的诱惑，贾维斯想成为其中的一部分，结果把自己的生活毁了。十年后，"少校"因为加入摩托车党也差一点毁了自己的生活。作为学成后回归故乡的报偿，克雷·豪贝格希望能够融入他父亲的世界，那个年代，在镇上当一名全科医生是不必跟医院和保险公司对抗的。从某种程度上讲，似乎跟所有这些人一样，美国农村地区一直在斗争，二十世纪八十年代初以来是为了争取平衡，更多时候是为了在一个中部和沿海地区严重分裂的国家争取大家的接受。在最近十年里，冰毒已经成为分裂的代名词。那些冲突，甚至奥尔温也存在，因为在奥尔温，冰毒再次丰富了词汇库：你要么是个一无是处的瘾君子，要么不是。虽然没什么理由对此不友好——也就是说，在进法庭的路上没有理由不彼此寒暄一下——但每次内森把一个瘾君子关进监狱，天平就会朝着正确的方向略微倾斜一些。

二〇〇七年十一月，墨菲组织了一场活动，他称其为"低迷形势的集体埋葬仪式"。其中一个环节是小镇居民组成的游行队伍抬着一口棺材，里头装着代表奥尔温残余的经济不景气和社会无助的象征物。别管这看上去有多老套，墨菲想要让大家明白的是，人们不应该继续认为他们的生活本来就是痛苦不堪的。墨菲希望人们去抗争，并且对重建工作怀有热忱、充满自豪。至于一个小镇的改变会对这个国家的其它地区产生什么作用，墨菲、内森和克雷都心知肚明，奥尔温这边发生的事不过是杯水车薪。这里有一种类似被围困的城邦的感觉。奥尔温正在把入侵者赶出去，但这并不意味着他们会就此离开。缺乏好工作的情况肯定依然存在，毒贩们也可能会继续站稳脚跟，无论玉米价格是否保持高位，当地企业是否都改为地暖，这里的人口数量还是会继续减少。

有天晚上我跟内森谈到这个话题的时候，我问他，一旦墨菲离任，他是否会考虑竞选镇长。说这话的时候我们在他的车库里。炉子里的火熄了，我们正在劈柴把炉子重新点上。

"会的，"内森说，"我会参选的。"

两年半以来，这是我唯一一次听到内森在谈论未来的时候没有丝毫的模棱两可。拉里·墨菲确实改变了一切。

第十五章　独立镇

最后一次去艾奥瓦时，有天晚上，我开车去独立镇看望"少校"。当我到他那里的时候，他正在家里带孩子，他的儿子巴克现在已经四岁了。"少校"仍然跟他的父母约瑟夫和邦妮一起住。那天晚上，他们允许"少校"外出参加一个派对，这种充分的信任是二〇〇五年夏天以来的一个非常显著的进步。想当年，"少校"和他女朋友会闯入他父母家里看到什么就偷什么，然后出去卖了换钱买更多的冰毒，刚刚经历过三年这样的生活的约瑟夫和邦妮甚至连留"少校"一个人在家十五分钟都会担惊受怕。如今，他的父母重新考虑起了他们一度以为自己再也没有机会去做的事情：明年夏天去加拿大，来一次他们最爱的钓鱼之旅。

当我来到他父母家的时候，"少校"正一边喝着啤酒，一边嚼烟，一边用微波炉热番茄芝士披萨给巴克当晚餐。而巴克，那个头发毛囊里曾经检出艾奥瓦州历史上最高的甲基苯丙胺含量的孩子，把一条毯子的一边固定在沙发垫子下面，另一边放在咖啡桌上厚厚的书本下面，搭了一个堡垒坐在里面看电视。至于两侧，他把纸板当墙砖，从地上一直砌到堡垒的顶部。巴克从他在砖缝上留的洞洞里看电视。电视上正在放兔八哥智胜燥山姆的故事，后者是个一心想要吃炖兔肉的法国厨师。这会儿，巴克推倒了他搭的堡垒，走进了厨房间。

"怎么了?""少校"问道。

"吃晚饭的时间到了。"巴克说道。

"这么说你是老板？"

"没错，"巴克答道，"老板饿了。"

趁着巴克坐在沙发上吃晚饭，"少校"把后来发生的情况全都告诉了我。遇到"性""啤酒""冰毒"这些词的时候只能用字母拼，因为巴克已经到了听到什么都会学着说的阶段，并且开始问一些不好回答的问题。"少校"说，总体而言，巴克的状况很不错。在发育方面，他还是领先于其他的孩子。两年前他习惯眼睛注视着人、害羞地微笑，特别惹人喜欢，如今可以一边盯着你的眼睛，一边问你问题——我进门的时候他就问了我"你是谁啊？"——而且在等你回答这段时间始终看着你：真的很有老板范儿。

"少校"说，自从我上次见过他到现在，有一点没变，那就是他担心有一天，毫无征兆的情况下，巴克突然出现一些因为"少校"当初大量吸食冰毒而导致的问题。这个想法——无论"少校"的人生取得多少进步，它都可能突然出现并且成为一个压垮一切的现实——就像一个良性肿瘤，在"少校"的身体里不断生长，随时都会转变成无法治愈的癌症。无辜的小巴克可能成为他父亲的过去的牺牲品，只要一想到这个，少校就想用纯度最高的冰毒了断自己。

跟二〇〇五年那会儿一样，关于儿童接触冰毒的长期影响的研究至今依然没有定论。多伦多大学的药理学教授肖恩·威尔士博士告诉我，"要得出确凿的发现得花上二十年的时间"，因为"短期的研究不可能弄清楚长期的影响"。对巴克和"少校"而言，没有消息就是最好的消息。但信息的缺乏也让"少校"抑制不住自己的想象力，从而加重了他的负疚感。命运对于像"少校"这样的人是残酷的，他太想讨人喜欢，轻而易举便被"沉默之子"控制了，而他至今仍称这些人为"家人"。"少校"兀自沉浸在自我厌恶的情绪中，有时候这样的情绪还会蔓延到巴克身上，这个孩子承载着自己父亲的罪过，如同一道新鲜伤疤，展示着自己父母可鄙过去的残余。

"少校"说他仍然感觉自己远没有被独立镇上的人所接受。跟冰毒和摩托车帮搅在一起，使得他跟美国社会的大多数人都相去甚远，而这有时只会进一步诱使他回到过去的生活。虽然"少校"跟自己父母之间的关系依然困难重重，但他父母给了他极大的帮助。巴克的母亲还在吸毒，而且还跟摩托车帮的人混在一起。"少校"深知，只要他跟巴克的母亲接触，一切就会前功尽弃，但他非常想念她。除了她，还有谁会真的愿意去了解他的处境呢？

"少校"还在缓刑期，每个星期还要去参加麻醉品滥用者互助协会的聚会，并且仍在干建筑方面的活，为了去上班总是要找人让他搭车；他的驾照被吊销了还得再等六个月。他说，好消息是他现在有了一份工作，而且每天都不碰毒品，这让他离自己希望的彻底戒掉冰毒、结束缓刑的目标又近了一步。一旦再次可以开车，他希望能给自己和巴克找一处房子，或许还能回到自己六年前离开的社区大学继续完成学业。他说，他仍然希望自己有朝一日能够成为一名机械师。

至于坏消息，"少校"说，是他没有什么东西可以相信。他一直非常努力——不碰毒品，抚养巴克，出去挣钱。但是没有冰毒，"少校"觉得自己很难感觉到——用他的话说——"快乐"。而这种进退两难正是克雷·豪贝格经常在他的病人，比如罗兰德·贾维斯身上看到的。就算"少校"做了正确的事，他也不能完全相信其正确性，因为这种事无法让他感到满足——而冰毒可以。我第一次在电话里跟克雷聊天的时候，他说整整一代人都被这个问题所折磨，与其说冰毒是罪魁祸首，倒不如说它是一个完美的隐喻。要恢复正常——也就是说，再次开始从生活的单调事实中找到意义所在——可能需要花上数年时间。克雷自己最近突然领悟到，本质上智力不能替代本能——知觉不是感觉。同样，"少校"告诫自己，他应该心存感激，但这并不能用来取代他无法再生的神经递质以及它们创造的那种幸福感。与此同时，冰毒那种如地心引力一般的诱惑，以及它总能带给人的烟火般绚烂的迷醉狂喜，可能是势不可当的。星期六晚上，"少校"站在他的厨房里，似乎仍在一个劲地甚至反应激烈地寻找内心的秩序，即使他明知自己不会找到。我问他，是否准备好用回自己的本名托马斯，还是更愿意用他的绰号。

"那不是绰号，"他说，"那就是我。"

我第一次跟"少校"见面，是在七月一个阳光灿烂的日子里，在"少校"的要求下，我们去小镇之外几英里的一个偏远的公园玩飞盘高尔夫（Frisbee golf）。球场就在林子里，而球"洞"其实就是按一定间隔摆放的一个个巨大的金属筐，距离每个"发球台"一百码到几百码不等，至于"发球台"则是林子里修剪出来的一块草皮。结束之后，"少校"给我指了一条回家的近路。砾石路开了一段又一段，四周都是齐胸高的绿色玉米地，环顾一圈看不到地平线，显然我们并没有朝着回小镇的方向开，而是离小镇更远了。"少校"明知我已经没了方向，还是问了我好几次是否知道自己在哪里。他显然喜欢这种掌控一切的感觉。最后，他让我把车停在了一处周围没有人家的农舍的车道上，原来这就是他的"家人"现在的住处。这里住着"沉默之子"的首领鲍勃和他的女儿——巴克的母亲——想必他们这会儿应该正在谷仓里制作冰毒，就跟"少校"在监狱里关着的时候一样。

就在几天前，鲍勃半夜三更打电话给邦妮和约瑟夫，说他要来杀了他俩和"少校"，放火烧掉他们的房子，并把巴克掳走。然而，"少校"一有机会，就精心炮制了这么一个去这个前不着村后不着店的公园玩飞盘高尔夫的计划，为的是搭我的车回到那种让他既厌恶又渴望的生活中去。当我把车驶离那栋农舍的车道时，"少校"先是恳求我把他载回去，接着拒绝告诉我回小镇的路怎么走。在我开车的时候，他对着我骂骂咧咧，威胁要杀了我，还故意敲打汽车的仪表板。"少校"掏出手机，打电话给他认识的一个女孩，拍着胸脯向我保证如果我把他载回他"家人"那里，他会给那个女孩冰毒，让她吸到嗨，然后我可以对她为所欲为。我漫无目的地开了一小时，最后总算把他送回了家。

可想而知，"少校"经历了多少事才成了今天这个样子。他依然祈祷巴克的母亲重新回到他身边，但前提是她不再碰毒品。晚上睡觉时，他还是会梦见"家人"，偶尔还得跟自己想要重新加入他们的冲动做一番斗争，但他已经不用每天经历这样的挣扎了。只要想想罗兰德·贾维斯，甚至是二〇〇八年六月第二次从联邦监狱放出来的洛芮·阿诺德，你就知道"少校"到底经历了多少才走到今天这一步。

说来也怪，我最后一次去探望贾维斯，也是我唯一一次在他母亲家外面见他。他当时，正坐在他母亲家前院的一张草坪椅上，尽管天气很热，他还是穿着他常穿的法兰绒衬衫和厚厚的保暖裤，有一搭没一搭地跟经过人行道的邻居们聊天。不过，那似乎已经是他很不错的状态了。我曾试图联系贾维斯，但根本找不到他，联想到过去两年里我几次去奥尔温时他的受欢迎程度，我觉得这不是个好兆头。貌似没有人知道他人在哪里或发生了什么事。他的医生克雷·豪贝格也已经有好几个月没有见过他了。罗兰德·贾维斯这个人仿佛突然被他母亲家客厅里发霉的地板吞噬了。

然而再看看"少校"，他二十七岁（贾维斯二〇〇七年十二月刚满四十岁），不再碰毒品，有一份工作，似乎很喜欢儿子在他身边，而他儿子巴克，到目前为止还不需要做移植手术，也不需要特殊教育。"少校"曾吸毒吸到精神恍惚，错把五美分硬币当成婴儿食品，这样的日子早已一去不复返了。（巴克差一点被那枚五美分硬币噎死，而"少校"担心如果带孩子去医院自己会被关进监狱，于是把巴克带到父母家让他们带巴克去看急诊。一到急诊室巴克就接受了紧急手术，取出了卡在他气管里的那枚硬币。）"少校"似乎也不再有精力一个人滔滔不绝地描述他的"家人"是如何把他们的对头绑在椅子上，给他们静脉注射致命剂量的甲基苯丙胺，然后把他们的尸体拿去喂猪的事。到二〇〇七年十二月的时候，"少校"已经对拥护"沉默之子"的白人至上主义事业失去了热情，颇为讽刺的是，他总是以一种听不见的节奏把它吐露出来——仿佛就算在他对黑人大发雷霆的时候，脑子里响起的依然是他最喜欢的武当帮①乐队即兴重复的唱段。相比罗兰德·贾维斯，"少校"已经昂首阔步地迈入了一个新天地。

就算如此，"少校"的希望也是暂时的。因为他虽然不沾毒品，但他拒绝戒酒。（当我问起这件事的时候，他问我喝酒是不是违法。我摇了摇头。"少校"见状生气地说："那不就是了，不用我多说什么了。"）巴克吃饱了披萨后睡意就上来了，他爬进重新搭起来的堡垒里又看了一会儿动画片《乐一通》（*Looney Tunes*），然后安静地睡着了。这时"少校"给我讲了个他差一点点就前功尽弃的故事。

"少校"说，就在前一晚，他把巴克弄上床睡觉后，在刺骨的寒气中走了八个街区去他最喜欢的酒吧。当他还在跟摩托车帮的"家人"一起住的时候，或在监狱里服刑期间，或躲在父母家大门不出二门不迈生怕自己一旦跟别人接触就会毒瘾发作的时候，"少校"的大部分朋友都有了各自的发展方向。其中很多人离开小镇打工去了，或者结了婚、忙着工作，晚上没空出去泡吧。其余的人则害怕跟一个前新纳粹分子和毒贩打交道，这样的想法无可厚非。但在那晚，"少校"碰到了一个跟他一起上高中而且还曾暗恋了许久的一个女孩。他们一起聊天、喝酒，"少校"意识到他年少时的那份暗恋的情怀依然还在，而且，她对他也一直怀有好感。

因为长期以来他的神经一直绷得紧紧的，这种突如其来的放松几乎

---

① Wu-Tang Clan，成立于一九九一年的纽约著名黑人嘻哈乐队，被认为是有史以来最具影响力的嘻哈团体之一。——译者

让他头晕目眩。在这个甜蜜而短暂的瞬间，随着一扎接一扎的啤酒以及温暖而昏暗的房间，与生活、巴克、他的父母、他的过去有关的一切念头都消失得无影无踪。他喝得晕头转向而且喜滋滋的，重新体会到了自己生命中与最近的烦心事没有瓜葛的那段时光。"少校"直到毕业前也从没碰过任何一种毒品，而且还正儿八经地给学生做了一次有关甲基苯丙胺的危害的主题演讲，说起这些高中时候的事，他和那个女孩都笑了。

他们的卡座在酒吧的角落里，随后，借着昏暗的灯光，"少校"和那个女孩欣喜若狂地拥吻起来，一个迟到了十年的吻。然而，"少校"在吻她的时候，偷偷瞥了一眼酒吧前面的大窗户。他知道他得走了，尽管她温暖的身体紧紧地缠着他。这天是星期五，很快就要到午夜了，警察会出来巡逻。他们都知道"少校"是谁。他很确定警察中没人会真的相信像他这样的人会彻底戒断毒瘾，他们会拔出枪指着他。他还有八个路口要走——一个在寂静而寒冷的街道上独行的人，就跟罪犯一样醒目。从法律上来讲，他面临的情况是：当众醉酒（而"少校"现在肯定已经醉了）将算作违反缓刑规定。如果被警察抓到，他毫无疑问会被判入狱三年。那他就彻底完蛋了。

最后，"少校"告诉那个女孩他得走了，然后一下子冲出了卡座。他想过让那个女孩开车送他回家，但他知道那么做很愚蠢。她也喝醉了，如果警察把她拦下的话——这种可能性很大——那么他一样会进监狱。他也想过自己开她的车，这个念头很快闪过。毕竟八个街区不算远，"少校"也算得上是酒后驾驶的老手了。但他再次否定了这个想法，他心里很清楚，当众醉酒会让他坐牢，但如果再加上违章驾驶的话，他的驾照就会被永久吊销。因此，跟女孩吻别后，"少校"独自离开了酒吧，朝家里走去。

一开始，他贴着人行道的边缘走着。接着，他说他把风雪大衣上的兜帽拉起来罩在头上，把整个脸都遮了起来。他想起了巴克还有巴克喜欢玩的搭堡垒，想着一个这么小的男孩怎么会相信如果自己看不见别人的话，别人也会看不见他。"少校"拉紧了大衣上的帽子，低着脑袋走了一个街区。然后又把帽子甩了回去。这会儿他有点心慌起来了，开始沿着白雪覆盖的草坪往前走，他越走越靠近路边的房子，整个人没入了遮阳篷和冰冷的装了纱窗门的门廊投下的阴影里。

没过多久，"少校"感到一阵犹如冰毒戒断时那种让人身体发软、想要呕吐的痛苦——在他从锡箔纸上吸完最后一次冰毒之后的整整三年里都是这般痛不欲生，他就靠在一棵树下使劲地喘气。所有的疑神疑鬼和狂躁都劈头盖脸地压了下来，像倾泻的洪水一样把他肺里的气都冲了出来。他的瞳孔缩小，人也开始冒汗。他在雪地里呕着，心也狂跳不止。呕干净后，他突然跑了起来——他跃过篱笆，同时惊恐万分地回头张望，朝着自己的孩子和父母一路狂奔，而驱使他这么做的并不是逃跑，反而是一种想被抓住的渴望。他希望听到的警笛声并没有响起。回头看到警察的话，该是一种解脱。"少校"说，随便什么都好过这股在他身后紧紧相逼的无形力量。

尾声 重返家园

二〇〇八年六月，在阔别家乡十八年之后，我和妻子一起搬回圣路易斯居住。回去后的第一个星期里，《圣路易斯快邮报》每天都会刊登有关一起跨州谋杀案的报道。一开始是杀手正在大开杀戒；随后是他被捉拿归案的消息；最后是有关他情况的详细披露。凶手名叫尼古拉斯·谢利，来自伊利诺伊州的岩石瀑布镇（Rock Falls），一个位于奥尔温镇以东约八十英里的地方。在伊利诺伊州盖尔斯堡和密苏里州费斯图斯之间的方圆三百英里内，就在圣路易斯附近，五天里有八人被谢利殴打或重器击打致死。而在此过程中，他一直处在吸毒后的亢奋状态。

除了谢利的新闻之外，《圣路易斯快邮报》在我回到家乡后的头两个星期还发表了几篇有关密苏里州杰斐逊县（也在圣路易斯附近）的冰毒作坊的报道。若以每年拆除的数量来衡量的话，杰斐逊县的冰毒实验室数量为全国之冠，这让该县在二〇〇五年一举成名。那一年，密苏里州共拆除了两千七百八十八个冰毒实验室，居全国之首，而其中杰斐逊县就达二百五十九个，数量堪称惊人，差不多是排在密苏里州第二位的加斯珀县的两倍。鉴于跟我交谈过的警察大多认为他们捣毁的冰毒实验室最多不过实际数量的十分之一，那么，二〇〇五年在杰斐逊县的农村地区处于工作状态的冰毒实验室就有两千六百个。据《圣路易斯快邮报》报道，在《打击甲基苯丙胺泛滥法案》通过后，二〇〇七年期间，当地冰毒实验室的拆除工作有段时间出现过急剧下滑，到了二〇〇八年六月，杰斐逊县又步入正轨，并计划在那年年底前拆除二百个冰毒实验室：这清楚地表明制毒者们卷土重来了。

　　读杰斐逊县的新闻和尼古拉斯·谢利的报道时的感受，让我想起自己在二〇〇五年五月为写这本书而开始调研时的心情。那一年的夏天和秋天，当我开车去艾奥瓦州、伊利诺伊州、密苏里州、肯塔基州、加州、佐治亚州和亚拉巴马州各地时，我走访的每个城镇里都有一种货真价实的震惊和恐惧感。不知为什么，就在同一条街上或者小镇的另一头，一种在水槽里制作出来的毒品会让人做出疯狂的举动，人们对此百思不得其解。在我跟佐治亚州调查局的前负责人、特工菲尔·普莱斯见面前不久，他无奈地逮捕了自己相识已有二十年之久的好朋友——一个四十五岁的男人，是三个孩子的父亲，也是刚沾上冰毒的瘾君子。这个人躲在佐治亚州坎顿市郊区一家汽车旅馆里，还把自己九岁的儿子扣为人质，普莱斯在特警队的掩护下对他喊话，叫他从房间里出来。像这样的事件不必太多，就会让人们开始质疑他们对彼此的了解以及对自己的认知。

　　随着我和妻子在新家安顿下来，一想到那些小打小闹的冰毒生意死灰复燃就让我心烦意乱。而且还非常害怕。当初决定写这本书的主要动机之一，是为了我妻子，她从小在纽约郊区的一个小镇长大，正在戒酒的康复过程中。我曾经上千次地设想过：如果在她十几岁的时候冰毒就跟现在一样唾手可得，那会怎样呢？如果她选择的不是酒而是冰毒，那又会怎样呢？当然，有理由认为我可能根本不会遇见她。如今，她怀着我们俩的第一个孩子。一切都不曾改变——无论是对格林维尔的詹姆斯和肖恩，对杰斐逊县，还是不久的将来我和家人生活的地方——对我来说，这个念头比以往任何时候都更令我感到沮丧。跟那些我二〇〇五年在坎顿市、本顿市和奥尔温镇遇到的父母们一样，我想知道我的孩子会生活在怎样的一个世界，事情是怎么变成这样的。我好像又回到三年前的那个起点。

据美国缉毒署的说法,《打击甲基苯丙胺泛滥法案》应该能有效地铲除家庭作坊式的冰毒制作活动。用这个国家的"缉毒沙皇"的话来说,冰毒已死。如果我们还有什么要担心的话,那应该是墨西哥几大贩毒组织,而不是杰斐逊县那些小打小闹的制毒者。那么,为什么冰毒流行的情况没有按照预测的方式变化呢?现在冰毒制作已经卷土重来,跟过去没什么两样,和二〇〇五年和二〇〇六年那时一样,人们又开始把这种毒品跟某种超自然的邪恶力量进行比较。人们再次恐慌起来。

为了对这些事情有个正确的认识,我给托尼·洛亚打了电话。在长达一小时的通话中,他不仅证实了冰毒已经重整旗鼓;而且还暗示情况类似于回到了一九九六年,就跟吉恩·海斯利普最终成功地使对粉状伪麻黄碱的使用进行监控的法律获得通过后的情况一样。那一年收缴的冰毒数量下降了,纯度也有所下滑,标志着美国缉毒署在打击毒品扩散方面第一次取得重大胜利。当然,一旦毒贩们转而使用在医药公司说客的要求下继续不受监管的片状伪麻黄碱时,这个胜利就变得不堪一击。正因为一九九六年通过的海斯利普的法案被打了折扣,才开启了近代冰毒史上最具破坏性的时期,并在九年后的二〇〇五年达到顶峰,当时这种毒品在美国国内以及全球的产量达到了历史最高纪录。如今,很明确的一点是,随着《打击甲基苯丙胺泛滥法案》的通过,冰毒流行马上将进入一个全新的具有破坏性的时代。

洛亚身高五英尺十英寸,体格颇有些健美。我第一次见到他,是在圣地亚哥的联邦政府大楼的一间安全室。他戴着一副金边变色眼镜,皮肤晒得黑黑的,对一个五十九岁的男人而言,看着非常健康。洛亚有一种拉斯维加斯艺人般的若隐若现的魅力。他从事政府工作已经有三十九年了:先是在麻醉品与危险药品管理局,接着在美国缉毒署工作了二十五年,现在在"国家甲基苯丙胺化学行动计划"任职。他是个地地道道的好政府雇员，极不情愿批评政府或者任何政府机构。他认为美国工业是"我们领先全世界的原因"，提倡财政上保守，寻求小政府以及减少政府干预。然而，最近事态的发展确实拉伸了洛亚的许多信念。

我在电话里跟洛亚哥交谈的那天距离我第一次跟他在圣地亚哥会面差不多有三年的时间了，此时很明显他有些意识到自己正在扮演吉恩·海斯利普的角色。洛亚是《打击甲基苯丙胺泛滥法案》的起草者之一。他还说服墨西哥政府在二〇〇七年禁止了伪麻黄碱的进口，这样一来墨西哥几大贩毒组织可以用于生产的原料也就基本枯竭了。洛亚为自己的工作感到自豪。在政府部门工作了四十年之后，他也愈发感觉筋疲力尽，用他的话说："这该死的问题，政府一边口口声声说要着手解决，一边却似乎总让它有死灰复燃的机会。"他接着说："每隔十年我们就有一个可以彻底解决冰毒这个问题的机会，从此一劳永逸。但我们总是以失败告终。"

据洛亚所说，《打击甲基苯丙胺泛滥法案》的失败，一如一九九六年海斯利普的法案的失败，都是由医药行业的游说直接导致的。《打击甲基苯丙胺泛滥法案》背后的主要指导思想，是通过对全国各地感冒药的销售进行监管来减少国内冰毒的产量。洛亚介绍说，美国缉毒署向国会提出了三项条款以保证该法案获得成功。第一条，监测手段必须由联邦政府授权，而不是由各州政府自行决定。第二条，药店需通过电脑而不是手写的记录来跟踪感冒药的销售情况。第三条，洛亚说，美国缉毒署坚持认为药剂师电脑上的监控程序中需要内置"停止购买"的指令——也就是说，如果一位顾客已经购买的"速达菲"达到了每月可购买量的上限后仍试图购买，那么电脑就会自动提示药剂师不许出售，或"停止购买"。

这一次，对一项反冰毒立法的关键要素提出反对的不是艾伦·雷辛格所代表的所有权协会，而是全美零售连锁店协会（National Association of Retail Chain Stores），它代表的是塔吉特（Target）、沃尔玛、西维斯（CVS）、沃尔格林（Walgreens）以及来德爱（Rite-Aid）这美国五大药品连锁店。洛亚那天在电话里语带讥讽地指出，该协会名称的首字母缩写正是 NARCS[①]。

二〇〇六年，当《打击甲基苯丙胺泛滥法案》处于辩论阶段时，代表全美零售连锁店协会的游说者们辩称，法案中关于"停止购买"的条款让药剂师和零售店员工充当了警察的角色。例如，该协会问道：西维斯的员工为什么得告知顾客他不可以买什么东西呢？然后指出，还不如在销售完成后把数据提交给当地警察，然后由警察视其所看到的情况采取行动。店家应该会愿意配合，但在可能造成潜在的不公平的销售损失时，它们不必对此进行配合。

托尼·洛亚的反驳是："拒绝向未成年人出售酒精和烟草是否有'当警察'的意思呢？"

"是的，那也是当警察啊。"洛亚接着说，"但药店已经这么做了好多年，也没抱怨过啊。那么，这跟让他们告诉一些顾客不可以购买超过一定数量的"速达菲"又有什么区别呢？可是那些游说者却坚称，任何试图对销售进行追踪的举措都会对他们的财务健康构成威胁。事实绝非如此。"

最终，国会拒绝接受"停止购买"这条指令。而更重要的是，国会驳回了美国缉毒署提出的该法律的解释权归联邦政府的请求。相反，国会决定让《打击甲基苯丙胺泛滥法案》更像是指导意见，而不是一种实际意义上的授权，并交由各州政府做出各自的解释。而这，用洛亚的话来说，实际上是将法律暴露在了强大的全美零售连锁店协会游说团体面前。与此同时，这一法案的主要倡导者和谈判者——共和党众议员马

---

① 即 narcotics（麻醉品）的缩写。——译者

克·索德尔和加州民主党参议员黛安娜·范斯坦——却宣称该法案是对冰毒的一个突破性打击。

洛亚描述《打击甲基苯丙胺泛滥法案》的失败时所用的措辞，是拉里·墨菲在追忆二〇〇五年时再熟悉不过的了。他说，管理一个州，跟做生意其实是一个道理，城镇和县也是如此。像密苏里州这样的贫困州，跟奥尔温这样的贫困镇一样，不情愿冒险把跟西维斯和来德爱这样的连锁企业的关系闹僵。当初拉里·墨菲为了重建奥尔温镇而决定将那些不利于社区的企业拒之门外的时候，他也是说服自己冒着奥尔温镇可能变得更穷、自己因此被众人指责的风险的。奥尔温赌了一把，并在二〇〇五年和二〇〇六年获得了胜利。当密苏里州面对来自全美零售连锁店协会对其已经摇摇欲坠的经济的潜在威胁时，选择了打安全牌，在二〇〇六年对《打击甲基苯丙胺泛滥法案》进行地方解释时，拒绝采用美国缉毒署提出的"停止购买"指令。洛亚还指出，在全美零售连锁店协会的进一步要求下，该州立法机构甚至允许药店靠手写的方式来记录感冒药的销售情况，于是，这些连锁药店也就没有购买电脑新程序的必要了。一年半后，密苏里州的人均冰毒产量再次达到全美最高。

"这就是我们的现状，"洛亚说，"作为有史以来技术最先进的国家，我们却让上千个人把几十万人的名字写在笔记本上。我们通过了法律，然后基本上告诉这些大公司他们并没有义务遵守法律。真让人瞠目结舌啊。"

对于这件事的反应是，在乡下农舍里的冰毒产业要比洛亚所能想象的更有效率。他说那些瘾四和大头蛋的冰毒实验室已经达到了中等规模。洗钱居然也发展成为一个独立的行业。不仅在当地，甚至在全国发展出了分销链，那些负责洗钱的人还开着车从一个州到另一个州、从一个地区到另一个地区，购买感冒药然后倒卖给日益高产且组成网络的制毒者们。而在本地，洗钱者还会付钱给药店员工，这样后者就会对他们盗窃感冒药的事睁一只眼闭一只眼。

"那些西维斯或沃尔格林的员工,"洛亚说,"在对这些盗窃行为假装视而不见的那两分钟里挣的钱,要比他们在柜台后面站一个星期挣得多。这肯定是想都不用想的事啊。"洛亚说,其结果是制毒实验室的数量虽然仍不及二〇〇四年和二〇〇五年的高峰期的,但产量提高了许多。

更重要的是,洛亚得到的信息显示在墨西哥边境沿线缴获的可卡因达到十二年来的最高纪录,要知道上一次可卡因有如此大的消费量还是一九九六年的事,当时,海斯利普推出的法案暂时压制住了墨西哥几大贩毒组织的冰毒市场。洛亚将这次可卡因缴获数量的增加,归因于他自己在不遗余力地要求墨西哥政府限制伪麻黄碱进口这件事上取得的成功。然而,洛亚担心的是本地的冰毒制造者会让市场继续存活下去,与此同时,从蒸蒸日上的可卡因生意里赚了一大笔钱的墨西哥几大贩毒组织,将有时间和资本从暂时的挫折中恢复过来,并且还会变得更强大。

"我的意思是,"洛亚继续说道,"我被困在时间隧道里了。墨西哥人先用可卡因耗着,他们在等待良机,直到找到一个办法,把我们刚刚端掉的那部分冰毒生意再拿回去,这样的事十二年前发生过,如今又重演了。他们会去加拿大、朝鲜或哥伦比亚找伪麻黄碱吗?谁知道呢。我猜会是加拿大。可以肯定的是他们会去某个地方。因为那里有瘾君子。那里有钱赚。当墨西哥人重整旗鼓的时候,那些洗钱的人在保证每个人都能吸到嗨。"

洛亚指出,无论可卡因市场有多火爆,墨西哥几大贩毒组织都不会放弃冰毒生意,因为对于冰毒,这些墨西哥贩毒组织全面掌控了生产、分销和零售环节。冰毒是一个很棒的生意。它可能也像帕特里夏·凯斯曾经指出的,是"最美国的毒品"了。再加上美国人对工作的狂热,就好像冰毒一直在重组的基因组已然成为我们身体的一部分了。正如洛亚的朋友、美国缉毒署的前特工负责人比尔·鲁扎门蒂曾经跟我说过的："冰毒真的永远不会消失。这是不可能的。它早已成为塑造我们的一个很大的组成部分了。"

洛亚一边静观其变，看墨西哥几大贩毒组织下一步会做什么，一边在私底下继续跟制药公司和销售其产品的连锁零售商店进行谈判，正如他所说的，这是为了"让他们看清其中的利害关系"。假如全美零售连锁店协会不对州立法机构施压的话，那么立法机构就有可能修改他们的冰毒法，如此一来，当地的法律有望更接近洛亚和美国缉毒署长久以来的构想。

"你知道，"洛亚说，"我是同情这些大公司的。我也不想他们难做。我只不过通过游说者们告诉西维斯：'你看，你的员工和毒贩子们都成了一丘之貉了。我们要把他们端掉，而这会让你们很难堪。难道你真的想让你们公司看上去像个犯罪集团吗？'"洛亚停顿了一下，"我说这番话的时候，尽量保持冷静，而此时杰斐逊县那边一些该死的房子被炸上了天。但我没法再继续冷静下去了。所以我冲着他们吼了起来。"

洛亚告诉我，就在我们谈话的几天前，他跟全美零售连锁店协会的副总裁开了个会。洛亚听着这个人一再强调西维斯和来德爱雇用的员工及药剂师不是警察，说不应该期望他们去告诉顾客不能买感冒药。而且，这位全美零售连锁店协会的副总裁还想知道，如果有人在店里顺手牵羊，店员要把这个行窃者逮住、铐起来并关进监狱吗？不——他应该打电话给警察，那才是他该做的。他接着说道，不管怎样，药店在法律上没有义务去做超出他们工作范围的事。毒品和毒品制造者，都是警察的工作，不是药店的。他告诉洛亚，《打击甲基苯丙胺泛滥法案》对这一点写得清清楚楚。

"经过了这么些年，又经过了所有这些谈话和会议之后，"洛亚说，"我开始做些之前我从来没做过的事：我就站起身来走出去。打断对方的讲话。就好像我……"说到这里，洛亚再次停了下来。一九七二年，年仅二十四岁的他作为麻醉品与危险药品管理局的特工在旧金山第一次参加打击街头毒品交易的行动时遇到的就是冰毒。自那之后，他始终在跟这种毒品做斗争。他接着说道："就好像有什么东西终于破灭了。"

但洛亚并没有起身离开。他就这么坐在那里。然后不再听那位副总裁讲的话。相反，他从灵魂最深处唤起了自己所能唤起的所有耐心，任由此人滔滔不绝，并尽量不让此人说的任何一个字入耳。洛亚说，终于，这个人的嘴巴消停了，而这时候他又得再次开始向他解释。

二○○八年四月，内森·莱恩通过选举进入奥尔温市议会。克雷·豪贝格说，他是以压倒性多数获胜的。内森居住的那栋小白房子位于第三行政区，街对面以前就有一个冰毒实验室，如今，第三行政区不仅仅是他居住的地方——还是他的选区。五月，"少校"从独立镇的社区大学毕业，拿了一个机械维修方面的学位。"沉默之子"的头头鲍勃，跟他的女儿——"少校"的前女友以及他儿子巴克的生母——因制造并意图贩卖甲基苯丙胺而被捕。鲍勃和他的女儿在等待量刑宣判。巴克同母异父的妹妹卡洛琳则被人领养。这年秋天，巴克就要开始上幼儿园了。

二○○八年六月三日，洛芮·阿诺德被释放，离开了位于伊利诺伊州格林维尔的那座中等安保级别的专门收容女犯人的联邦劳改营。她搬到了亚利桑那州的钱德勒市，这样离她的一个兄弟近一些。一个星期后，她接受了第一次强制性尿检，以检测其体内是否含有非法物质。但是她没能通过，被判缓刑五年。

二○○八年七月，我最后一次给罗兰德·贾维斯打电话时，他正坐在他母亲的那栋两居室房子的客厅里。这通电话距离我们上次坐在同一间房子里一起看《好家伙》这部片子已经过去三年多了，贾维斯开始把他这二十年来与冰毒的斗争慢慢放松下来的各种蛛丝马迹向我娓娓道来。之前有一年多的时间，我打给他电话从来没有接通过，此时听到他的声音，我心里一阵欢喜。有一次我听到传闻说他或者他前妻自杀了。

"没有，"他说，"没人自杀。"

除了这个，其它的事情——用奥尔温镇当地人的话来说——都是些一击全中和落沟球①：有起有落，有好有坏。贾维斯的一个儿子终于换了个肾，现在身体挺不错。然而贾维斯的母亲不久将要再次入狱，这次是因为醉驾。他的两个女儿也挺好的；一个女儿在这年春天从奥尔温的高中毕业了。就在前几天，他还跟他们一起去小镇的湖边钓鱼了。

"还是老样子，还是老样子。"贾维斯说。

我问他是否已经戒毒了。

"还没有完全戒掉，"他说，"但我还活着呢。"

挂掉电话后，我想起了我在二○○五年夏天的一次旅行。当时，我还在找一个可以写一写的小镇。那个夏天我去过两次奥尔温，在那里待了大概有一个月的时间。我一路开着车，遇到我在报纸上读到的那些小镇就停下来看看，请人们跟我讲讲冰毒的事。我花了大量的时间走访急诊室、法院和县监狱。某个周末，我从肯塔基州开了五百英里到艾奥瓦州，然后又开回来。问题是我并不清楚自己究竟要考察什么，或者说甚至连要找什么都不知道。因此，跟其他人一样，我也去了加州。

我以圣地亚哥为起点，在那里，我遇到了托尼·洛亚。接下来，我开着车在中央山谷一带转悠了有一个星期，最后来到了圣何塞。一路上，每到一个小镇我都会住进汽车旅馆，尽量融入当地人的生活。中央山谷就像约翰·斯坦贝克描述的那样：炎热、平坦、尘土飞扬，凉爽而遥远的山脉是一种向往，或许只是一种幻影。这里的天气感觉就跟夏天的艾奥瓦州、达科他州甚至密苏里州一样。当我看到山谷中最偏僻的地

---

① strikes and gutters，在保龄球运动中，一击全中称为 strike，球滚入球道两侧的沟里则为 gutter，即一个都没击中。——译者

方的一些运河如何变得通红的时候，我不知道自己在看什么。后来，一位美国缉毒署的特工告诉我，这些运河除了为全美最多产的农业地区提供水源之外，还是隐藏在橘子和山核桃林里的那些冰毒超级实验室倾倒红磷的垃圾场。

在那次旅行结束之际，我从圣塔塞搭一趟傍晚的航班飞往纽约的肯尼迪机场。起飞三小时后，我看着机上一本杂志后面的地图，估摸着我们正在南达科他州东部的上空，朝艾奥瓦州的方向飞去。这个时候飞机正处在它的飞行弧度的最高点，在这个高度短暂停留一段时间后，开始缓慢而平稳地下降。在我们身后，太阳低低地挂在空中，大地淹没在白天即将消退的光亮所折射的温暖里。在这片亮光中，从离地三万五千英尺的高空是不可能看到下面的那些小镇的。

这个高度也将我们困在了一个短暂的秘境中，一个由特定于下午晚些时候和傍晚横贯大陆飞行造成的幽冥世界。地球表面的弧线清晰可见。在飞机前方的北面和东面，天空是深沉的蓝色。在机身后方的南面和西面，天空散发着红色的光芒。这真的就像黑夜推着自己越过了大地的广阔轮廓，推着它前面的白昼。然而在我们的下面，在苏瀑市和阿尔戈纳，那道亮光连同可能性的概念，依然存在。

十五分钟后，飞机继续向东飞去，就算是地上最显眼的特征也开始渐渐模糊起来了。我情绪低落。我不想回纽约。这么多年来，我第一次渴望回密苏里州去。我们已经往北飞得太远了，已经看不到圣路易斯，于是我从昏暗的大地上稀疏的点点光亮中寻找密西西比河。我思忖着，至少这条河或许会给我一些和家乡的短暂联系。

不一会儿，我找到了自己在这片渐渐深沉的黑暗中寻找的东西。我的眼睛顺着泛起光亮的河流向北望去，我知道在那些有一小撮亮光聚集的地方，其中一个肯定就是奥尔温。突然之间，我明白了自己在想什么，也知道自己要去哪里。

后　记

　　二○○九年七月二十日，我在近一年半之后第一次回到奥尔温镇。《美国小城镇的死与生》一书在几个星期前刚刚出版，登上了《纽约时报》的畅销榜。与此同时，克雷、内森和老墨告诉我，奥尔温镇上几乎没有人读过这本书。图书馆里有三本，而等待借阅的名单上有四十六人。奥尔温镇上没有书店；最近的书店在艾奥瓦州的滑铁卢——大约三十英里之外。而在巴恩斯-诺布尔（Barnes & Noble）的网上书店和亚马逊网站上，都已一售而空。奥尔温镇上的人要么是从搬去明尼阿波利斯、塔拉哈西、圣罗莎的亲戚那里听说这本书的，或者是从报纸的书评上读到的，大部分书评都会特别强调罗兰德·贾维斯这个人物，却绝口不提奥尔温重现生机的事。由此产生的效果是，奥尔温当地人不仅是从外人那里听到了关于自己的事，而且跟他们所知道的不尽相同。人们为此感到气愤。我还收到了几个死亡威胁。有人甚至在脸书上建了一个名为"向 Methland 说不"的页面。该页面的标志是一个纸餐盘，上面的书名被一条红线划掉了。发起人指责书中存在事实性错误，还说我满嘴谎话，而红线下面居然连我的名字都拼错了。

　　我就是在这样的情形下重返小镇的，从很多方面来看，奥尔温都是《美国小城镇的死与生》一书当仁不让的主角。尽管事实确如一个女人在写给我的邮件中所说，我并没有征得任何人的允许就把这个被六千一百二十六个居民称为家的地方写进了书里。而我认为为公平起见，唯有我亲自去回应奥尔温镇的居民日益堆积如山的质疑。苏西·里基奥是奥尔温镇图书馆管理员，她建议举行一场见面会。地点就在镇上的公共图书馆，而该馆的主要捐赠者中至少已有一人威胁说，如果苏西不禁掉这本书的话就要撤回赞助。（苏西拒绝了。）她预感到"问答环节有可能会充满敌意，之后的茶歇上可能会拳脚相向"。苏西五十多岁，有一双大大的蓝眼睛，顶着一头修饰过的蜂巢式发型，她希望这座小镇可以将不满和分歧宣泄出来，这种不满和分歧远远超出了书上所写的一切，更多地暗示了阶级、经济和文化的概念：而这些议题在过去一个半世纪以来一直困扰着奥尔温镇。

"图书管理员们，"她说，"几乎百分之百支持你。但其他人没有一个支持你的。除此之外，你该说什么就说什么，镇上的人也会有什么说什么，希望最后没有人受伤。"

有四百个人来到了见面会现场，杜比克、滑铁卢和锡达福尔斯的电视台工作人员也来了，还有从得梅因和明尼阿波利斯赶来的报纸记者。图书馆大楼后面的一间会议室里满满当当地排了几十张椅子，会议室的前面放着一张桌子和四张椅子；队伍已经排到了大楼的两个出口的外面了。书架之间也站着人，都想听听会议室里会说些什么。

克雷和内森要求跟我一起坐在台上。克雷将奥尔温镇对这本书的反应视为一次认知失调的实验。一边，是奥尔温镇的现实。另一边，克雷说，则是小镇对自己的认知。他认为小镇和书中展现的小镇形象之间并没有脱节。因为厌倦了人们总盯着他问，为什么要跟外人说镇上的事，所以他来了，上身穿着高尔夫球衣，下面是牛仔裤和运动鞋，极其放松地——甚至还挺开心地——和我一起由苏西领着，穿过狭长的过道，来到会议室的前面。克雷说他问心无愧，因为书中并没有他没说过的话或他没注意到的东西。

内森更克制一些。比起我，作为民选地方官员和公仆的内森似乎要担心的更多。我在五月提前给内森寄了一本样书。然而，十天过去了，我没有听到他的任何消息，于是忍不住给他打了个电话。我刚说了声"你好"，他就回我："你这狗娘养的，第一章的头两个词就是'内森·莱恩……'。"虽然他知道自己是这本书的主要人物有三年的时间了，但还是没有准备好从别人的眼里读到自己的人生故事（这也完全可以理解）。我们花了几周时间才修复彼此之间的友谊。这本书引起的关注和骚动给了我一个措手不及，就跟内森还没准备好在字里行间看到他的生活是一样的，尽管有些奇怪，但现在正是因为这一点让我们变得团结一致。自我们认识以来，这是我们第一次在彼此的关系里建立起相互平等的感觉。四年前，我们俩就同意一个执笔写作，一个成为写作对象，但我们俩都被我们自己引发的浪潮卷了进去。

现在，他坐在自己家乡小镇的一大堆人面前，他父母就坐在人群中的第二排，内森平静地交握双手，眼睛直视前方。人群里有高中老师、农民，还有许多店主。利奥的全家人大举出动，还有几个是专门从艾奥瓦市和道奇堡那么远的地方赶过来的。贾维斯和"少校"也在。台上四张座椅还有一张空着，那是留给拉里·墨菲的，他帮忙策划了这场见面会。就在见面会开始前的几分钟，他打电话给内森，说他"堵在了路上"：显然，他的工作就是在见面会之后的几天时间里评估小镇居民的反应，从中获得他要的公共舆论。下了班的警察、药剂师、餐厅服务员、加油站员工、高中生，还有镇上新建的生物科技制造厂的工人们也来了。人群正中坐的是一群正在康复或还在吸毒的成瘾者。米尔德里德·宾斯托克没来——传言说，我对她那间酒吧的描写惹恼了她。杰里米·洛根也没现身。我没跟洛根聊过，但内森说，洛根觉得这本书对他控制奥尔温镇上的那些小作坊制毒者的功劳有些言过其实，却忽视了他手下那些警察的付出。奥尔温镇上唯一一位药物滥用咨询师金洁·奥康奈尔和洁米·波特也来了。人群中还有不少六七十岁的妇女。看着每个人，我感觉自己生命中的那些岁月好像已然合成了一种效力强劲的药物，而现在这种药物就在我的血管里流转。这种感觉如此强烈，以至于我每一次拿起面前的塑料杯喝水时，都要强忍着才不会吐出来。

当室内安静下来后，克雷的身体往前探了探，内森则是往后靠了靠。苏西·里基奥递给我一个话筒。我对小镇居民给我机会举办见面会表示了感谢，然后我们直接进入问答环节。在会议室后面的一个十几岁女孩举起了手。她有一头棕色头发，穿了一件灰色的卫衣。而她的问题，说白了，就是"为什么你要对我们做这些?"

美国的冰毒市场在二〇〇八年和二〇〇九年期间发生了显著的变化。其中一个就是，这个市场不再完全被五大墨西哥贩毒组织所控制了，这多亏了墨西哥通过立法把伪麻黄碱定为非法物质。美国这边对此的回应是地方性和地区性的冰毒产量达到新高，以填补冰毒经济中出现的各处空白。据估计，美国消费的所有冰毒中，百分之三十是由那些人称瘪四和大头蛋的制毒者生产的，相当于二〇〇七年的三倍。到二〇一〇年时，根据托尼·洛亚的说法，在美国本土生产的冰毒中，有百分之二十五产自我老家所在的密苏里州。

这并不是说墨西哥几大贩毒组织就此退出了这桩生意——事实远非如此。他们似乎不过是再次进行自我调整，以应对墨西哥关于伪麻黄碱的联邦法律。而在墨西哥联邦政府多年以来一直没有什么影响力的米却肯州，据说有一个新组织正在崛起：这个名为"家族"（La Familia）的贩毒组织在行动中的标志性做法之一就是对其敌人实行斩首。洛亚推测，"家族"正从包括中美洲、非洲和加拿大在内的许多地方采购伪麻黄碱，而且，他们会像阿米祖加兄弟在二十世纪八十年代所做的那样，很快开始将其绝大部分的冰毒生产放在美国境内。

与此同时，《打击甲基苯丙胺泛滥法案》的漏洞不断暴露出来，无论是本地的小作坊制毒者还是进行工业化生产的大毒枭，在钻法律漏洞方面都越来越游刃有余。至于像西维斯和塔吉特这样的零售药店连锁企业，在抵制感冒药销售应受到监控的概念并阻止这种做法方面，也越来越行之有效。大多数情况下，顾客的名字还是手动记入销售日志中。其结果是，对于冰毒前体实际上根本没有任何数量上的限制，而负责洗钱的人、制毒者和主要的贩毒组织只需通过购买大量的感冒药就可以获得这些材料。

面对如此情况，洛亚采取的新策略是积极推动感冒药只有凭医生处方才能购买。很多小型司法管辖区已经强制执行了此类法律，他可以举出很多这方面的例子，结果却发现以伪麻黄碱为原料的感冒药的销售随着逮捕冰毒涉案人员的案件的减少而下降了。其中一个出现这种情况的地方是密苏里州的华盛顿县，当地人口为一万三千五百人。华盛顿县距离圣路易斯有一小时的车程，位于密苏里州的富兰克林县和杰斐逊县这两个冰毒产量最大的地区的中心。根据富兰克林县刑侦警长、禁毒执法队负责人杰森·格雷纳以及俄勒冈州林肯县的地区检察官罗伯·博维特的一份报告，在华盛顿县禁止药店柜台销售含伪麻黄碱的非处方感冒药的法律条例通过前的九十天里，当地药剂师们售出了四千三百四十六盒此类感冒药。而在该法律条例通过后，这类感冒药的销售数量为二百六十八盒，下降了百分之九十四，那些不含伪麻黄碱的感冒药的销量也没有相应地增加。同一时期，向华盛顿县警察局举报冰毒实验室的电话下降了百分之八十五。

当洛亚和他的"国家甲基苯丙胺化学行动计划"小组与博维特和格雷纳进行合作，共同推动更严格的针对伪麻黄碱的法律出台时，历史似乎再次重演了。由于伪麻黄碱不再唾手可得，墨西哥几大贩毒组织开始越来越多地制造"P2P"冰毒，即摩托车帮销售和使用的一种毒品（Biker Dope），这是二十世纪八十年代的前阿米祖加兄弟时代这种毒品的首选形式。相比晶体冰毒，P2P冰毒的威力小，纯度低。正是由于纯度不够，加上美国对洗钱的宽松监管，促成了本地产冰毒的市场的死灰复燃，达到了近三十年来前所未见的高峰。早在二十世纪八十年代中期，正是艾伦·雷辛格所代表的所有权协会——一个代表制药公司和零售商进行游说的团体——的努力，最终帮助开创了利用伪麻黄碱来工业化生产晶体冰毒的时代。今天，这个所有权协会已成为众所周知的"消费者保健产品协会"（Consumer Healthcare Products Association）。尽管雷辛格本人早已离开，但该协会如今代表着世界上最大的处方药和非处方药零售商：沃尔玛、塔吉特以及西维斯。

根据消费者保健产品协会的数据，二〇〇八年，美国几大制药公司在美国销售了价值五亿美元的感冒药。不过，这并没有反映出美国最大的零售商沃尔玛的数据，因为该公司的数据不对外公开。与此同时，二〇〇四年，俄克拉何马州进行的一项研究发现，在该州从对一个冰毒实验室开始进行调查，到最终定罪并把罪犯送进监狱，成本平均为三十五万美元。根据俄勒冈州毒品受害濒危儿童联盟（Oregon Alliance for Drug Endangered Children）的数据，俄克拉何马州在二〇〇八年捣毁了二百五十八个冰毒实验室；二〇〇九年，这一数字预计将增长百分之三百。二〇〇五年时，俄克拉何马州在利用药店的感冒药销售记录打击冰毒方面还是领先的。在洛亚和博维特看来，这套系统已经失效了，因为无论是手写还是用什么别的方式，药店员工很容易就会忘记录入销售数据。再加上那些负责洗钱的人被捕时，身上常带着三四十张假身份证件，要查清他们的行踪是不可能的事。就算数据被录入系统且都有据可查，警察也无法顺着所有的线索进行跟踪调查——他们要么没有时间，要么缺少经费。尽管如此，根据洛亚和博维特的说法，消费者保健产品协会仍不断在国家和地方的立法机构面前坚称，药品销售记录本和计算机程序在降低冰毒销售方面都取得了前所未有的成功，甚至还提出要拿钱出来支付监控系统的费用，尽管在博维特看来，该协会明知这套系统将是无效的。

有关消费者保健产品协会各种手段的最后一个例子尤其令博维特和洛亚感到恼火，即该协会还在继续与一切抵制冰毒交易的措施进行斗争，就在其以所有权协会的身份成功阻挠美国缉毒署三十年后。洛亚说加州是最后的立法战场：只要在那里打了胜仗，就有机会在美国各地赢得胜利。因此，二〇〇九年七月，在这场被博维特称为"旷日持久的史诗般的权利与可能之战"中的主要参与方——美国缉毒署、NMCI①、各地毒品受害濒危儿童联盟以及州和县的律师组成的方阵——选择加州作为试图通过美国最大的处方药伪麻黄碱法案的地方。

该法案在加州参议院获得通过后，便移交到加州议会公共安全委员会的一场听证会，在那里通过投票来决定交由整个议会表决还是推迟表决。正是在这场听证会上，消费者保健产品协会宣布其有意为全加州监测数据库的提供资金支持，尽管按照博维特的说法，事实是，这些数据库已被证明实际上有助于提高俄克拉何马州和肯塔基州可获得的冰毒量。但即便如此，这样的提议也足以说服两位委员会成员暂停他们的投票，直到有更多的证词出现。药品公司的游说活动再次得逞。

对洛亚而言，这是又一个让他心寒的例子。经过几个月的工作，并在加州参议院获得巨大的胜利之后，这个法案一度搁浅——就跟一九九六年吉恩·海斯利普的伪麻黄碱法案搁浅并最终被参议员奥林·哈奇扼杀一样。尽管如此，博维特还是相当乐观，他的老家在俄勒冈州，那里是全国唯一一个已经通过处方法案的州，而且在当地冰毒实验室实际上几乎不存在（二〇〇七年仅捣毁了两个运作中的实验室）。他说，制药公司"知道留给伪麻黄碱的日子已屈指可数，他们的目标就是把剩下的

---

① 即 NMCI Medical Clinic，北加州最大的治疗工伤和运动康复诊所之一。——译者

日子尽可能延长"。

"这些人赚的钱上面都沾着血啊，"洛亚说，"就是这么回事。这些药品公司不在乎你能用不含伪麻黄碱的感冒药治好感冒，也不在乎伪麻黄碱并非治愈癌症的良药。从医学角度来说，这是个一无是处的药。但是从经济学角度来看，它是一座金矿。纵观三十五年来的溃败，你不禁想看看在这个国家事情是如何运作的。"

当我二〇〇九年七月二十日去那里时，奥尔温的变化极大——甚至到了令人难以置信的地步。拉里·墨菲说，去年小镇已经新增了四百个工作岗位，其薪资差不多是县平均水平的两倍。一家名为"Abraxis 生物科技"的提供肿瘤疗法的公司接手了过去泰森公司肉类包装厂的厂房，在此以动物副产品（尤其是猪耳朵）为原料生产抗癌药物。阿什利工业模具公司搬到了小镇上，区域数学和科学学院的办学也取得了巨大的成功。二〇〇八年，小镇为一个育儿中心投资了五十万美元，又给镇上的科技大楼注资一百万美元，希望再引来一个大雇主。至于吸引过来的公司是哪个行业的，可以从墨菲自己的咨询与游说生意——"L&L 与墨菲公司"——到处发放的备忘录里看出端倪："九十六亿美元：二〇一四年本州和各地政府预计用于健康信息技术系统和服务的资金总额，较二〇〇六年的七十六亿美元，年复合年增长率为百分之四点六。"那个呼叫中心看来已经是过去式了。

从某些方面看，在奥尔温方圆四平方英里之内，冰毒已成往事。因制毒而被捕的人几乎为零。冰毒实验室也不复存在。毒贩不会再去镇上的高中蹲点了。拉里·墨菲逐渐形成的假设——奥尔温的冰毒问题可以通过提高财务偿付能力在很大程度上得到解决——似乎已经被证明是正确的。有意思的是，在我收到的关于《美国小城镇的死与生》的很多最怒不可遏的电子邮件中，都因为这本书把贫困和吸毒跟美国农村联系了起来。与毒品和内城区①经常联系在一起不同，报道同一个问题，把地点换成了小镇不知何故就是大不敬的，从盐湖城到科珀斯克里斯蒂市再到西棕榈滩（这些地方几乎都不是小镇）的问题让我明白了这一点。但这里是奥尔温，一个对所有关心它的人敞开怀抱的地方。奥尔温之所以能起死回生，正是因为能够直面现实，而不是一再否认。

尽管如此，小镇还是没有完全走出困境。二〇〇九年六月十五日，也就是我们在镇上举行的那次见面会前的一个月，内森·莱恩拿到了艾奥瓦州费耶特县的"儿童救助项目"（Child in Need of Assistance）的最新数据。所有案例中，百分之七十五都是药物滥用造成的。而这当中吸食冰毒的占百分之七十。费耶特县所有案例中的百分之六十来自奥尔温。有一个案例尤其离谱，一个男人为了训练两岁的儿子自己大小便，把孩子的脏尿片扔到他头上，强迫他站在椅子上直到筋疲力尽摔下来。内森说，从整个县来看，过去三个月以来需要处理的冰毒案件还是太多了。

这说明了两件事。首先，奥尔温必须继续发展，才能使自己始终跑在最近这些麻烦的前面。假如小镇上的经济状况不持续好转的话，那么当地长期以来一直存在的问题将无法得到解决。换言之，三十年前，镇上有两千人，即小镇人口中的百分之三十受雇于高薪酬的肉类包装厂；在这段时间里，去年新增的四百个工作岗位是一个了不起的开端——考虑到全球经济危机，甚至可以说是一个奇迹——但它仍然只是一个开始，并不能一夜之间把小镇长期遭受的影响抹得一干二净。

二〇〇九年六月的这些数据同时还说明了，奥尔温跟十年前的独立镇没什么两样，也是靠着自强不息走出了困境，成功地把镇上的大部分冰毒问题推出去，变成了全县的问题。内森说，已经没有什么新的市场

---

① Inner city，有时也译作贫民区，是城市中社会问题常见之地。——译者

焦点了，目前，冰毒在费耶特随处可见，无处不在，这样的一个事实从某种程度上讲也让打击冰毒变得更为艰难。问题似乎变成了：谁是下一个奥尔温？这造成了一种有趣而且几乎是两极分化的动态：即使一个小镇不断发展繁荣，另一个小镇还是有可能要开始应对那种仿佛在全世界蔓延的瘟疫一样的困境。下一个变成"冰毒房"的地方会是西尤宁、沃科马还是沃迪纳呢？

有充分的理由认为奥尔温的财富会继续增长。美国各地的人甚至远在德国的人都已经联系了墨菲，想知道他是怎么做到的，并问他是否能帮助他们的城镇实现看似不可能的目标。然而，如果不改变奥尔温所处的社会和经济结构，就算胜了也是惨胜（Pyrrhic），因为尽管小镇不可思议地重获新生，但这番结果的一个不可逃避的含义是——冰毒、失业、医疗保健的严重不足、人口的负增长以及税收的下降——所有这些困难在全国各地的小城镇当中，甚至是在我所称的美国非沿海地区，依然普遍存在。奥尔温确实是一个例外。但是，奥尔温这个特例非常清楚地表明美国农村地区持续遭受的打击有多严重，而且我们似乎没有任何计划去扭转——甚至减缓——近四十年来困扰小镇生活的根本变化。假如我们一再对墨菲、克雷和内森所面对的困难和取得的胜利视而不见的话，我们还能要求他们战斗多久呢？

在图书馆举办的见面会进行了一个多小时，之后人们排着队又问了两个小时的问题。很多人也请克雷、内森和我在书上或者当天的《奥尔温日报》上签名，报上刊登了关于我此次到访的三篇社论。见面会的开场并不好。火冒三丈的人，正如内森和克雷预料的那样，大都是自己没读过这本书，而是听人说它罗列的全都是奥尔温不好的地方。还有一些人愤怒是因为我的观点和他们自己的观点不一致，而这本书的精装本中存在一些不可原谅的事实性错误——比如，艾奥瓦市是本州最大的城市

（其实应该是得梅因市）——也是活该被喷了。不过，见面会在开了半个小时之后就变了画风，一位年逾古稀、从头到脚都是粉红色服饰的女士站起来，挥舞着一本书说道："如果你还没读过这本书，那么你就没有资格说三道四。如果你读过这本书而且认为书里有一个字不是真的，那你就是在逃避现实。"

不一会儿，一个二十多岁的高个子男人走到我们的桌旁。他一身肌肉，头发剃得光光的，裸露的手臂上有很多纹身。他说他叫谢恩，因为最近发生的一起与冰毒有关的违法行为而坐牢，见面会的前一天刚刚出狱。此刻，他拿着从一个朋友的笔记本上撕下的一页纸，希望内森和我在上面签名。

在我签名的时候，他对内森说："有这么一阵子不用见你挺好的。"

内森说："如果我再也不用见你也挺好。"

"就这么定了。"谢恩一边回答，一边站在那里等着内森在纸上签名。内森签完，本能地整理了一下他的外套，盖住了别在腰上的点四五口径的半自动手枪。

谢恩一走，排在他后面的一位高中女教师走上前来。在见面会上，她两次质问我为什么把学校描写成一个某些老师害怕自己学生的地方。她说那不是真的，我跟美国其他地方的人这么一说，对她和这个社区造成了极大的伤害。她说奥尔温并不完美，却是个好地方——在她看来比大多数地方要好。这是她的家乡，她对这个地方的了解比我要多。虽然她对我那天的到来表示尊重——她对我微笑还跟我握了手——但她拒绝相信冰毒是奥尔温的症结所在，认为那都是我声称的。

这位老师跟我只聊了半分钟。那时谢恩已经走开了，在他走后不到一分钟，这位女士也从同一个图书馆的同一扇门走了出去，走上了同一条街。但是对这位老师和那位吸毒者而言，各种事情在那里一分为二。街道、图书馆、高中、农场、发动机厂车间：将这两个人的生活截然分开的所有这一切，在那些完全不同、彼此几乎毫无关联的城镇上都存在着。

那一刻——一切澄澈得几乎让人难以承受——让我想起了拉里·墨菲喜欢讲的一个故事。几年前，墨菲和杰里米·洛根带着奥尔温当地的警察突袭了一个冰毒实验室。拉里想看看它是什么样子，尽管他所期望的和巡逻车停在奥尔温一条普普通通的街上的一栋普普通通的房子前时所看到的全然不同。拉里认为他们一定是搞错了，或者警察只是把车停在了跟真正的制毒作坊有一定距离的地方——也许他们安排了一个体面、守法的好邻居从后院绕到实验室。

"我们进入了那个地方，眼前的毒贩生活是你永远无法想象的，"墨菲说，"我们走了进去，那里简直一片狼籍。我的意思是——我这个在屠宰场干过活的人都这么说——这个地方绝对令人震惊。我们缴获了毒品，然后看到两个女孩走下楼来。她们是那个男人的女儿——你知道，她们看上去就是两个很普通的女孩，跟她们那个制毒的父亲一起住在这个人间地狱，而从外面看的话，这栋房子跟街上其它房子没什么两样。"

突袭制毒作坊那天，墨菲回到家时已是深夜，他向他的妻子琳达讲述了自己亲眼看到的一切。就在这时，当老师的琳达告诉拉里，那两个女孩都是她的学生。整件事给他们俩留下了深刻而持久的印象。人们对彼此的了解竟然会那么少，墨菲说，这一点让他们感到害怕。"我是镇长，我太太是一名老师。我的孩子们在这里长大。这个地方就是我的生命。即便如此，我们两个还是被发生的事情吓到了。你怎么解释才好呢？"墨菲说，"如果你根本看不到——甚至无法想象到这些，你又如何去阻止它呢？"

尼克·雷丁

二〇〇九年十二月

密苏里州圣路易斯

致　谢

在所有帮助我完成这本书的人当中，我最应该感谢的是奥尔温镇居民。如果他们不曾允许我进入他们的生活，并在那里停留——我相信自己有时候跟蜱虫一样惹人烦——就永远不会有《美国小城镇的死与生》这本书。内森·莱恩和克雷·豪贝格，他们的智慧、坦诚和不变的人文情怀让他们成为真正杰出的人。我也非常感激镇长拉里·墨菲，在他解决奥尔温镇的问题时，允许我近距离地观察。在一个"英雄"一词被滥用到几乎丧失其本意的时代，拉里让人想起英雄该有的样子和举止。我还要感谢洁米·波特、杰里米·洛根、塔米·豪贝格、蒂姆·吉尔森、查理·豪贝格、艾伦·科夫曼、简·波林、米尔德里德·宾斯托克。

对于另外一些艾奥瓦人，我也同样怀着深深的感激之情。主要是吸毒成瘾者、戒掉了毒瘾的人和毒贩子，感谢他们允许我用他们的故事来写成这本书。把自己的生活暴露在公众面前需要极大的勇气，尤其是那些其生活在某种程度上被认为是犯罪的人。在这些人当中，我要感谢罗兰德·贾维斯，近四年来他一直跟我保持沟通，就是希望别人不要像他那样吸毒成瘾，以致自己二十多年的生活都被毒品所控制。感谢洛芮·阿诺德从联邦监狱给我寄来很多信件。她愿意跟我沟通——并对我关于美国冰毒交易的问题答疑解惑——这对我撰写本书起了至关重要的作用。非常感谢库珀一家——约瑟夫、邦妮、巴克和托马斯（也就是"少校"）——在他们和朱迪·墨菲的帮助下，我更好地理解了受冰毒影响的不仅仅是那些为人父母者及他们的子女，还有整个社区。最后，我要感谢杰弗瑞·威廉·海耶斯，他在莱文沃思监狱坐牢的时候花大量时间给我写了上千页的信。

托尼·洛亚跟美国的冰毒问题较量了三十七年。和拉里·墨菲、内森·莱恩以及克雷·豪贝格一样，他也是位无可争辩（或者说默默无闻）的英雄。一九七二年，他作为一位麻醉品与危险药品管理局的年轻特工第一次参与打击毒品，因而他在洞察这一年以来的冰毒流行的趋势方面让我如获至宝。如果有人能够成功遏制这种毒品的流行，那人就是托尼。

还有一些州及联邦的缉毒特工、警官、地方治安官也给了我很多帮助，有时甚至还不惜赌上他们自己的事业。在这些人当中，我非常感谢在加州的比尔·鲁扎门蒂、克雷格·汉默以及瑞奇·坎普斯；艾奥瓦州的汤姆·麦克安德鲁警官；亚拉巴马州的亚历克斯·冈萨雷斯警官；以及佐治亚州的菲尔·普莱斯和雪莉·斯特兰奇。我还要感谢鲁迪（无论你现在身在何处），从冰毒贩子转变为联邦政府的线人，他的人生故事既精彩又令人生畏。

布鲁姆斯伯里出版公司的安东·穆勒是一位出色的编辑。在过去两年的时间里，《美国小城镇的死与生》这本书的前半部分我重写了四遍，最后才找到感觉。或者说，才搭出了现在这本书的框架。虽然每次安东读了我修改过的版本叫我重新写过的时候，我都——说客气点——打不起什么精神来，但现在我很高兴他当时能够坚持自己的立场。对自己作者的书那么有耐心、不厌其烦而且还一直那么热情的编辑，现在已经非常少见了，对此我感到非常幸运，充满感激。

我也要感谢我在 ICM 的经纪人希瑟·史罗德。她不仅能在没人对冰毒流行这个话题感兴趣的时候卖掉这本书，而且当最初的出版商霍顿·米夫林与哈考特·布雷斯合并时，还帮这本书度过了可能出现的危机。如果希瑟当初没为我和我的书找到布鲁姆斯伯里出版公司这个新家，我都不知道我们今天会变成什么样子。

对于这本书的写作，没有比我的母亲和父亲更可贵的财富了。最初萌生写《美国小城镇的死与生》的想法是在一九九九年，之后的五年时间里，我经历了一次又一次的失败——而且都是在我开始动笔之前就已经跌倒了。在我屡屡受挫的情况下，我的父母依然坚信我能够成功，他们对我的信心超乎想象。在整个过程当中，他们一直在做的就是全心全意支持我。在为这本书进行采访时，我生平第一次来到了艾奥瓦州的阿尔戈纳镇，我父亲出生和长大并且在半个多世纪前离开的地方，这似乎也是十分合宜吧。实际上，在我走访过的艾奥瓦州任何一个地方以及我遇到的很多人身上，我看到了我父母所具有的那种直率慷慨的精神。

我最要感谢的人是我的妻子凯丽，她帮助我度过了著书过程中的每个阶段。正是她鼓励我在二〇〇五年定下了《美国小城镇的死与生》一书的写作方案。那一年的下半年以及二〇〇六年一整年，我之所以每次能安心地出差好几个星期，是因为我知道自己回去的时候凯丽在家里等我。在我撰写《美国小城镇的死与生》的时候，她是那么耐心、体贴，当本书即将于二〇〇八年完稿时，她的反馈意见又反映出她是那么深思熟虑。作为一个妻子、朋友和我们孩子的母亲，她是我的一切，有了她，我别无所求。

最后，我要感谢伊利诺伊州格林维尔市的两位居民，是他们启发了我去写这本书。二〇〇四年十一月，我在一家酒吧里遇到了他们俩——一位是吸毒成瘾的白人罪犯，一位是刚从阿富汗回国的黑人军士。经过几个晚上的接触，我清楚地意识到，他们俩虽然表面上看起来如此不一样，实际上却被他们无法掌控的环境联系在了一起。他们生活的基本事实之一就是他们镇上大肆泛滥的甲基苯丙胺。在我和他们聊天的时候，我看到了这个故事应该呈现出来的样子，那个瞬间我永生难忘。我将《美国小城镇的死与生》这本书献给他们，以表达我对他们的感激和希望。

关于消息来源的说明

　　《美国小城镇的死与生》这本书中的许多内容是对奥尔温居民在过去四年时间里告诉我的一些事件的重述。"采访"一词在这里并不适用。在我在镇上度过的那几个星期或那几个月的时间里，我们聊的那些话完全没有用录音机录下来，或者在记事本上问题下方的空白处写下来。更确切地说，书里的这些人是在我们分享一天的大事时，把他们人生中的一些故事和真相告诉我。我们一起准备晚饭，然后看电影，开车来来回回地跑杂货店，铲雪，在屋里屋外地干家务活。他们慷慨地让我和他们一起打桌球，猎野鸡，参加派对，去他们上班的地方，和他们一起在餐厅吃饭，在去看医生的路上去一下邮局，到邻居家串门。在追忆往事的同时也展现了当下的生活现状，因此——我希望——增加了原本无法实现的深度和质感。

　　因为没有录音机和摄像机，我总是瞅准合适的时机做些笔记。每天晚上，我趁着记忆还鲜活的时候，拿着这些手写的笔记，逐一扩展成书里的场景。在奥尔温之外的地方，我也尽可能采取同样的实时报道策略。在艾奥瓦州的独立镇，曾经的瘾君子和冰毒制作者托马斯，也就是"少校"，更喜欢跟我一边聊天一边玩飞盘高尔夫，就是把不同尺寸和不同重量的塑料圆盘（分量重的圆盘被称为"推杆"，而那些分量轻的，因为可以飞得更远，则被称为"一号木杆"）扔进一个固定在树上的篮子里面。趁着和我一起玩飞盘高尔夫，"少校"可以从跟他一起住的父母的眼皮子底下溜出来，尽管只是一小会儿。同样，"少校"的父母似乎也乐得有机会出去一会儿，他们在家里不仅要监督他们吸毒的儿子的非正式戒毒治疗，而且还要帮忙抚养他们的孙子巴克。去找"少校"的父母聊天的话，我通常选择午饭后登门，或者一起喝啤酒的时候，最好是一个他俩可以吸烟的地方。在他们家外面短暂的见面，反而让我更清晰地认识到他们的处境依然复杂。

对于两位前毒贩——奥塔姆瓦的洛芮·阿诺德和奥尔温的杰弗瑞·威廉·海耶斯，我在和他们的互动中采用了稍有不同的策略。三年时间里，洛芮和杰弗瑞·威廉（他喜欢人们这么叫他）从联邦监狱给我寄来了成百上千页的信件，他们俩都被判了较长的刑期。这些信件不仅详细介绍了他们各自家乡主要的冰毒生产和销售的来龙去脉，而且还描述了他们监狱生活的各种起伏。尽管杰弗瑞·威廉在书里几乎是一笔带过，他写给我的信几乎跟洛芮的同样重要，在为我提供了现代冰毒流行兴起的背景和细节的同时，也厘清了由他和洛芮发起的加州、墨西哥以及美国中西部农村之间的工业化冰毒贸易的因果关系。最终，他们的信件也成了勾勒出美国农村历史上的某个特定时期的故事。

为了写好洛芮、杰弗瑞·威廉和"少校"他们的经历，我大量参考了美国国家药物管制政策办公室和美国国家药物成瘾研究所（National Institutes of Drug Addiction）发布的报告。同时，还以美国缉毒署定期发布的国际、地区和各地方的甲基苯丙胺评估报告为依据。除此之外，有几个人还向我提供了一些未曾公开的信息，其中绝大多数是关于墨西哥大毒贩在历史上以及当前扮演的角色，以及这些贩毒组织与恐怖分子组织之间的联系。被我正式采访了至少两次的人当中包括：加州中央山谷"高发毒品走私地区计划"主任比尔·鲁扎门蒂；"国家甲基苯丙胺化学行动计划"的负责人托尼·洛亚；负责总部位于亚特兰大的美国缉毒署东南片区的雪莉·斯特兰奇特工；以及佐治亚州调查局的前特工菲尔·

普莱斯。二〇〇六年五月，我参加了在达拉斯举行的一次墨西哥和美国冰毒峰会，出席的两国官员中包括美国司法部长和墨西哥总检察长。在会上的采访中，有一位政府官员开诚布公地说——但希望不要提及他的姓名——在他看来"失败的美国移民政策和冰毒流行之间存在直接而且有意识的联系"。

我之所以得出这样一个观点，即美国农村地区的经济衰退在很大程度上归因于美国食品行业的合并，是基于广泛的信息来源。这些信息中很多都来自艾奥瓦州的奥尔温和奥塔姆瓦的农民以及肉类包装厂工人。此外，我还参阅了自二十世纪八十年代农业危机爆发以来的几十篇报纸文章，这些男男女女帮助我对这个问题的思考奠定了基础。有两位农村社会学家的成果也同样至关重要：位于哥伦比亚的密苏里大学的威廉·赫弗南，以及得克萨斯州的山姆-休斯敦州立大学的道格拉斯·康斯坦斯。我大量借鉴了赫弗南博士与玛丽·亨德里克森博士、保罗·格隆斯基博士一起撰写的题为《食品与农业业务的整合》（*Consolidation in the Food and Agriculture Business*）的报告，它基本上综合了赫弗南博士三十年的研究成果，是他著有大量文献的职业生涯的很大一部分。另一方面，康斯坦斯博士通过写长长的电子邮件及电话交谈跟我分享他的见解。

无论我是否有理由在本书中引用他们的作品，还有几位社会学家的著作对于我撰写《美国小城镇的死与生》亦是至关重要。尤为令我关注的三份文献分别是帕特里夏·凯斯博士的《甲基苯丙胺的历史：一种流行病》（*A History of Methamphetamine: An Epidemic in Context*）、克雷格·雷纳尔曼博士的著作《美国的裂缝》以及卡伦·范甘迪博士在新罕布什尔大学的卡西学院完成的论文《美国农村和小镇的药物滥用》（*Substance Abuse in Rural and Small Town America*）。

数不清的科学家为本书所涉及的信息做出了巨大贡献。感谢他们让我能够深刻理解冰毒的化学性质、冰毒成瘾的特定行为和心理影响、冰毒对人脑的生化作用以及毒品流行对个人乃至社区所造成的心理效应。我获得的许多信息都是公开的，但也有几个人特地给我发来了他们正在准备中的论文，而且还花时间跟我讨论了他们正在进行的研究，有的是面谈，有的是通过电子邮件，还有的是通过电话。这些人当中包括纽约大学的佩里·哈尔克蒂斯博士、加州大学洛杉矶分校的瑞克·劳森博士和汤姆·弗里茨博士、多伦多大学的肖恩·威尔士博士以及夏威夷大学的琳达·常博士。

在撰写《美国小城镇的死与生》的过程中，我直接或间接参考的已归档的报纸文章多到塞满了两个文件抽屉。刊载这些文章的报纸无论从地域还是人口分布来看，都各不相同，比如宾夕法尼亚州阿伦敦的《早安电话报》（*Morning Call*）和加州的《弗雷斯诺蜜蜂报》（*Fresno Bee*）。这些摘选的文章形成了这本书得以成立的最深层的基石之一。其中尤为重要的是史蒂夫·索撰写并于二〇〇四年十月发表在《俄勒冈人报》上的"不必要的流行病"三篇系列报道。同样重要的还有一九九九年至二〇〇三年在《纽约时报》和《洛杉矶时报》上发表的几篇文章，它们详细介绍了肉类包装厂的移民违法行为，尤其是对二〇〇一年联邦政府诉泰森公司案的后续报道。《芝加哥论坛报》《旧金山纪事》《圣路易斯快邮报》和《亚特兰大宪法日报》刊登的文章和系列报道也发挥了重要作用。

然而最终，在《美国小城镇的死与生》这本书里，没什么比人来得更重要的了。报纸、科学和研究论文，这些只是证实了我在艾奥瓦州的奥尔温镇上亲眼看见以及当地居民亲口告诉我的那些事。那才是这本书最终的消息来源，它以最简单的形式将一个美国小镇放进了一个危机的大框架里。在《美国小城镇的死与生》这本书中出现的每一个人都通过自主选择而且在充分认知的情况下完成了这件事。没有他们，《美国小城镇的死与生》将是一场空谈。

Nick Reding

Methland：The Death and Life of An American Small Town

copyright © 2010 by Nick Reding

图字：09－2022－196 号

图书在版编目(CIP)数据

美国小城镇的死与生 /（美）尼克·雷丁
(Nick Reding)著；徐晓丽译. — 上海：上海译文出
版社，2021.2
（译文纪实）
书名原文：Methland：The Death and Life of An
American Small Town
ISBN 978－7－5327－8582－7

Ⅰ.①美…　Ⅱ.①尼…　②徐…　Ⅲ.①纪实文学—美
国—现代　Ⅳ.①I712.55

中国版本图书馆 CIP 数据核字(2022)第 229106 号

美国小城镇的死与生
[美]尼克·雷丁/著　徐晓丽/译
责任编辑/钟　瑾　装帧设计/邵旻　观止堂_未氓

上海译文出版社有限公司出版、发行
网址：www. yiwen. com. cn
201101　上海市闵行区号景路 159 弄 B 座
上海景条印刷有限公司印刷

开本 890×1240　1/32　印张 8.5　插页 2　字数 183,000
2022 年 12 月第 1 版　2022 年 12 月第 1 次印刷
印数：00,001—12,000 册

ISBN 978－7－5327－8582－7/I·5287
定价：55.00 元